imaginist

想象另一种可能

理想国
imaginist

Dubravka Ugrešić

芭芭雅嘎下了个蛋

BABA YAGA LAID AN EGG

[荷] 杜布拉夫卡·乌格雷西奇 著

李云骞 译

云南人民出版社

目录

第一部分	5
第二部分	97
第三部分	285

一开始你看不见她们

一开始你看不见她们。然后忽然之间,任一细节就像迷途的老鼠一样攫取了你的注意:老式女士提包,从腿上滑下、堆在肿胀脚踝旁的长袜,手上的钩针手套,头上的过时小帽,灰白稀疏、泛着蓝紫色光泽的头发。蓝紫调头发的主人像机械狗一样转动着她的头,露出苍白的微笑……

是的,一开始她们是不可见的。她们掠过你,如同一团阴影。她们啄着面前的空气,嗒嗒嗒,在沥青路上挪着老鼠般的小碎步,身后拖着推车,身前撑着助步器,周围是一堆莫名其妙的口袋和背包,活像是仍披挂着全副战斗武装的逃兵。其中几个身体尚好[①]的,穿着低胸夏裙,搭着一条婀娜的羽毛披肩,套着满是蛀洞的阿斯特拉罕羔羊

[①] 原文为斜体,表引用或强调,在本书中均用仿宋体表示,下同。——译者注(如无特别说明,本书注释均为译者注)

皮大衣，脸上的妆糊成一团（话说回来，要是只能从眼镜片后面费劲地看见自己的脸，谁又能把妆化好呢？！）。

她们从你身边滚过，如同一堆干瘪的苹果。她们低着头喃喃自语，与无形的对象交谈，就像美洲印第安人和幽灵交流。她们出现在公交、电车和地铁上，犹如被人落下的行李；她们睡了过去，头垂到胸口；或是呆呆地环顾四周，想弄清楚在哪一站下，要不要下。有时你在养老院门口驻足片刻（片刻就好），透过玻璃墙观察她们：她们坐在桌边，手指轻抚过吃剩的面包屑，就像轻抚过一页盲文，向人传递晦涩难解的信息。

甜蜜可爱的小老太太。一开始你看不见她们。然后她们突然出现了，在电车上，在邮局里，在商店里，在诊室里，在大街上，这边一个，那边又有一个，接着是第四个，第五个，第六个，怎么一下子冒出这么多个？！你的目光从一处细节缓缓移到另一处：过紧的鞋子里肿胀如甜甜圈的双脚，手肘内侧松垂的皮肤，坑坑洼洼的指甲，皮肤上凸起的一道道毛细血管。你仔细观察她们的皮肤：是精心养护的，还是疏于打理的。你注意到灰色的裙子，还有领口（很脏！）带绣花的白衬衫。衬衫已经磨得很薄，洗得发灰了。扣子扣错了，她想解，却怎么也解不开。她的手指僵硬，骨骼也老化了，变得轻盈、中空，宛如鸟骨。两个同伴伸出援手，一同努力帮她扣好。扣子一直扣到下巴，让她看起来像个小女孩。两个同伴摩挲着衣领上的刺绣，轻声赞叹，这刺绣有些年头啦，是母亲留给我的，哦，以前的一切多体面、多漂亮啊。她们其中一位身材壮实，脑后有一块明显的隆起，像一条上了年纪的斗牛犬。另一位更优雅，但脖子上的皮肤像火鸡一样耷拉着。她们行动起来是一支小队，三只小母鸡……

一开始她们是不可见的。然后忽然之间，你开始注意到她们。她们在世界中穿梭，就像年迈的天使军团。其中一位走上前来，端详着你的脸。她瞪着你，眼睛睁得很大，淡蓝色的，用高傲的语气提出要求。她要求你的帮助，她要穿过马路，但自己无法做到；她要攀上电车，但膝盖绵软无力；她要找某街某号，但出门忘了戴眼镜……你心中猛然涌起一阵对老妇人的同情，很想做点好事，被行善的满足感蛊惑了。但就在此刻，你必须停下脚步，抵制塞壬的呼唤，运用意志给内心降温。记住，她们的眼泪和你的眼泪意义不同。因为你一旦屈服了，投降了，跟她们说上两句，就会沦为她们的俘虏。你会滑入一个本不愿进入的世界，因为你的时刻尚未到来，看在上帝的分上，你的时间，还尚未到来。

第一部分

去往不知在哪里的地方，带回不知是什么的东西①

---

① 此为一则俄罗斯民间故事的标题，由亚历山大·阿法纳西耶夫整理并出版。故事讲述了国王为谋夺猎人的妻子屡次刁难猎人，最后一次竟要求他"去往不知在哪里的地方，带回不知是什么的东西"，但猎人最终还是战胜了困难，成为新的国王，与妻子幸福地生活在一起。

母亲的窗前绿荫如盖,树梢上挤满了鸟儿

夏天的新萨格勒布街区,空气中有鸟粪的味道,我母亲就住在这里。她公寓大楼前的树上,树叶间挤满了成千上万只鸟儿。是椋鸟,人们说。湿热的午后,雨水将至,这些鸟尤其喧闹。不时有位邻居会拿出气枪乱射一通,将它们赶走。密密麻麻的鸟儿成群结队地飞向高空,呈"之"字形上下翻飞,活像是在梳理天空的发丝。随后,伴着一阵歇斯底里的锐鸣,它们扎进茂密的绿叶间,如同一场夏天的雹暴。这里像雨林里一样吵,从早到晚都罩在一道声音做的帘幕里,仿佛外面有雨在一直敲。轻盈的羽毛乘着气流从敞开的窗户飘进来。妈妈拿出掸子,把羽毛扫起来,倒进垃圾桶,嘴上还念念有词。

"我的斑鸠不见了,"她叹了口气,"你还记得我的斑鸠吗?"

"记得。"我说。

我隐约记起她十分喜爱飞来她窗台的两只斑鸠。她讨厌鸽子。清晨,它们低沉的咕咕声令她非常恼火。

"那些讨厌得不能再讨厌的肥鸟！"她说，"你发现了吗，就连它们都不见了？"

"谁们？"

"鸽子！"

我没有发现，但的确，鸽子似乎都已经逃走了。

椋鸟让她心烦意乱，特别是夏天那股臭味，但她最后也习惯了。因为比起别人家，她的阳台至少是干净的。她指给我看阳台栏杆尽头的一小块污渍。

"在我的阳台上，只有这里会脏。看看柳比奇卡家的阳台吧！"

"看什么？"

"到处都结着鸟屎！"妈妈说，笑得像个小女孩。小孩子的秽语症，她显然是被屎这个字逗笑了。她十岁的孙子听到这个字也咧嘴笑了。

"像是在雨林里。"我说。

"确实像在雨林里。"她赞同。

"虽然现在到处都是雨林。"我说。

鸟群明显失控了，它们占领了整个城市，占据了公园、街道、灌木丛、长椅、露天餐厅、地铁站和火车站。似乎没有人发现这场入侵。喜鹊正在占领欧洲城市，据说是从俄罗斯飞来的,城市公园里的树枝都被它们压弯了。鸽子、海鸥和椋鸟飞掠过天空。笨重的黑乌鸦,嚣张得像晾衣夹,一瘸一拐走在绿色的城市草坪上。绿色长尾鹦鹉逃出家庭鸟笼,在阿姆斯特丹的公园里大量繁衍:成群的鹦鹉低低飞过,像碧色纸龙一般染绿了整片天空。阿姆斯特丹的河道则被大白鹅占领了,它们从埃及飞来,盘桓休息了一会儿,便留下了。麻雀已经胆大到直接从人们的手中夺走三明治,还要在露天咖啡馆的桌子上厚颜无耻地迈着大步走来走去。我家所在的柏林达勒姆区是柏林最美丽、最绿意盎然的街区之一,短租公寓的窗户已成为附近鸟儿最爱的粪便存放点。你一点办法都没有,除了放下百叶窗、拉上窗帘,就只能每天辛苦擦洗被溅花的窗户。

她点点头,但好像完全没有在听。

该地区的椋鸟入侵大致始于三年前,妈妈刚病倒的时候。医生诊断书上的语句冗长、骇人,而且丑陋(那真是一份丑陋的诊断),所以她才会选择用病倒这个词(我病倒之后,一切都变了!)。比较勇敢的时候,她也会用一根手指点着自己的额头,说:

"都怪我这里的蜘蛛网。"

她说的蜘蛛网是脑转移瘤,发生在她的乳腺癌被及时发现并成功治愈的十七年后。她在医院住了一段时间，历经一系列放疗，终于渐渐康复。后来她定期去复查，其他方面多少都还算正常，自那以后并无大事发生。蜘蛛网潜伏在大脑中一个难以触及的阴暗角落，一动不动地待在那里。后来，她与之和解了，习惯并接受了它，就像接受了一位不受欢迎的房客。

在过去的三年里，她的人生故事被压缩成一小沓出院单、医学报告、放射学图表，外加一堆脑部核磁共振和CT报告。扫描图像上能看到她轻微前倾的脊椎，上面连着可爱匀称的头骨，还有面部清晰的轮廓，熟睡一般低垂的眼睑，奇异的帽子般展覆的脑膜，以及浮在她唇边的一抹隐约的微笑。

"这张让人觉得我脑子里像是在下雪。"她指着CT影像说。

窗下的树，绿荫如盖，高大葱茏，一直长到与妈妈六楼的公寓齐平。成千上万的鸟儿在叶片间攒动。依偎在夏日炎热的黑暗里，我们，居民和鸟儿，呼出的气息在空中蒸发。不计其数的心脏，人类的和鸟类的，在黑夜中以不同的节律跳动。发白的羽毛乘着阵阵气流飘进敞开的窗户，像降落伞一样飘向地面。

我的词都散了

"把那个什么递给我……"

"什么?"

"那个涂在面包上的。"

"人造黄油?"

"不是。"

"黄油?"

"你明知道我好多年不吃黄油了!"

"那到底是什么?"

她皱起眉头,因自己的无能而越来越恼怒,因此她立刻狡猾地切换到攻击模式。

"什么样的女儿会不记得抹在面包上的东西叫什么!"

"抹? 奶酪酱?"

"就是它,白色的那种。"她气呼呼地说,仿佛她已经下决心再也不说奶酪酱这个词了。

她所有的词语都脱落了。她很生气,她真想跺脚,用拳头捶桌子,大喊大叫。但她只是僵在那里,愤怒在她内心涌动,格外轻快鲜活。面对一堆词语,她只得停下来,就像面对着一幅拼不出来的拼图。

"把饼干给我,下体那种。"

她清楚地知道自己想要的是哪种饼干。纤体饼干。她的大脑依然在运行:她用更熟悉的下体代替了不太熟悉的纤体,于是,一个惊人的组合从她嘴里吐了出来。这只是我的想象,也许语言和大脑之间的联系遵循着一条不一样的路径。

"把耳机给我,我要给雅沃尔卡打电话。"
"你是说手机吗?"
"对。"
"你真要打给雅沃尔卡吗?"
"不,怎么会呢,我干吗给她打电话?!"

雅沃尔卡是她多年前认识的人,谁知道她怎么会突然想起这个名字。

"你想说的是卡娅,对吗?"

"对呀,我说我想给卡娅打电话,不是吗?"她哼了一声。

我能听懂她的话。大多数时候,我都知道她指的是什么。通常她忘记词语的时候，会这样描述它：把喝水的那什么拿给我……这个任务很简单：指的是她一直放在手边的塑料水杯。

之后，她似乎还是想到了办法来应对。她说话时开始加上小、小可爱、小可心、甜心之类以前从来不用的小词。就连人名，包括我的名字前面，也会加上这些尴尬的昵称。它们就像磁铁一样，果然，四散的词语又整整齐齐地聚合在一起了。她尤其喜欢用这些词来形容她最贴身的东西（我的甜心睡衣，我可爱的小毛巾，那个松软的小枕头，我的小瓶子，那双舒服的小拖鞋）。也许这些词句就像唾液，可以帮她融化硬糖一般的词语，也许她只是在为下一个词、下一个句子争取时间。

或许这样一来，她就没那么寂寞了。她向周围的世界轻声低语，于是世界好像也变小了，没那么可怕了。除了这些小词，她的话里偶尔还会蹦出来一些大词，像弹簧一样：蛇变成了邪恶的大蛇，鸟变成了又老又肥的鸟。在她眼中，人往往比实际上更大（他是个大—块—头！）。其实，是她变小了，世界就显得更大了。

她用新的、更幽暗的音色慢慢地讲话。她似乎很享受这种音色。她的嗓音有些嘶哑，声调有些傲慢，是一种要求听众绝对尊重的语调。在频频失语的情况下，音色就是她仅剩的一切。

还有一个变化。她开始倚靠某些声音，仿佛声音就是她的拐杖。我听到她在屋子里走来走去，开冰箱，去浴室，按照某种规律的节奏，嗯嗯嗯，或者呜呼呼，呜呼呼。
"你在跟谁讲话？"我问。
"没有谁，就我自己。我在和自己讲话。"她回答。
谁知道呢，也许在某个时刻她突然被寂静吓到了，为了驱散恐惧，她学会了嗯和呜呼呼。

她害怕死亡，所以才会这么一丝不苟地记录死亡。她忘记了太多东西，却从来不忘提起她认识的人的死讯，无论亲疏远近，朋友的朋友的死，甚至她未曾谋面的人的死，还有她从电视中得知的公众人物的死。

"出事了。"
"怎么了？"
"我担心说了会吓到你。"
"说吧。"
"韦斯娜太太过世了。"

"哪个韦斯娜?"

"你认识的那个韦斯娜太太!住在二楼的?"

"不认识,我都没见过她。"

"失去儿子的那个,有印象吗?"

"没有。"

"电梯里碰见总是笑眯眯的那个?"

"真的一点印象都没了。"

"就是这几个月的事儿。"她说着,合上了脑海中韦斯娜太太的小档案。

她的邻居、密友和点头之交相继离世,以女人为主的社交圈日渐缩小。男人很早以前就死了,有些女人埋葬了两任丈夫,有些甚至埋葬了自己的孩子。提起那些对她无足轻重的人的死讯时,她波澜不惊。几则纪念性的小故事具有治疗作用,讲述这些故事能驱散她对自己死亡的恐惧。然而,面对最亲近的人的死亡,她却避而不谈。密友近期去世后,她一直缄默不语。

"她已经那么老了。"她只在后来简单提了一句,好像吐出一块苦涩的东西。这位朋友只比她大一岁。

她扔掉了衣柜里所有的黑衣服。以前她从来不穿色彩鲜艳的衣服,现在她永远穿着红衬衫或者嫩草色 T 恤,这样的T恤她有两件。我们叫出租车时,如果车是黑色的她就拒绝上车(再叫一辆吧。我才不想上这辆呢!)。她把摆在架子上的她父母的、她姐姐的、我父亲的照片都收了起来,换成她孙辈的、我弟弟妹妹的和我的照片,还有她自己年轻时的漂亮照片。

"我不喜欢死人,"她告诉我,"我想跟活人待在一起。"

她对逝者的态度也变了。在此之前,每个人在她的记忆中各有其一席之地,一切都井井有条,如同在一本家庭相册里。现在相册散了架,照片散落一地。她不再提起过世的妹妹,反而突然越来越频繁地提起她的父亲。父亲永远在读书,还经常带书回家,父亲是世界上最诚实的人。她曾亲手把父亲送上神坛,如今又亲手把他拉了下来,关于父亲的记忆被她体会过的最彻骨的心寒永久地玷污了,这件事她永远不会忘记,也绝对不会原谅。

然而,她给出的理由与谈起这件事时的痛苦并不相称,至少在我看来是这样。有一对夫妇是外公外婆的好友。外婆去世后,他们一直照应着外公,特别是那位妻子,也是外婆的朋友,对外公十分照顾。有一次,我妈妈偶然目睹了外公和这个女人之间温情脉脉的一幕,外公在亲吻她的手。

"我觉得很恶心,妈妈当时一遍又一遍地说:'照顾好我丈夫,照顾好我丈夫!'"

外婆不太可能说这样的话,因为她是心脏病发作去世的。照顾好我丈夫,照顾好我丈夫!这种可悲的恳求,是被妈妈塞进奄奄一息的外婆嘴里的。

与恶心的吻手画面粘在一起的还有另一个画面,妈妈无法把它从记忆中抹去。她上次回瓦尔纳[①]时,外公请求妈妈带他一起走,但是她——被我父亲绵延的病情、临终的剧痛和最后的离世折磨得心力交瘁——惧怕责任的重担,拒绝了他。外公被遗弃在瓦尔纳附近的一家养老院里,度过了生命最后的时光。

"他把我送他的小毛巾卷起来,夹在胳膊下面,转身进了门。"她这样向我描述他们的最后一面。

听上去,她是把一条毛巾夹带进了最后那一幕里。每年夏天,我们去看望妈妈的保加利亚亲戚时,总会带着一堆礼物。她不仅喜欢送礼物,还喜欢自己送礼物时的样子:她回到阔别已久的瓦尔纳,给每个人都带了礼物,就像一位善良的仙女。我不明白,她为什么要在与自己父亲告别的画面中加上一条小毛巾,仿佛她在用那条毛巾鞭打

---

① Varna,保加利亚第三大城市,位于黑海西岸,著名的海岸旅游城市。

自己，仿佛夹在他胳膊下的毛巾是人类衰败时最恐怖的意象。衰败就发生在她眼前，她却袖手旁观，没想着要阻止，或者至少减缓一下它的颓势。她没有作出那真正的壮举，即经过漫长痛苦的官僚程序，还得不到确定的结果。相反，她塞给了外公——一条毛巾！

贬低死者是她最近才出现的需要。她的指责并不严重，全是零碎的细节，我还是第一次听她说起。很有可能是她当场编造出来吸引我注意力的，仿佛吐露了一个从未告诉任何人的秘密。也许逝者的形象现在由她掌握这一事实会让她感到满足。有时她回忆起故去的朋友，就像刚刚决定在学校记录上把他们的成绩降一档，她会郑重其事地补充道：我从来都不待见他；也从来没怎么喜欢过她；我对他们印象都不好；她一直是个小气鬼；不，他们都不是好人。

有一两次，她甚至想抹黑我父亲的形象，这位她见过的最诚实的人，但不知为什么，她的态度最终缓和下来，将他留在了他死后她为他建起的神坛上。

"你不是真的爱他爱到发狂吧？"我小心翼翼地问。

"不是，但我确实爱他。"

"为什么？"

"因为他很安静。"她只说了这么一句。

爸爸确实是个寡言少语的人。我记忆中的外公也是位沉静的人。我第一次意识到，他们不仅都安静，还都是妈妈见过的最诚实的人。

也许通过对逝者偶尔的亵渎，她可以消除自己本该做某些事却没有做的负罪感。她用严苛的审判来掩饰自己对最亲近的人不够尽心尽力的愧疚。她似乎只是害怕多关心别人一点。因为不知从何时起，她就像畏惧死亡一样畏惧生活。所以她才会固守着自己的位置，固守着自己渺小而倔强的坐标，面对那些对她来说太过刺激的场面和情景，她选择闭上眼睛。

洋葱一定要炒熟。健康是第一要紧的。撒谎的人是最坏的。老年是可怕的灾难。豆子最适合拌进沙拉吃。清洁的环境是健康的一半。煮羽衣甘蓝一定要倒掉第一道水。

也许她之前也说过类似的话，只是我没有在意。现在，一切都变小了。她的心脏萎缩了。她的血管变细了。她的步子变小了。她的词汇量缩小了。生活也越缩越窄。她以特别的分量说出这些老套的话。我想，这些老生常谈让她觉得一切都还好，世界各安其所，让她觉得她仍然掌控着一切，仍然有决定权。她挥舞着她那老一套，仿佛它们是无形的印章，她把它们盖得到处都是，急切地留下自己的印记。她的头脑仍在运转，双腿也还合用，她能走路，诚然，是在助步器的帮助下，但是她毕竟能够行走，她仍然知道豆子最适合拌进沙拉吃、老年是可怕的灾难。

你还活着吗?

"咱们给老巫婆打个电话吧?"她说。我看到她眼中突然闪过一丝光彩。

我顺从地接过妈妈的小通讯录,上面大约有十五个重要的电话号码,都是我帮她抄下来的,好让她随时都能找到。我拨了号码,然后把听筒递给她。很快,我就听见她欢快地聊起了天。

"你在哪儿呢?我的老姐妹,你还活着吗?"

她经常给老巫婆打电话,尤其是现在她再也不能去看望她了。蒲帕是妈妈最老的朋友,这一点不仅体现在她的年龄上,还体现在两人相识的时间上。

"要不是老巫婆,早就没有你了。"妈妈说着,又重复了一遍那个家族传说:当时蒲帕是一名新晋的住院医生,我妈妈分娩时,她在一旁协助产科医生。("天哪,好丑的孩子!"他们把你拉出来时,蒲帕说。我的心都吓沉了。但是还好,你一点儿也不丑,老巫婆只是在开玩笑!)

"哦，蒲帕！她的日子可不好过啊……"妈妈忧心忡忡地说。

蒲帕参加过游击队，在那里染上了肺结核。她经历过各种各样的事，好几次都在鬼门关前徘徊。她对同为医生的女儿大发雷霆，声称自己的所有麻烦都是她的错。"要是没有她，"老巫婆经常抱怨，"我早就能入土了。"

她体重不到四十公斤，只能依靠助步器走路，眼睛半盲，只能模糊地看到世界的轮廓。她一个人住，固执地拒绝住进养老院，也不愿和女儿一家同住。请一个有偿护工与她住在一起也完全没商量。事实证明，她什么都不同意。她的女儿只好每天都来看她，还有一个清洁女工每天都来，她还经常换人。蒲帕坐在她的公寓里，双腿塞进一双巨大的毛茸茸的靴子，这是她的电暖脚器。有时她打开电视，盯着屏幕上模糊的画面。然后她关掉电视，嗅了嗅周围的空气。邻居，呵，那些可恶的邻居们又通过中央供暖系统向她的公寓输送腐臭气体了。她就是这么叫它的，腐臭气体，因为整栋楼都散发着腐臭味。她让清洁女工彻底检查了公寓的每个角落，看看是不是哪里有东西腐烂了，死老鼠或者食物，但是清洁女工发誓说什么也没有。除了臭气之外，并没有别的东西困扰她的生活。问题在于死亡：死亡根本不愿到来。如果死亡能顺着中央供暖系统爬进来，她会开心地乖乖就范。死亡没有气味，发臭的是生命。生命就是一坨屎！

她坐在扶手椅上，双脚塞在巨大的靴子里，嗅着周围的空气。日久天长，靴子已经和她融为一体，变成她身体的自然延伸。她留着短短的灰发，鼻子像鸟类的喙，她优雅地弯起长长的脖子，用灰色的眼睛直直看向来访者的方向。

"我跟她说过一百遍了，让我死吧……"她抱怨女儿。通过这种方式，她间接地为自己的状况道歉。

"你知道她现在想了个什么招数吗？"妈妈挂了电话，兴奋地问我。

"什么招数？"

"她每天打电话去附近的点心店订一份甜点。她一口气吃了五块奶油派。"

"她这是想干吗呢？"

"她大概是觉得体内的糖分会高得吓人，就能去见上帝啦。"

"她肯定不是这么想的。她总还记得点医学知识吧。"

"我跟你说，她每天都吃好几块奶油派。"

"那她的血糖怎么样？"

"一动不动。在五和六之间。"

"那她可真是倒霉啊。"

"她还把清洁女工炒了。"

"为什么?"

"一定是因为她的活儿干得不好吧。"

"可蒲帕是怎么知道的呢?她都快瞎了!"

"这倒是,我没想到这一点。"

她眉飞色舞地接着说:"说到爱干净,老巫婆从前比我苛刻多啦。我不记得有谁穿着鞋进过她家。我们所有人都要在门口换上旧布拖把。"

"旧布拖鞋?"

"是啊,现在那些旧布拖把应该也都没啦。"

清洁的环境是健康的一半

与蒲帕家不同，客人从我们家离开的时候，鞋子都是干干净净的！我妈妈会偷偷溜出去，拎起客人进屋时脱在门口的鞋子，拿到浴室，把鞋底的灰尘和泥土冲洗干净。

她对洁净有着近乎狂热的迷恋。晶莹透亮的公寓，刚洗好的窗帘，光洁明亮的镶木地板，刚晾干的地毯，衣服叠得整整齐齐的衣柜，熨得完美无缺的织物，干净的碗碟，闪闪发亮的浴室，一尘不染的窗玻璃，每样东西都在它应该在的位置——所有这一切都让她愉悦非凡。在我小时候，她就用干净恐吓我们——爸爸、弟弟和我。每天她一边打扫卫生，一边说——我们可不会这么臭，就像……——她会说出一些人的名字，据说他们臭气熏天。不爱干净总是伴随着丢人这个词（太丢人了！搞得这么脏真是太丢人了！）我小的时候，她会用一个箱子把我圈在角落里，箱子里放着我的玩具。我被困在角落里，直到每天例行的清扫结束。

我最后一次从她口中听到这个词（丢人！）和这种语气是在三年前，我们最后一次一起给父亲扫墓。我们一般会一起去，如果她去不了，就派我和弟弟去。

"人们把坟墓搞成这样真是丢人。"她指着周围的墓碑说，紧接着又说，"来，我们再洗一遍。"

洗指的是向墓碑上泼水。清洗墓碑的任务非常艰巨。我们得提着桶去很远的水池打好几次水，再一次次地提着满桶的水回来。通常，我们会用刷子和清洁剂擦洗墓碑，她再用清水冲洗几次，但这次妈妈并不满意。

"那里，再来一点。"她指挥道。

从父亲的墓到出租车站的路很长，那是她最后一次靠在我身上走完这条路，尽管我们当时对此一无所知。

"这块总是亮晶晶的，"她指着一块我们经常路过的墓碑说，"但其他的却没人管。真丢人！"

妈妈跟我说，她晚上会偷偷从医院里溜出去，然后回家。

"不可能吧。你是怎么办到的？"

"我偷偷出去，再打个车。"

"那你在家做什么呢？"

"我飞快地收拾好一切，然后马上回来。"

"我一直都待在家里,如果你回来,我肯定会发现的。你只是梦见自己回家了。"

"不是这样的。"她有些迟疑地回答。

我每天都去医院。我出现在门口时,她问我的第一句话总是:"家里都收拾好了吧?"

过去的三年里我们经常叫救护车。这是绕过冗杂的官僚程序,让妈妈立即入院的最简单快捷的方式。有一次她状况危急,我们叫了救护车。在护士撑住她的腋下,搀扶她走向电梯时,妈妈弯下腰,身手矫健地一把抓过放在门边准备带下楼扔掉的垃圾袋。

"太太,看在上帝分上!"医生瞥见这一幕,尖声叫道。

我让她讲讲她的童年时,她的回答十分简短,只说那时很快乐。

"为什么快乐呢?"我问。

"一切都很干净,妈妈把我们打扮得漂漂亮亮的。"

医院里,她嘴里插着管子,胳膊上插着输液针头,手却从没松开过手帕。她时不时用手帕擦擦嘴唇。她稍稍恢复一些后,就立刻让我拿一套干净的睡衣来:"没熨好的就别拿来了!"

三年前，她整个人突然变得无精打采，我先是带她去看了精神科医生，也许我是在下意识地推迟不得不把她送进医院的那一天，但这一天立刻就来了。

精神科医生给她做了例行检查。

"您的姓名，女士？"

"真空·吸尘器。"她轻声说着，低下了头。

"您叫什么名字，女士？"精神科医生又问了一遍，这次语气重了些。

"唔……真空·吸尘器。"她重复道。

我被一股荒谬而羞耻的感觉淹没了：说不清为什么，那一刻我觉得，如果她回答的是麦当娜或玛丽亚·特蕾西娅①，可能我都更容易接受一点。

她住院期间——诊断结果不像精神科医生的那样残酷（阿兹海默症！），要好对付一些——我也投身于一个平行的战场，为她的康复而战。我请了一位同意全天工作的泥瓦匠，他费了九牛二虎之力才把几乎与水泥墙融为一体的墙纸剥下来。我们把墙刷成了清新柔和的淡色，又翻

---

① Maria Theresa（1717—1780），奥地利女大公，匈牙利和波希米亚女王，哈布斯堡家族史上唯一的女性统治者。

修了浴室，铺上了新瓷砖，挂上了新镜子。我买了新的洗衣机和吸尘器，扔掉了一个房间的旧床，还买了亮红色的现代沙发，色彩鲜艳的地毯，还有淡黄色的新衣柜。我为阳台的植物换上了新的花盆（那年它们长势极好，一直繁茂到晚秋）。我打扫了家中每个角落，丢掉了没用的旧物。窗户闪闪发亮，窗帘刚刚洗过，衣柜里的衣服叠得整整齐齐，一切各归其位。我似乎第一次知道了什么东西该扔，什么东西不该扔，所以我忍住了扔掉一盆又老又丑、没剩几片叶子的绿植的冲动，把它留在了原处。

我没动她收在抽屉柜最上层的那些东西：一块旧表，大概是我外公的；爸爸的奖章（带银花环的兄弟及团结勋章、英勇勋章），装着一大堆指南针的精美盒子和一把Raphoplex牌计算尺（爸爸留下的），一把上一套公寓的邮箱钥匙，一只电池没电的旧塑料闹钟，一盒Gura牌钉子（从设计上看很可能产自东德），一个镀银鼻烟盒、一把日本扇子，一本我的旧护照，一个观剧望远镜（她和爸爸一起去莫斯科和列宁格勒旅行时用的），一个没有电池的计算器，一捆用橡皮筋扎着的爸爸的讣告。我仔细地擦亮了篮子形状的老旧银制糖果盒，她用这个盒子来放首饰：一枚金戒指，一枚镶了半宝石的胸针（爸爸的礼物），还有她称之为珍珠的廉价项链。妈妈的花道——珍珠像一条条纠缠的小蛇一样涌出盒沿——多年来一直在架子上占据着尊贵的位置。我仔细清洗了她所有的碗盘,包括她从没用过的那套日本白瓷咖啡用具。这套餐具是她准备留给我的(等我死了,这套餐具就是你的了,花了我一个月工资呢!)。一切都为妈妈的归来做好了准备,每样东西都在它该在的地方,整间屋子就像她喜欢的那样,闪闪发光。

妈妈从医院回到家,煞有介事地走进她那间位于新萨格勒布区的小公寓。

"呜呼——呼——呼呼——呼!这是你给我的最大的小惊喜!"

过来，躺这儿……

"过来，躺这儿……"她对我说。
"躺在哪儿？"我站在她的病床前问。
"那张床上。"
"但是上面已经躺了一个病人了。"
"那边怎么样？"
"所有的床都有人了。"
"那就躺这儿吧，躺在我身边。"

虽然她说这话时有些神志不清，但躺在她身边的邀请还是深深地刺痛了我。我们之间缺少亲密的肢体接触，她也一直压抑自己的情感表达，这些都是我们家庭生活中不成文的规定。她自己不知道如何表达情感，也从没有教过我们，而且不管是对她还是对我们来说，现在改变都为时已晚。展露柔情带来的不适多于喜悦，我们根本不知道该如何应对。感情只能用迂回的方式来表达。

去年住院期间，妈妈刚过完八十岁生日，她的假牙和假发上贴了医院的标签，上面写着主人的名字。她让我把假发带回家（带回家吧，不然会被偷的）。她们取下管子之后，我把她的假牙从写着她名字的塑料袋里拿出来，仔仔细细地清洗干净。从那以后，我每天都帮她洗假牙，直到她能自己保养它。

"我在家把你的假发洗了。"

"缩水了吗？"

"没有。"

"你把它戴在……那个什么上，这样就不会变形了。"

"对，戴在模特头上了。"

我想，对她来说，我对她和她贴身物品的照顾远比身体接触更有意义。我让医院的理发师来帮她把头发剪得非常短，她很开心。医院的足部护理师帮她修剪了脚指甲，手指甲则由我来打理。我还把她的面霜带来了。口红是一个不可替代的信号，表明她仍是活人的一员。出于同样的原因，她也拒绝穿医院的睡袍，坚持让我把她的睡衣带来。

我们去了她家附近的咖啡馆，为她庆祝八十岁的生日。她和往常一样：精心搭配衣服，穿上高跟鞋，戴上假发，涂好口红……

"我的假发戴好了吗?"

"好极了。"

"要不要再往额头下面拉一点点?"

"不用,这样很好看。"

"没人看得出来这是假发。"

"绝对看不出来。"

"那,我看着怎么样?"

"非常迷人。"

我们坐在咖啡馆外面,直到一场夏雨把我们赶进室内。

"怎么偏偏是今天下雨呢!这可是我的八十岁生日啊!"她抱怨道。

"很快就会停的。"我说。

"竟然要我在八十岁生日这天挨淋。"她继续发牢骚。

我们在咖啡馆坐了好一会儿,但雨并没有停的意思。

"我们打车吧!我可不能淋雨!"她愤愤不平,尽管出租车答应载我们两百米的可能性很小。

她其实是在担心自己的假发。我安慰她说,假发不会有事的。

"可万一我得了肺炎怎么办?!"

我们打电话叫了一辆出租车。她内心的恐慌,就像几个小时后,她将在朋友的簇拥下吹灭的生日蜡烛一样,熄灭了。

我父亲去世后的三十年来，她一直躲在家里。她被留在了原地，丈夫已经离去这一事实令她不知所措，不知自己该去哪里。日子一天天过去，她就像被遗忘的交通协管员，一直待在自己的位置上。她和邻居，和我们这些子女，以及后来和孙辈聊天时，总会抱怨生活单调乏味。她感到绝望，常常觉得自己的生活就像是人间地狱，但她却不知道该如何自救。她责怪我们这些子女：我们离开了她，离开了家，不再像以前一样关心她，我们疏远（这是她的原话）了她。她的拒绝清单一天比一天长：她拒绝与我弟弟一家同住（图什么？就图给他们洗衣服做饭吗？！），拒绝搬到他们家附近的公寓（那我一天天的什么都别干了，就给他们带孩子吧！），拒绝趁她还出得了远门，和我一起去旅行（电视上什么没有？！），也拒绝自己去旅行（我才不去呢，一个人太扎眼了，我可不想让人当猴看！），她总是拒绝参加家庭聚会，或者一起出去玩儿（你们自己去吧，我的身子骨可受不了！），拒绝多花点时间陪陪孙辈（他们要什么我都给，可我都这把年纪了，还生着病，想累死我吗？！），也拒绝跟同龄人交往（我跟那些老太婆有什么好说的？！），她拒绝和心理医生交谈（我又不是神经病，看什么医生？！），拒绝培养爱好（我要爱好干什么？那都是糊弄傻子的！），拒绝重新联系疏远的熟人（你爸爸都不在了，我联系他们干什么？！），直到最后，她自己接受了现实。久而久之，她逐渐与公寓融为一体，外出活动仅限于在附近散步、去市场、去商店、去看医生和去朋友家喝咖啡。最后，她每天只走一小段路去市场旁的咖啡馆。她在小事上说一不二（太甜了！我就是这么觉得的！可能是我从小就爱吃辣吧！），她固执（我死也不会穿尿布的。我又不是生活不能自理的老太太！），她苛刻（今天我们必须把窗帘洗了！），她直言不讳（医院里的人都又老又丑！），她不通世故（我亲爱的邻居，你家的咖啡难闻死了！）——所有这些都表明，多年来，她体内一直郁积着一种潜在的痛苦，她从始至终都觉得没有人注意她，她是隐形的。她做了最大的努力，使尽浑身解数，同这种可怕的隐形战斗。

有一次，在星期天下午的家庭聚会上，我给在场的人拍了几张姿态放松的照片。我拍了她、我弟弟、弟妹、孩子们，还有大合照。然后我想给弟弟一家四口拍张合照。他们站成一排，在最后一刻，妈妈以惊人的敏捷度跳进了镜头。

"你们该不会是不想带我吧？！"

每当我看到这张照片时，都会屏住呼吸。她的脸闯进了相框，她的笑容里既有胜利又有歉意，融化了我内心禁区那沉重的大门，我崩溃了，如果崩溃这个词足以用来描述那一刻发生在我身上的事的话。当每一根神经的力量都在啜泣中耗尽，我哽咽着，向手掌吐出一团活的小东西，不超过十厘米，有轻微前倾的脊椎，安放其上的圆圆的头骨、低垂的眼睑，以及一抹隐约的微笑。我从一个很远很远的距离观察着掌中这团浸满泪水和唾液的小东西，一点也不害怕，仿佛它是我自己的小宝宝。

橱柜

我最先注意到的就是这个橱柜。这是我上次来的时候在周日古董市集上偶然买到的。柜子老旧、古朴、简单,有一面做成了斜的。旧漆已经剥落了,它唯一的价值就是——那没了油漆的旧木头。现在,橱柜被笨拙地刷成了米色,它立在房间里,就像一场责难。

"这就是我和你说过的小惊喜。"

她在电话中好几次提到有一个小惊喜在家中等我,但我没有放在心上。这是她惯用的伎俩,经常用小秘密和小惊喜作诱饵,我一向默认这种承诺背后并没有什么了不起的东西。

"这是谁漆的?"

"阿拉。"

"阿拉是谁?"

"那个年轻的保加利亚女孩,你叫她来的。"

"我记得她叫阿芭?"

"对呀,阿拉。"

"不是阿拉,是阿芭!"

"好吧,你这么生气干吗?"

"我没有生气。"我降低了音量。

事实上,我确实很不开心。不是因为橱柜,而是她实施的整个战略行动,就因为对橱柜的厌恶。她无法忍受这件没上漆的怪物立在她的公寓里,这件事超出了她的掌控,而她不敢告诉我。放在以前,她绝对不会允许那样的东西进家门。但如今情况不同了,她也就宽容多了。但当那个保加利亚女孩出现在她面前时,妈妈立刻想到一个绝妙的主意。我猜她告诉阿芭,我本来想自己粉刷橱柜,但一直抽不出时间,而她本应该自己来刷的,只是很不幸,因为生病,她有心无力。我猜她还说,如果我看到橱柜漆成了自己想要的样子,一定会很惊喜。她大概就是这样说服了不知所措的客人帮她漆好橱柜的吧。原来是阿芭,而不是妈妈——其实是她们两个一起决定的,要送给我一个小惊喜。

"不知道怎么回事,她最近都不联系我了。"她担心地说。

"她为什么要联系你?"

"她走之后,写过几封信,我还收到过几张她寄的明信片。"

"真的吗?"

"她还给我打过电话呢。"

阿芭是个保加利亚女孩,几个月前给我发了一封电子邮件。她是一位斯拉夫学者,应该说是我的崇拜者,读过我写的所有东西,她的克罗地亚语,或塞尔维亚-克罗地亚语,或克罗地亚-波斯尼亚-塞尔维亚语,说得相当不错。她很想听听我对这一切的看法,因为毕竟语言是作家唯一的工具(工具?多么过时的词!),不是吗?如果我夏天正好在萨格勒布,她期盼能同我讨论这种语言的纠葛,当然还有许许多多其他的事情。总之,她希望我能为她空出一些时间。至于她,她有的是时间。她获得了一笔暑期奖学金,可以在萨格勒布待两个月,并受邀参加在杜布罗夫尼克[1]举办的斯拉夫暑期研讨会。她很想见见我,自从她读了我的第一本书后,就一直梦想着能见到我。不,她在萨格勒布一个人都不认识,这是她第一次来克罗地亚。

我立刻想到这位年轻女士会是陪伴妈妈的理想人选。

---

[1] Dubrovnik,克罗地亚南部的港口城市,以风景优美著称,是热门的度假胜地。

妈妈在一个狭小的圈子里生活得太久了,一张新面孔会让她开心起来。我在邮件中写道,她也很乐意有机会说点保加利亚语。此外,我补充道,如果她在住宿方面遇到问题,欢迎她住在妈妈公寓里我的房间。我把妈妈的电话和地址发给了她。遗憾的是,阿芭来访期间我不在萨格勒布。当然,不管怎么说,她都不必采纳我的建议,鉴于妈妈是一位老妇人,我的建议也许会让她有些反感,虽然这并不是我的本意。

但显然事情的结果出乎意料。阿芭经常来看她,就像妈妈吹嘘的那样,她们两个成了亲密的朋友。

"阿拉太棒了,你没见到她实在太可惜了。我从没见过这么美好的人。"

从她的语气里我知道她是认真的。

"她真的非常非常善良。"她动容地说。

她想要引起别人注意时,会将一个词重复两遍的习惯是最近才有的,把人分为善良和不善良的习惯也是最近才有的。当然,善良的人,一定也是善待她的。

"你看,这是她送给我的。"

"谁送的?"

"嗯,阿拉送的。"

她拿出两把印着民俗图案的木梳，一瓶罗扎玫瑰利口酒。瓶颈上用金色丝带系着一张小卡片，卡片上写着：

> 五月春意盎然，树上缀满了嫩叶，田野上开满了鲜花，夜莺正唱着甜美的歌曲……在这一切之中，玫瑰园就像水泽仙女中的维纳斯，绽放着红晕。

我大声地读着。
"你笑什么？"她问。
"我没有笑呀。"
"过去的确是这样。"她说，语气坚定而戒备。"玫瑰开得到处都是。你外婆每年都会用花瓣做玫瑰酱。"

她在衣柜里珍藏着几块手工刺绣的桌布。它们是保加利亚的亲戚朋友送的礼物，她准确地记得哪一块是谁的手艺：迪娜、拉伊娜、扎娜。虽然布料已经泛黄，折痕处磨得很薄，但它们在妈妈的眼里是无价之宝。
"你知道这里有多少针吗？"她会这样问我，然后会严肃而郑重地随口说个六位数。

多年以来，她的墙上一直挂着一幅难看的复制品，上面画着一个穿着保加利亚民族服装的老人，正在抽农夫烟斗。

"把这幅画扔了吧,太难看了。"我对她说。

"我绝对不会扔掉它的!它让我想起了爸爸!"她回答,指的是她自己的爸爸。其实外公长得并不像画中的老人。后来,为了避免我拿到那幅画,她说这幅画是爸爸(这次指的是我爸爸)在我们去瓦尔纳过夏天时买给她的。画已经破旧不堪。后来,我趁她短暂住院,终于把它扔掉了。她要么根本没发现画不见了,要么就是装作没发现。

她在电视机上摆了一个穿着保加利亚民族服装的木娃娃。娃娃经常从电视上掉下来,但她还是固执地把它留在那里,不肯移到别的地方。

"为了让我想起保加利亚。"她说。

保加利亚女孩的作用远远超过了时不时讲两句保加利亚语:她给橱柜刷了漆。那些纪念品,那些本该让妈妈想起保加利亚的纪念品,完全不能与橱柜带来的满足感相提并论。

她的家永远是她的王国。我搬出萨格勒布之后,在那里就没有自己的住处了。我每次回来都和她住在一起。她喜欢有人来访胜过一切,但是每当客人走了之后,她都会私下抱怨屋子里乱七八糟的,到处堆着脏咖啡杯。她非常宠爱孙辈，光是提到他们的名字她眼中都会盈满泪水，但他们离开后，她也会抱怨，说又得忙好几天才能把屋子恢复原状。我每次出国都会留下一些自己的东西，主要是衣服。她只让我留下衣服。我逐渐发现即使连衣服也会不见。原来她把我的大衣送给了这个邻居，外套送给了那个邻居，鞋子又送给了另外一个邻居。

"反正你也用不上了，这里的人买不起这么好的东西。"她这样辩解。

我在意的并不是这些东西，而是她对清洁强迫症式的执念，她对领地病态的坚持，她决不允许领地内出现她不喜欢或是并非由她挑选的东西。归根结底，这才是她如此慷慨地把我的东西送人的真正原因。

如果我早上买了一份报纸，到下午它就会不见。

"我把你的报纸借给了玛尔塔，她买不起报纸。她会还回来的，但反正你也已经看过了。"

我买给自己的食物也一样，最终都会出现在邻居家里。

"你买的那个奶酪我不爱吃，"她说，"给玛尔塔的姐姐了。"

"那蛋糕呢？"

"我扔掉了。那蛋糕太差劲了，又难看又难吃。"

如果我不小心在她的衣橱里挂上了我的衣服，她会很生气。她把鞋柜最下面一层留给我的鞋。浴室里我的东西只占一个小角落，如果我的东西不小心和她的混在一起，她会立刻提出抗议。

"你走之后我什么都没动过，每样东西都还在原位！"不管我什么时候回来，这都是她对我说的第一句话。

这只能说明她克制住了打扫和收拾一切的冲动。

我经常来，她不能一个人过夏天，也不能一个人过圣诞假期，更不能一个人过生日。

"你会来给我过生日吧？"

自从她生病之后我来得更勤了，也待得更久了。我每次来，都能从她脸上看到由衷的快乐。我离开时，她的眼里会噙满泪水，仿佛这是我们最后的告别。然而，一旦我走出家门，我就知道她会直接冲向清洁柜，拉出吸尘器，先把我的房间吸一遍，仔细地将一切归位，再去浴室，收好我的零碎物件，牙刷、牙膏、面霜、洗发水，放进我的壁橱里。我相信，她当时一定一边吸鼻子、抹眼泪，一边痛骂命运残忍，让她孤独终老。

她已经失去了做饭的手感，也不再有心思和力气，我就接下了做饭的事。但她还是受不了。她会走进厨房，在狭小的空间里把我挤到一边，冲洗几个盘子，挑剔我说应该这样不该那样，埋怨我这辈子什么都学不会。厨房是她绝对权威的领地，她要用最后一丝气力来捍卫它。

她一听到我和别人打电话，就会走进我的房间，问我点什么，或是跟我说点什么，嗓门大得就像笼子里的长尾鹦鹉，所以我只得挂了电话。她做起这些就像条件反射一般，好像根本没意识到自己在做什么。

"我得给老巫婆打电话。"她说，看着拿着听筒的我。

"好的，让我打完这个电话。"

"我给她打了好几个电话，没人接。"

"我们会给她打电话的。"

"问问佐拉娜，她应该知道。"

佐拉娜是蒲帕的女儿。

"我会去问她的，先让我把电话打完嘛。"

她站在那，紧紧抓着衣柜，看着我。

"爱达也没有打电话来。"

"是阿芭。"

"她也没有打电话来。"

"她会打过来的。"

"我们真应该给我们的人打电话。"我们的人是她对我弟弟一家的称呼。

"可我们今早才给他们打过电话呀！"

"把电台的门打开吧,房间里好闷。"她说着,轻轻地向门走去。

"是阳台的门。"我说。

"看,我已经打开了。"

她一丝不苟地打扫和整理一切,把它们复归原位,包括我带来的那个怪物一样的橱柜,仿佛她这一生都在打扫和整理。只有一次,谈到我们第一栋带大花园的房子时,她承认:

"比起种什么东西,长得怎么样,我更在意蔬菜的苗床锄得直不直。"

多年以来,她定期向丧葬基金存钱,所以她的丧礼费用已经全部付清:全套礼节的葬礼有了保证。她的精神与情感领地缩小了,像一个盒子一样井然有序。在这个盒子里,有她的两个孙辈,我的弟弟弟妹,还有两三个老友(以她心中的重要性而言——正好是这个顺序)。

当然,我也在里面。有时在我看来,比起面对面的交谈,她似乎更喜欢我们在电话中聊天,仿佛她在电话里感觉更自由。

"我正坐在你的椅子上呢。"她说,指的是我的书桌椅子,"看着阳台上的花,想着你。花开得真好啊,如果你能看到就好了!你走了,它们好像在哭呢。"

然后,仿佛被令人眩晕的自由刺激,她用不自然的欢快语气说:"天啊,我的生活是多么空虚啊!"

她合上了几乎所有的情感档案,其中一份仍微敞着一点小口:那就是瓦尔纳,她度过童年和青年时代的城市。正因如此,她才会带着如此盛情,让一个陌生的保加利亚女人踏进了她的领地。

妈妈的执事

1

一切都成了一团乱麻。与索非亚巴尔干金笔文学聚会组织者的联系陷入了僵局。我只好自己订酒店、买机票。至少阿芭还在回我的邮件。我此行真正的目的地是瓦尔纳,参加巴尔干金笔只是个幌子。阿芭很快回复说,如果我不介意的话,她想要和我一起去。她有一个多年未见的表妹和几个朋友在瓦尔纳。我不介意。

妈妈给我上了发条,让我向瓦尔纳出发,她用遥控器控制我,好像我是一个玩具,把我派往一个她再也不能独自前往的地方。几百年前的富人会派一个执事(bedel),也就是花钱雇来的代理人,替他们朝圣或者参军。我就是妈妈的执事。她让我一定要去找佩蒂娅,她童年和少年时最亲密的朋友。佩蒂娅不幸患上了阿兹海默症,更糟糕的是,照顾她的儿子还是个酒鬼。然而,佩蒂娅的地址却从妈妈的通讯录上神秘地消失了。

"去问问警察吧。"妈妈坚持说。

"佩蒂娅姓什么?"

"哦,她丈夫叫戈绍。"

"他姓什么?"

一丝绝望的阴影掠过她的脸。

"好吧,我去问问警察,他们一定知道。"我连忙说。

她没有要我去找外婆的墓。外婆和姨妈都葬在瓦尔纳的城市公墓里。妈妈曾经一度让外婆的朋友使用了墓址。因为坟墓价格昂贵,而那时死亡简直没完没了。

"我好傻。我让他们用了墓地,后来没有一个人感谢我。"她抱怨说。

她也没有提到外公的墓。这也不能怪她。她并不知道外公下葬的具体位置。她接到死亡通知的时候已经太晚了。那是一个艰难的时代,又涉及两个不同的国家,她也无能为力。除了已经患上阿兹海默症的佩蒂娅之外,她在瓦尔纳再也没有别人了。身为执事,我的主要任务是去拍些瓦尔纳的照片,用我的新笔记本电脑展示给妈妈看。拍照是我的主意,为此我还买了一台小小的数码相机。

我托阿芭为我预订机票。在保加利亚航空的阿姆斯特丹办事处，他们解释说在索非亚买飞往瓦尔纳的机票价格更低。阿芭回复说机票太贵了，建议我们改乘火车。我拒绝了，我听说过各式各样的故事，讲述保加利亚火车如何残破老旧，小偷横行。我坚持要坐飞机。谁能忍受在索非亚到瓦尔纳的长途巴士上颠簸七八个小时呢！她礼貌地回复说机票对她来说太贵了。她会坐巴士，但会为我订一张飞机票。我感到非常羞愧。当然，我同意坐巴士，为什么不呢？在保加利亚乡间的深秋景色中，一趟漫长的巴士之旅可能也有它的妙处。我们还为酒店的问题友好地争论了一番，阿芭推荐了几家便宜酒店。我眼前立刻浮现出共产主义时期那些破败的酒店，供暖系统永远是坏的，于是我回答说想订一间市中心体面的酒店，并不在意价格。

"我迫不及待地想要见到您，您不知道您的书对我来说有多重要。"她在邮件中写道。她坚持要去机场接我。"不必麻烦了，我会打车去我母亲的亲戚家。"我回复道。"不，不，我会在那里迎接您。您曾经写过，所谓外国，就是没人去机场接你的国家。"我想不起来在哪里写过这句话，甚至不知道我是不是真的写过这样的话——即使我写过，现在听起来也很陌生。

我到机场的时候一开始没有见到她。我找遍了等候区的每个角落，徘徊了一阵，排队把欧元兑换成列弗①，然后慢慢走回等候区，终于瞥见一个身材娇小的女孩子靠着墙角站着，手里捧着一小束花，打量着每一个从出口出来的乘客。最后，她看到了我，冲了过来，热情地吻了我的脸颊。哦，真傻，我会觉得她一定是个不折不扣的傻瓜，但是在她看来，她必须站在那里，因为如果她一动，我就会出来，她就会错过我。尽管在那个位置，她有无可挑剔的最好视野，她已经研究得很透彻了，她甚至不知道是怎么错过我的。

她身材娇小，苗条纤瘦，瘦得有点驼背。第一眼看到的是她那副大大的眼镜，镜框对她精致的小脸来说太大了（一个书虫！）。活泼的黑眼睛，微微弯曲的鼻子，加上那副可怜的镜框，她看起来就像一只鸟。她脸上有些雀斑，用厚厚的粉底盖住，中等长度的红色头发闪着欧莱雅式光泽。她有一副亲切迷人的笑容。总之，一个小女孩，保加利亚女孩。现在我有些明白为什么妈妈那么喜欢她了。

她立刻问起了妈妈，她过得怎么样，最近在忙什么，阳台上的天竺葵还开着吗？（原来她们还一起在阳台上种

---

① Lev，保加利亚货币，古保加利亚语中意为狮子。

了花!)接着她说我们得给妈妈打个电话,再给她寄一张明信片。我们?她用的复数代词让我有些吃惊。她又说我妈妈是个了不起的人,她是阿芭在萨格勒布认识的唯一温暖、有人情味儿的人,她在那儿待了两个月呢!这位保加利亚女孩非常年轻,至少看上去如此。她都可以做我女儿了。她问起妈妈时情真意切,因此我心中的疑虑更重了。我不明白她与我风烛残年的妈妈究竟有什么共同之处。

我们上了一辆出租车。她坚持要送我去我母亲的亲戚家。她坚持要付车费。

我问她:"那您呢,之后要去哪儿?"

"我不知道。"她说,"我打算回家。"

她似乎又不想回家,仿佛不知道自己要去哪里。她看上去有些失落,我本想建议她和我一起走,但最后一刻我还是忍住了。

"明天早上我给您打电话。我们可以讨论一下接下来的行程。"我说完,砰的一声关上车门,随即感到一阵愧疚。出租车开走了。她向我挥手,依然握着显然忘记给我的那一小束花。

2

"酒店就在市中心。"她自信地说。

"酒店在火车站旁边。"出租车司机说。

"哦,火车站就在市中心。"她又说。

酒店的名字叫水景,从印在酒店名片上的小地图来看,确实离火车站很近。阿芭显然没有告诉她表妹或朋友自己要来,我在前台办理入住手续时,她安静地等在一旁,似乎这是理所应当的事。我有些恼火,但又没有别处可去。她让我陷入被动,别无选择,却完全没有道歉的意思。她有手机啊,该死的,我在心中抱怨,为什么她不给表妹打个电话呢?

我们把东西拿进房间,分开并在一起的单人床。我拉开窗帘,装卸起重机的剪影映在夜空中。我们一定离港口很近,我想,但我无法想象港口和火车站在哪里。我向阿芭提议去附近走走,找个地方吃饭。前台的接待员提醒我们现在很晚了,可能很难找到还开着的餐厅。我看了一眼手表,才十点。

我们在空无一人的街道上闲逛。她也不知道我们在哪里。我怒从心上起:一切都不对劲。旅行从六个小时变成了八个小时,沿途只停了一站。不过这辆巴士还不错,有屏幕,整整八个小时都在放电影,而且不算难看。全程我都目不转睛地盯着屏幕。阿芭望着窗外金色的晚秋风景渐渐沉入黄昏，最后睡着了。她醒来的时候我们差不多快到瓦尔纳了。

外面狂风呼啸，卷起的垃圾在街道上上下翻飞。这座城市如噩梦一般。我有些困惑，我还没有认出任何细节。随后，我们终于看到了一个还亮着灯的小餐馆，走进去坐了下来。我感到筋疲力尽，想要尽快吃完好回酒店。我打定主意明天要换个酒店，而阿芭大概会去找她的表妹和朋友。

"阿芭，您的名字是怎么来的？"

她来了精神。她妈妈曾是瑞典流行乐队阿巴（Abba）的粉丝，在共产主义时期的保加利亚，这并不容易。那时有各种各样的短缺，其中就包括黑胶唱片。阿芭出生的时候刚好赶上比约恩（Björn）、班尼（Benny）、昂涅塔（Agnetha）和安妮-弗瑞德（Annie-Frid）[1]最后一次同台演出，也许就是他们在日本舞台上最后一次高唱《知我，知你》（*Knowing Me, Knowing You*）的时候。她出生于1980年3月，妈妈为她取名阿芭。他们在出生登记册上把名字写成了只有一个b的Aba，无论她妈妈有没有要求改，

---

[1] 四人均为阿巴乐队成员。

反正就是这样了。此外,她父亲是匈牙利人,但她父母早已离婚了。

"如果妈妈迷上的是纳博科夫而不是阿巴乐队,我现在大概就叫爱达①,不叫阿芭了。"

"两个名字都很好听。"我说。

纳博科夫那句话触动了我,这是一句年轻人的浮夸评论。我笑了,她也笑了。她不笑的时候显得更阴郁老气。笑容显然是她的王牌。是的,她可能就是我女儿。那些年我也迷过阿巴。

"您是做什么的?有工作吗?"我问。

"让我们别再用敬称了,"她不耐烦地说,"至少您别再对我用敬称了好吗?"

"你是斯拉夫研究的学生吗?"

"哦,不是,我已经毕业了。"她郑重地说。

"那你现在在做什么呢?"

"你肯定猜不到!"她说。

我发现她轻松地转换到了非正式的称呼。

"那是做什么呢?"

---

① 出自纳博科夫作品《爱达或爱欲:一部家族纪事》(*Ada or Ador: A Family Chronicle*)。

"目前,我主要在做民俗研究。"

"那博士学位什么的,你都完成了?"

"小菜一碟!"她简短地回答。

如果说有什么东西是我受不了的,那就是民俗学和民俗学家了。民俗学家愚不可及,他们是学术婴儿。他们蜷缩进自己小小的学术角落,安安静静,不打扰任何人。在我的时代,在所有这些民俗文化丰富的区域——南斯拉夫、保加利亚、罗马尼亚——四处游荡的主要是民俗学家。他们只对两件事情感兴趣:民俗和民俗学中的意识形态色彩(政治笑话、恰斯图什卡[1]、甘加民歌[2]、红色传说)。如今我没法发誓说他们一定没别的兴趣,但在当时,他们的兴趣在我看来是智力上的低级趣味。本土的民俗学家通常是隐蔽的民族主义者,这一点在日后爆发的仇恨和紧随其后的战争中得到了证实。那些外国人,西欧人和美国人,则毫无风险地推行学术殖民主义:本地人不会把他们煮熟了做晚餐。我想知道,本国的文学研究选择如此丰

---

[1] Častuška,表达幽默或讽刺的俄罗斯民歌,节拍欢快,由四行对句组成。苏联时期的恰斯图什卡常含有强烈的政治和性内容。

[2] 常见于黑塞哥维那和达尔马提亚地区,在波斯尼亚西部、克罗地亚西南部和黑山西北部农村地区也有一定程度的分布。其特点是由一名歌手演唱一句歌词,其他人随后加入演唱,演唱风格接近大声号哭。

富——文艺复兴、巴洛克、现代主义、引人入胜的先锋派，甚至后现代主义，为什么这些外国人对民俗学情有独钟。南斯拉夫解体后，许多人大失所望，认为解体是针对他们个人的阴谋。喧闹的国际会议突然消失了，在那里，什利沃维察①流淌成河，羊羔在烤肉扦上欢快地转着圈。再也没有绣花毛巾、稚拙画家、狂热的圆圈舞和民族纪念品了，再也没有滔滔不绝的当地知识分子了，他们永远有时间和所有人讨论所有话题。战争一爆发，新的民俗学家匆匆来到了这个新地区，仇恨成了人类学、民族学和民俗学研究的诱人领域。从马尔科王子②的传说开始，他们接着研究后世杀人犯、罪犯和黑手党头目的传说、塞尔维亚英雄阿尔坎③和他的妻子采察④的传说，克罗地亚英雄兼

---

① Šljivovica，常见于中欧、东欧及南欧地区的一种水果烈酒，由李子制成。
② Marko Mrnjavčević，十四世纪一个马其顿小王国的统治者，在口述传说中被塑造成保护南斯拉夫人民免受不公正待遇和压迫的伟大英雄。
③ Željko Ražnatović（1952—2000），别称 Arkan（阿尔坎）。南斯拉夫内战期间，他创立并领导了准军事组织"塞尔维亚义勇军"（Srpska dobrovoljačka garda），二十世纪七八十年代因在欧洲多国实施抢劫和谋杀被国际刑警组织通缉，1999 年被前南问题国际法庭以反人类罪起诉。2000 年在贝尔格莱德遇刺身亡。
④ Svetlana Ražnatović(1973—)，艺名 Ceca（采察），塞尔维亚著名女歌手，商业上最成功的塞尔维亚艺术家之一。1995 年与阿尔坎结婚，婚礼盛大奢华，进行国际直播，之后发行婚礼录像带。

花花公子安泰·戈托维纳①的传奇。像以往一样，对受害者有兴趣的人寥寥无几。

"好吧，民俗学确实也是一门学科。"我想尽量表现得友善。

我猜得没错，她是一个书虫，以创纪录的速度完成了大学学业，并取得了博士学位。也许有一天她会成为保加利亚的文化部部长。我想，在这样的国家，一旦有需要，民俗学者应该成为优先考虑的对象。

"您在哪里工作？"

"用你就好，"她纠正我，"我目前正在过渡期。"后面几个字咬得很重。在我看来，这是一个小信号，仿佛她引用我的话是为了哄我开心。我曾在一篇文章中谈及我们这个时代新创造的委婉语。过渡期的意思是失业。我假装没有注意到这个信号。她偶尔的引用让我很烦躁。这实在有些不合时宜。

"你现在在找工作吗？"

"嗯，是的。"

---

① Ante Gotovina（1955— ）克罗地亚退役中将，曾参加克罗地亚独立战争，2001年前南斯拉夫问题国际法庭以战争罪和反人类罪对他提起公诉，2011年戈托维纳被判处二十四年监禁，次年一个前南斯拉夫问题国际法庭的上诉小组推翻了定罪，将他无罪开释。

"在索非亚？"

这个问题毫无意义。我像嚼口香糖一样试着延续对话。幸好这个时候我们点的菜上来了。我发现阿芭点了和我一样的东西。

出了餐厅之后我认出了我们所在的位置。我们面前是一座空旷的广场，广场中央有一座喷泉。也许是因为太累了，我刚刚没有留意到它。广场上有一座剧院，还有几座难看的建筑，典型的上一个时代的产物，大概是市政厅之类的。我的目光捕捉到了城市酒店的霓虹招牌，我快步走过去，酒店的入口在一条小街上。

"你们现在有空房吗？"我问前台年轻的接待员。

"有的。"

"如果我明天入住，今晚需要预订吗？"

"不用。"

"那我明天再来。"我说。

接待员用保加利亚人的方式①，彬彬有礼地从右到左摇了摇头。

阿芭和我走上回水景酒店的路。流浪狗在灯光昏暗的

---

① 在保加利亚，点头表示"不"，摇头表示"是"。

街道上游荡。阿芭时不时停下来拍拍它们。狗顺从地舔着她的手。我的双腿有些发软，一半是因为害怕，一半是因为疲惫。

3

第二天，我们搬去了独立广场旁的小酒店。我记不起来广场是改过名字，还是以前就叫这个名字。我依然要了双人间。阿芭站在一旁，仿佛是带我来酒店的女警察，她一声不响地看着我在前台办理各种手续。她依然没有要给她表妹或者朋友打电话的意思。我怒火中烧，但我还是没能说出"是不是该给你表妹打个电话了？"，或者"你朋友知道你到瓦尔纳了，这么久没打电话，他们一定很担心吧？"。相较之下，她和我同住一个房间并不重要，而她没有主动提出分担房费更是不值一提。也许她没有朋友，也许根本没有什么表妹，也许她从没来过瓦尔纳，也许她身无分文，也许她为了和我一起旅行，编出了一整套故事。这些我都能理解。令我如坐针毡的是她一直在我身边，以及她没有明确表示会在什么时候和我分开。我走到哪儿都带着这个孩子干吗呢？你那个表妹在哪里，该死，你的朋友又在哪里？！我是来执行自己的特殊任务的——我对着自己抱怨道——这座城市我来过无数次，而在你密切的注视下，我却记不起它的任何一个细节了！不错，那时我只有十几岁，但眼前这个他妈的独立广场（Nezavisimost Square），我肯定已经走过几十遍了！那个喷泉的水池像是多年前就被人遗弃在广场中央的，但在那些年，它喷出的水流就和现在一样虚弱，一样摇晃不定！

"来吧，我们把东西放在房间里，然后找个地方喝杯咖啡。我们还要买一张城市地图。"她说。

我哼了一声，她用的复数人称快把我逼疯了。她那句我们还要买一张城市地图也十分刺耳。她不是像本地人一样，对这里很熟吗？为什么还需要地图呢？

4

我们坐在酒店隔壁的餐厅喝咖啡。这家餐厅是新开的连锁店，提供快捷美味的食物，像是保加利亚的豪华版麦当劳。与咖啡一起端上来的还有保加利亚版的中国幸运饼干[①]。他们是不带饼干的幸运，Lavazza 咖啡的广告。这种新的广告噱头叫 kasmetčeta——一点幸运。

[①] 常见于国外（主要是北美）中餐厅，饼干中包着一张写着名人名言、中国俗语和幸运数字的字条。

阿芭的幸运是一句温斯顿·丘吉尔的话，就像极速民谣①的歌词。永不，永不，永不，永不屈服。

"你的是什么？"

"要知道，只有火柴做的船才会在茶杯里的风暴中沉没。"

"谁说的？"

"Kukishu。"

"那是谁？"

"不知道，大概是个日本作家吧。"

我注视着她。她抽着一支烟，一副成年自信女人的姿态。我们用保加利亚语聊了一会儿。确实，我的保加利亚语很蹩脚，是我十几岁来这里过暑假时学的。她的保加利亚语，不论对错，在我看来都有些拘谨。她的语言就像晾衣夹，把一堆欢快地翻腾的内容夹在一起，但我却无法分辨出内容的轮廓。

"作家的厨房里最近煨着什么汤呢？"她突然问。

语气不对，她又开始拿腔作调了。

"漂着小孩子胖乎乎的手指的汤。"我装出一副严厉的语气说，召来服务员结账。

她笑了，并没有因为我避而不答而受伤。

---

① Turbo-folk，起源于塞尔维亚，风行于二十世纪八九十年代，特点是将塞尔维亚民间音乐与流行、摇滚、R&B、嘻哈等曲风融合在一起。

我们两个走在街上一定很奇怪。在一个被游客抛弃的城市，我们拿着相机，开始寻找有趣的角度。我在找妈妈会喜欢的东西拍下来，而阿芭在找——我拍过的东西。我拍下了一家餐厅的展示橱窗，里面的告示写着每周二供应两只烤乳猪，每周四供应两只烤羊羔。我想，妈妈看到应该会笑个不停。阿芭也拍了同一个橱窗。我拍了一家面包店，那里有一盘盘刚出炉的布雷克①奶酪派，各式杰弗雷克②面包，有煮的、烤的、加芝麻的、不加芝麻的，还有奶酪罗什契契③，梅基察④和巴尼察⑤。阿芭也拍了一张。我拍下了悲苦的老人，他在人行道上卖杂货挣点零钱：针织地板袜，自酿蜂蜜，一篮苹果，几根黄瓜，一棵卷心菜，一把欧芹。阿芭也拍下了这一幕。我拍下了一间烤肉店，橱窗里摆着大号的保加利亚切瓦皮烤肉。阿芭买了一份，我拍下了她拿着烤肉的样子。我拍下了一面墙漆剥落的淡

---

① Burek，巴尔干、中东、中亚地区的糕点，外皮很薄，内有各种馅料，如肉、奶酪、菠菜或土豆。
② Đevrek，面包圈，通常裹有芝麻、亚麻籽或葵花籽，在前奥斯曼帝国疆域和中东地区较常见。
③ Roščići，一种新月状或"U"形糕点。
④ Mekitsa，由加有酸奶的面团深度油炸制成。
⑤ Banica，以葵花籽油、糖和奶油做饼皮，羊奶酪、酸奶、鸡蛋为基本馅料烤制而成，也有以菠菜、番茄、土豆、南瓜等蔬菜为馅料的。梅基察与巴尼察都是保加利亚传统糕点，通常作为早餐。

色建筑外墙。阿芭也觉得那面剥落的外墙十分有趣。"属糖稀的吗，这么黏人。"我嘟囔着，这个女孩患上了精神上的言语模仿症（echolalia），而我恰好是她的受害者。

我们沿着鲍里斯一世大公街漫步，向海滩走去，街上挤满了卖各种物件的小摊。我们拐上斯利夫尼察街，尽头就是海洋花园和城市海滩。黑海酒店在共产主义时期曾是豪华酒店，如今则是一幢丑陋的混凝土建筑，还贴满了广告牌。住在这座酒店里的，显然都是些不为共产主义美学所困扰的客人：过渡时期的小偷、暴徒、黑帮分子、走私犯和妓女。黑帮的保镖像警察一样穿着制服，黑色西装，黑色T恤，戴着墨镜，装备着金链子、手机和耳机，细细的耳机线从耳边垂下来，他们在酒店门前的豪车旁走来走去。有一家名叫保加利亚地产之梦的房产中介，他们的广告从剥落的外墙一直贴到海洋花园入口，跟了我们一路。

途中我们在一家自助餐厅里停下。

"太可怕了，他们是因为缺钱才在建筑外面贴满广告牌的吗？"我盯着像色情网站一样花哨的广告外墙。

"嗯，纽约也是一座广告之城！"阿芭顺着我的视线望去，回答道。

我很确定她没去过纽约。

"是啊，但在那里，一切都自然地融为一体。"我说。

"那这里也是一样,总有融为一体的那天。"

"这里曾经是座美丽的城市。但现在变成了淘金者过渡的中转站,一切都瓦解了,废弃了,变得庸俗了。"

"过渡本身就是庸俗的。"她充满信心地说。

她的笃定令我恼火,何况我自己此刻也同样狼狈。

女招待为阿芭端来咖啡和糕点,展示了一种新的祝你今天开心的礼节。

"意可蕾①太好吃了!"阿芭用俄语赞美,用叉子插进这长条形的糕点,酥壳表面覆着一层巧克力酱,内里是甜奶油夹心。她又一次引用了我的话,我曾经在一篇随笔里写过那句话。她这样做明显是想哄我开心。我假装没有注意到,打开了我的 kasmetčeta。

"怎么样?"她问我。

"无中不能生有②。巴门尼德。你的是什么?"

"世界虽然拥挤,心灵却很宽敞。思想可以轻易共存,空间中的物体却总是艰难地互相抵触。"

"这是谁说的?"

"弗里德里希·席勒。"

---

① Éclair,字面意为"闪电",法国著名甜点,因非常美味一瞬间就能吃完而得名。
② 原文为拉丁语:De nihilo nihil。

我感到焦躁不安。现在我很清楚,她就是让我心烦。装模作样的谦逊混合着知识分子的自命不凡,让我恼火!这个书呆子!

"我们去沙滩吧。我等不及要看海了!"我咬牙切齿地说。

"丰富令人愉悦[①]!"她兴高采烈地说,立刻从桌边站起身来。

城市沙滩的入口我也不认识了。我们以前去海边要穿过的那栋大楼像冰激凌一样融化了。通往海滩的石阶上,刻着1926年的字样。

"那是我妈妈出生那年。"

"我知道。"她说。

哇,你连这个都知道!我怒气冲冲地想,同时感受到涌上心头的痛苦和绝望。我们经过了一排小屋,来到了海边。在我眼中曾经一望无际的沙滩上,现在到处都是匆忙搭起的摊位,盖着塑料遮阳篷。一切都杂乱无章,没有秩序可言,仿佛全是海浪卷上沙滩的残渣。海滩就像巴西棚户区的模型。除了一位老渔夫和我们两个,这里再无他人。海洋和天空交汇,融化成深灰色的污点。两艘油轮一

---

① 原文为拉丁语:Varietas delectat。

动不动地漂在远处的海平线上，小得像孩子的玩具。天空中，惊惶的海鸥呈"之"字形疾飞。

整个风景都在压抑的紧张情绪中颤抖。当我四处寻找令人欣慰的细节时，阿芭把一直拿着的、为了拍照买的烤肉喂给了一条流浪狗。

突然之间狂风肆虐，天空也变得更加昏暗。我们赶忙去搭出租车。刚上车，大滴的雨水就砸在了挡风玻璃上。若隐若现的保加利亚地产之梦广告牌就像顽固的神秘信号，透过雾蒙蒙的玻璃盯着我。这座城市不是我的财产，而是妈妈的，我想。她已经把她的所有权，就像外婆的坟墓一样，拱手让给了别人。除了梦，这里的一切都不再属于她，然而就连梦也随着时间的流逝褪色了。为什么从我体内长出了绝望，像啤酒杯里的泡沫一样填满了我？是因为我已经主动扮演起母亲执事的角色了吗？

5

猛烈的暴风雨骤然袭来。透过窗户，我看到狂风折断了树枝。白色塑料袋在空中一闪而过，如同小小的幽灵。雨水凶残地抽打着窗玻璃，仿佛要把玻璃击碎。酒店的房间里冷极了,我开始发抖。我穿上一件毛衣,把自己裹在毛毯里,最后牙齿打着战钻进了被子。

"你能下楼和前台再要几床毛毯吗,顺便请他们来把暖气打开!"

阿芭决定自己把暖气打开。她摆弄了很久墙上的供暖装置,但是没有用。她找遍房间每个角落,看有没有多余的毯子。她把自己的毯子盖在我身上,但无济于事。我还在发抖。我确定,她之所以不愿意下楼,是因为担心会和酒店工作人员发生冲突,这是共产主义遗留的本能反应,她怕他们会粗鲁地拒绝她,害怕可能会受到羞辱。因此她回来的时候,脸上写满了得意。不仅没人伤害她的感情,她还赢得了胜利:她抱着两条羊毛毯,身后还跟着一个年轻的工作人员,他打开了暖气。

"这样好点了吗?"她关切地问。

管道中很快流出了温暖的气流,我嘟囔着,明天一定要尽快离开这个恶劣艰苦、疾风骤雨的地方,就这样睡着了。

醒来时我看见阿芭坐在镜子前,往头发上涂乳液。狂风仍在窗外肆虐,但雨已经停了。

"阿芭?"

"嗯?"

"莉莉·伊万诺娃还活着吗？"

"还活着，为什么问起她？"

"我刚刚想到了她……"我喃喃自语。

"是什么让你想起了她？"

"我十几岁时，她是保加利亚最红的歌星。"

我坐了起来。房间里就像蒸汽浴一样温暖。阿芭面前的桌子上堆着瓶瓶罐罐和乳液。

"你在干什么？"

"最近我头发掉得特别厉害。"

"怎么会？"

"真的掉了……"

"你头发看着挺多的啊。"

"唉，我以前头发更多。"

"你去看医生了吗？"

"医生能做什么呢？就只是掉头发而已。我在头皮上涂了乳液，也吃了维生素 B 和维生素 E。"

"压力大也会这样，肯定会长回来的。只有老女人才会秃头。"

"我就是老女人。"

"你还是个婴儿。"

"婴儿就是老女人。"

"好吧，所以你是个秃头婴儿。还有比这更好的事吗？"

"还有。"

"是什么?"

"扎着长马尾的婴儿。"

很显然,她并不是没有幽默感,只要她愿意。我看了一眼手表,现在是八点半。我在想今晚该怎么度过。我下了床,望向窗外。出去就不用想了,除非我们冲去就在隔壁的餐厅。

"我们明天真的要回去吗?"她边看菜单边问我。她还是坚持用复数人称。

"我继续待在这里也没有意义了。"我特别强调了单数人称,"尤其是这种天气……"

"也许明天太阳就出来了。"

"明天不太可能出太阳呀。"

阿芭头上戴了一顶毛线帽,遮住了油腻的头发。她摘下眼镜时,我发现她两条眉毛中间连在一起。她脖子上戴了什么东西,一根皮绳,上面挂着一颗灰色的鹅卵石。

"那是什么?"我问。

"哦,没什么,我在某个地方找到了带孔的鹅卵石,就用它做了一条项链。"

我点了热奶酪和蜂蜜皮塔饼,用小陶罐盛的炖羊肉,和用羊皮纸烤的羊奶酪。外面狂风暴雨，餐厅里却暖意融融，我坚定的决心——特别是一想到要在巴士上颠簸八个小时——开始动摇了。

"阿芭，你有男朋友吗？"

我把话题拉得更长了一些。这种问题是愚蠢的大人拿来烦小孩的。我用了 gadže 这个词，指心上人，这是我十几岁时流行的过时俚语。

阿芭笑了。

"现在人们不用 gadže 了吗？"

"不，不，还在用。"

"那，你有 gadže 吗？"

"我能给你讲个故事吗？"

"是真实的故事吗？"

"对。"

"你讲吧。"

"有一个俄罗斯童话故事，讲的是沙皇少女（Tsar-maiden）和商人的儿子伊万相爱了。"

"沙皇少女？"

"是的，这就是故事的名字，《沙皇少女》。每当他们两个要见面的时候，伊万都睡得像木头一样，把约会搞砸。伊万有一个邪恶而善妒的继母。她知道一个戏法：用针把伊万的衣服刺破，伊万就会睡着。沙皇少女很生气，

71

回到了她的帝国,在很远的地方,要越过七座小山、七座大山和……"

"七片大海!"

"伊万去追少女。他走啊走啊,终于赶上了她,但他没有抵达她的心。要抵达她的心,伊万还得漂洋过海。在海的彼岸长着一棵橡树,橡树上有一个箱子,箱子里有一只兔子,兔子里有一只鸭子,鸭子里有一枚蛋。蛋里藏着沙皇少女的爱。"

"然后呢?"

"这还不够,少女必须吃下蛋。只有吃了它,对伊万的爱才会回到她的心里。"

"那她吃了蛋没有?"

"她吃了,当然,是被哄骗着吃的。"

"天呐!谁能长途跋涉,漂洋过海,再爬上橡树,还有那颗蛋!肯定是煮熟的吧?咦呃……"

"就是这样!这就是重点。"阿芭说着,露出了狡黠的微笑。

"现在我知道这些民间传说都教你什么了!"

"教了什么?"

"标准要严格!"

我们俩同时笑了起来。我喜欢她把答案包裹在故事里。我们的谈话第一次变得轻松起来,气氛染上一层玫瑰色的光晕,像女生的学校旅行。也许是因为意外的天气,也许从一开始紧张的就是我,而不是她,我总是在追逐事先设定的类型规则,迫使她去适应。老天,她还那么年轻!我试着站在她的角度考虑:是的,一直以来这个小女孩都在适应我,而且说实话,她处理得比我更有风度。一次女生的学校旅行,有什么不可以呢:我上一次有这样的机会都是什么时候了?!也许我该再多待一两天?毕竟,距离索非亚的巴尔干金笔文学聚会开始还有几天时间。

"那么,明天我们的故事就结束了。"她说,带着一丝讽刺。

我们的故事听起来就像玻璃碎裂的声音。她用的是保加利亚语的 našijat s tebe roman,俄语里也有同样的说法。Roman 这个词有两个意思:作为文学形式的小说,或者浪漫关系、婚外情。与某人有故事的意思是两人交往、相爱。她这句话令人尴尬:她想用双关语,想讽刺地使用这两种含义,或许,谁知道呢,她只是想说些俏皮话。这些我都能理解,语义上的暗示并没有给我造成困扰。刺耳的是别的东西,是那个声调。叮叮叮——咚!这种声调。

那是饥饿的声音。我认出了这种饥饿。它是对善意的渴望，像磁铁一样吸引着同样渴望善意的人，并以此为食；它是对关注的渴望，吸引着同样渴望关注的人。它是盲人的渴望，寻求盲人的引领；是瘸子的渴望，期盼瘸子的扶持；是聋哑人的渴望，需要聋哑人轻言细语的安慰。

阿芭意外地发现了真相：是的，她是年老的小女孩。她的额头上天生就有一个印记，表明这是不受宠爱的小孩。无论他们是不是真的爱她，会不会爱她，都无关紧要。她的饥饿感与生俱来，也会与她一同湮灭。很少有人可以满足这种渴求，许多人为了缓解它而精疲力竭。是这种渴求，而非真正的饥饿，惩罚了厄律西克同[①]吗，让他最终只能啃噬自己的骨头？

阿芭立刻找到了和我母亲秘密的共同语言。也许她们是用同种材料制成的，不知不觉就认出了彼此。对消失的共同恐惧，对留下印记、被刻在地图上的无意识渴望，将她们联系在一起。她们没有选择手段，也没有选择地图，这既有可能是自己孩子的皮肤，也有可能是陌生人的手。这不是她们的缺陷，也不是她们的错误。仿佛有一位邪恶

[①] Erysichthon，色萨利国王，因为砍伐了得墨忒耳圣林中的树木，得墨忒耳在他胃中放了永不满足的饥饿之灵，他吃得越多就越饿。最终，在变卖了财产和女儿后，他饿得吃掉了自己。

的仙女在她们出生时,给她们戴上了一顶隐身帽,戴上之后她们就隐形了。隐形的感觉就像胃酸,只会加剧饥饿感。没有什么能缓解这种饥饿,巨型放大镜不行,强力聚光灯不行,即使万众瞩目也不行。饥饿像被遗弃的小狗一样在胃里呜咽。这是一种贪婪狡猾的饥饿,懂得如何傲慢地拒绝食物,它是盘算着如何掩藏身份的骗子,是不敢自认的胆小鬼,是说谎者和欺骗者,懂得如何把它口中的呜咽变成塞壬的歌声。到处都是它留下的口水印。

我观察着她。那张善良的脸上显现出忧郁的暗影,瞬间激起观者心中的负罪感。她竭尽所能,希望得到别人的爱。她爱她的父母,如果她有父母的话;她也爱她的朋友,她一定有很多朋友。因为她是那个从不忘记别人生日的人,她是那个寄出礼貌的便笺、明信片和电子邮件的人,她是那个第一个拿起电话拨出号码的人。她从没有伤害过别人,她从没有踢过别人的小腿,她从没有在学校里作弊,她从小到大一直是好学生,她好心地帮助别人;她从不,或几乎从不说谎;她对所有人都很好。在这场情感的讨价还价中,她总觉得自己是个失败者。她也观察着我。她想弄清楚我的发条和齿轮是如何运转的,为了探索,她准备把钟表砸碎。为什么在这个世界上,其他人都在规律、高效地滴答走着,只有她的节拍错了呢?

我认出了诱惑的呜咽。我喂养妈妈的饥饿感实在太久了。毕竟，我不是做了一个人的执事，又做了另一个人潜在的点心吗？是的，爱就在茫茫大海的彼岸。那里矗立着一棵大橡树，树上有一个箱子，箱子里有一只兔子，兔子里有一只鸭子，鸭子里有一颗蛋。要让感情的装置运转起来，就必须吃掉这颗蛋。

6

第二天清晨，天色宁静而灰暗。我得知，昨晚的暴风雨造成了严重破坏，扯倒了电线杆，掀翻了屋顶，当地的几条道路被堵住了。

我还是决定离开。下午的巴士四点半发车。

"如果你愿意，可以留下来，"我说，"和你表妹一起待几天。"我小心翼翼地补充道。

"不用了，反正我们好多年没见了。"她说这话的时候没有任何掩饰，事到如今再也没有必要假装她来这里是为看望表妹了。

"我要出发了，打算去找找外公外婆住过的那条街。"

"我和你一起去。"她说，声音里带着孩子气的任性。

"不行。"我说。

她抿紧了嘴唇，好像有些受到冒犯，况且这次我们的晨间咖啡也明摆着喝不成了。我们在酒店门口分开，约好三点钟再在这里会合。我没有问她今天打算去哪里。

"Priyatno snimane！"她用被丢下的孩子的语气喊道。也许在保加利亚语中，这是很常见的说法，但在我听来有点怪。拍照愉快？

我突然如释重负。好像直到现在——我终于摆脱阿芭的那一刻——我才真正来到了瓦尔纳。我沿着弗拉迪斯拉夫·瓦尔嫩奇克大街（这条街以前叫这个名字吗？）行走，试图找回记忆中鲜活的印象。这是我以前去城市沙滩的必经之路，回家时我晒得黝黑，昏昏沉沉，拖着疲惫的脚步走在滚烫的柏油路上。然而，我唯一认出来的地方只有邮政总局，其他的一切都让我困惑。外公外婆从前住在多斯帕特街上，那是一条左侧的小街。早年间，他们在瓦尔纳郊外有一栋带花园的房子，靠近湖边。妈妈的童年和少女时代的头几年就是在那度过的。湖边有一个早已废弃的火车站，一个 spirka，外公曾在那里工作。妈妈回忆起 spirka 时总带着特别的温柔。夏日夜晚，街区的孩子们在那里聚会。我们晚上在 spirka 集合，那时所有的火车都驶过了……我记得她的原话——晚上，所有的火车都驶过了——因为她一定重复过很多次。我学会了她的说法，又将它染上了自己的色彩。黄昏，萤火虫，宁静的火车站，黑暗中闪着微光的温暖铁轨，呱呱叫的青蛙，天上一轮月亮——妈妈年轻而热切的心激动地跳着。

现在我在想，为什么我们来看望外公外婆那么多次，却从没去看过废弃的老火车站和他们从前的房子呢？外公退休后，他们搬进了一所学校，在那里当管理员。他们生活在学校院子里的一间小房子里。房子只有两个房间，却有一个大院子，其中一部分有遮挡，因此夏天和下雨天我们也可以整日都在外面。暑假期间，学校里空无一人，有广阔的空间可以玩耍。

我找到了那所学校，大门紧锁。我不记得有砖墙，一定是后来砌的。我记得带栏杆的铁门。这扇门被漆成了难看的绿色，上面用黑色字体写着 Kotelno，锅炉。我转了转把手，门是锁住的。我开始不安起来。一种熟悉的恐惧涌上心头，有时当我无法离开一个地方时，这种感觉就会袭来。我站在大门前，仿佛被催眠一般。所有的一切看起来都是这么小！连着砖墙的房顶破败不堪，外墙已经开裂，墙根上布满了发霉的斑点。院子——那么开阔、洒满阳光，能看到大片蓝天的院子——现在变得多么狭小啊！

我们几个是怎么挤下的？爸爸、妈妈、弟弟和我？我们暑假来的时候，外公外婆是在街对面朋友家睡的吗？还是睡在了教学楼某个教室里临时搭起的床上？

　　昔日迷人的小街，两旁有舒适的房子和花园的小街，如今已然面目全非。街道变成了建筑工地，新的住宅楼从四面八方拔地而起。我绕着学校走了一圈，找到了正门，在走廊里碰见了一个男人和两个女人。我解释说想要看看院子，试着从外面进去，但门上了锁。

　　"您为什么对院子感兴趣？"男人问。

　　"我外公外婆许多年前住在那里。"

　　"您不能进去，那里是学校的锅炉房。"

　　"我只是想看一眼院子……"

　　"女士，那里没有院子。那里什么都没有！那里是学校的锅炉房，据我所知，它一直都在那里。"

　　两个女人用保加利亚人的方式从右往左摇了摇头，表示同意。

　　我从学校里出来，回到了绿色大门前。它立在我面前，就像被遗忘的密码。我想，只要我能打开这扇门，一切都会回到我身边。一些画面逐渐浮现：外婆忙个不停的身影，忙着做饭、打扫、洗衣、熨衣服；外公一动不动的身影，坐在院子里的桌旁抽烟。其他的一切在绿色大门后的锅炉里翻腾、混合，变得混沌不清。

我瞥了一眼对面的小房子，它竟然没有被夷为平地。我外婆就是在那所房子里离世的，当时她去拜访现已不在人世的朋友。她们一起看电视时，外婆突然焦虑不安地问："为什么天一下子变得这么黑？"接着她就去世了。这是妈妈口中外婆遗言的最新版本。

我大口呼吸着空气，回到了主街，拦了一辆救命的出租车。一路上，我感觉像打了一针镇静剂，但我还是决定走完这趟毫无意义又麻烦不断的朝圣之旅。
"我们去老火车站。"我问。
"去干吗？"司机惊讶地问，"那里什么也没有呀！"

锈迹斑斑的铁轨缠在一起，铁轨远处，一片湖泊出现在我面前。它就在那里，仅此而已。天空中电线交错，铁轨上覆满杂草。杂草是暗绿色的，而天空和湖水呈灰蓝色。这个地方并不吸引人，但并非毫无魅力。它的魅力在于遍地散发着的纯粹的被遗弃的气息。我转过身，在我对面，路的另一边，本该有一座带花园的房子，那座我们从未见过的房子，但现在那里是一座山坡，坡顶上立着几座破败的小屋。山坡已经被严重侵蚀，这些老旧的小房子仿佛随时都会坍塌。坡底的路边还有几栋类似的小屋，上面挂着修车、换机油之类的牌子。

"亲爱的，我告诉过你这里什么都没有！除非你是来找汽车零件的，还得是老式的车！"出租车司机和蔼地说。

我们掉头开回市中心的时候，我回头再次望向湖面。我仿佛看到湖面上闪烁着微不可见的蓝点，鬼魂就在那空中明明灭灭。

7

我朝着酒店走去，看见阿芭站在喷泉边喂海鸥。她身后喷出的水柱似乎比早上的更有力。阳光冲破云层，水柱闪烁着彩虹般的七色光芒。海鸥像是发了疯一样：它们在空中排成一圈向下猛冲，拍打着翅膀，然后如同降落伞一般，缓缓地降落在阿芭的手掌上——她把双手合在一起，形成了一个天然的平台——啄食着面包屑。

路人纷纷停下脚步看着这一幕：阿芭的表演既像绝妙的杂技，又非常自然。她完美地融入了这个空间。这次她没有打错节拍。如果阿芭在传递什么信息，那肯定不是给我们这些广场上的观众的。

我厌恶有羽毛的动物，所以没有走上前去，而是远远地望着这一切。她看见了我，把剩余的面包像扑克牌一样扔向空中，拍拍手把面包屑弄干净，向我走来。

我们取回了早上寄存在前台的行李。在酒店门口等出租车时，我问她都做了些什么。

"没什么特别的，我就在城里转了转。"

然后她小心地看着我，说："噢，对了，我去了你外婆家——多斯帕特街，对吗？"

毫无疑问，她故意把尖利的小爪子刺进我的肉里。我的内心瞬间腾起一团怒火，不过，我不动声色地吸干了那道看不见的伤口上的血，说："为什么要去，那里什么都没有！"

就在这时，出租车来了。

它们是怎么来的,就又怎么走了

"我等不及你回萨格勒布,给我讲讲瓦尔纳怎么样了!我等不及了。"每次打电话时,她都兴奋地重复这句话。从她的声音中,我能听出她在同一句话中附带的例行兴奋:我等不及你来了。

我在脑海中排演了好几版不同的汇报。也许我最好告诉她,我在瓦尔纳待了两天,天气糟透了,这是实话,我几乎什么都没做成。或许我应该告诉她,一个好心的瓦尔纳警察帮我找到了佩蒂娅,她过得很好,气色不错,她向你问好,但是很不幸,她没有办法写信,因为她写字有困难。她的儿子科斯蒂亚已经戒酒,把她照顾得很好。还有瓦尔纳,瓦尔纳风景如画,但是我没能为她带回照片,因为我按错了新数码相机的按钮。

"这地方我什么都认不出来。"她看着电脑屏幕上的照片说,"这是瓦尔纳吗?"

她出奇地冷静镇定。看到把学校院子和街道隔开的围墙,她说:"不,那堵墙以前没有,是后来修的。"

出乎意料的是,她并没有像我一样对城市沙滩灰蒙蒙的景象感到失望。"城市沙滩的风景从来都不怎么样。你还记得我们总是更喜欢去阿斯帕鲁霍沃和加拉塔角[①]吗?那里的海水要干净得多。"

我下一次去看她的时候,劝她再看看照片。她似乎完全忘记上一次已经看过这些照片了。她的评论和上次一样,她的冷漠让我难过。作为执事,我没有得到预期的报酬,也没有获得她情感上的回应。也许是因为我不配。显而易见,我的任务完成得很糟糕。我的朝圣之旅一无所获,也就没有得到任何回报。我不确定她是在记忆中删除了瓦尔纳的文件,还是仍然保存在某个地方,但我可以确定短期之内我和她都不会再打开了。

这次我发现她改变了走路的方式。她推助步器时站得更直了,迈步时脚也抬得更高了。

"这是亚斯明卡教我的,让我把脚稍稍抬高一点。"

亚斯明卡是她的理疗师。

---

① 均为瓦尔纳南部郊区。

像往常一样,我们去集市旁她最喜欢的咖啡馆喝咖啡。她推着助步器进去,不肯把它留在外面(我不想让人偷走它!)。人们得起身挪开椅子好让她过去。我觉得她并不是不知道,她带着助步器进咖啡馆给别人添了麻烦。

"你不在我身边时,服务员会帮我的。他们人都特别特别好。人们通常都很友好,尤其是看到我推着助步器的时候。"她说。

她总是点同样的东西,一杯卡布奇诺,随后卡娅或者我会从两步远的面包店里给她带一块三角(trokutić),一种三角形的奶酪馅点心。没有每日例行的三角和卡布奇诺,这一天就无法度过。如果天气不好,她没法自己出门,会有其他人给她送来三角,卡布奇诺就自己在家做。

她坐了一会儿,就要去洗手间,回来时心烦意乱。

"这种事怎么就发生在我身上了呢!我是附近最漂亮的奶奶!"她抱怨道。

她拒绝穿纸尿裤,就像她拒绝穿老人平底矫形鞋一样固执(我受不了!我从来都是穿高跟鞋的!)。有人告诉她,她是附近最漂亮的奶奶。就在几年前,她听到这样的评价还会不开心,但现在她高兴地一遍一遍讲:人们都说我是附近最漂亮的奶奶!的确,她这样说的时候带着一丝微不可察的讽刺。她用这句话为自己的笨拙道歉,并要求别人尊重她出类拔萃的年纪。失禁是她的身体对她最残酷的侮辱。健忘也让她感到愤怒（不，我没有忘！），后来她的态度缓和下来（也许我真的忘了？），最终她释然了（忘事儿也没什么，你也知道，我都八十岁的人了！）。

"这样下去，我还不如自杀算了……"她说，间接地寻求我的安慰。

"在你这个岁数，这很正常呀！往好里想，你已经八十多了，还可以下床走动，没有什么病痛。住在自己家里，每天出门，还能社交。天天和最好的朋友一起喝咖啡，她比你小十岁。亚斯明卡每周来看你三次。卡娅每天给你送来三餐，她做得一手好菜，还让你按时体检。医生住在离你家走路五分钟的地方，孙辈经常来看你，他们爱你，我也一直都来看你。"我一样一样数给她听。

"我要是还能读书该多好。"她叹了口气说。虽然她几乎没有耐心读书了，只能翻翻报纸。

"其实你可以读呀，真的，就是有点吃力而已。"

"如果我能再读一遍我的《苔丝》该多好。"

她指的是哈代的《德伯家的苔丝》。

"只要你下了决心，我们就去做手术，白内障手术是无害的。"

"到了我这个年纪，所有的事都是无奈的。"

"我说的是无害,不是无奈。要我给你买个放大镜吗?"

"谁会用放大镜读书呢?!"

"那要不要我读《苔丝》给你听?一天一章?"

"听别人读和自己读是不一样的。"

我想哄她开心,而她以孩子气的倔强回应我所有的努力。她也许会暂时松口(也许你是对的),但她立刻又会抓住新的细节不放(噢,如果我能走快一点,一切都会不一样!)。

"我变了好多,都认不出来我自己了。"

"你说什么呢?你额头上连皱纹都没有。"

"可能是吧,但我脖子上的皮肤都松了。"

"你脸上的皱纹太浅了,几乎都看不出来。"

"也许是吧,可我的背都驼了。"

"你的身材还是很苗条。"

"我的肚子都凸出来了。"她抱怨说。

"是的,一点点,但没人看得出来。"我安慰她。

"我变样了,我都认不出来我自己了……"

"你能想得出来有谁在你这个年纪一点儿都没变吗?"

"好吧,你把我问住了。"她松了一口气。

"你在指望什么?"

"我也不知道。"

"比方说，你挚爱的艾娃·加德纳[①]。"

"艾娃是世界上最漂亮的女人。"她坚定地说，但语气中带着一丝忧伤，仿佛说的是她自己。

"艾娃六十八岁就去世了。"

"你在开玩笑吧。"

"不，是真的，她中风过，半张脸都瘫痪了。她临终前穷困潦倒，弗朗克·辛纳特拉[②]付了她的医药费。"

"她？破产？！我简直不敢相信。"

"是的，她从美国搬到了伦敦，在那里孤苦伶仃，可能再也无法谋生。她留给佣人卡门的最后一句话是：'我好累。'I am tired!"我用英语重复了艾娃的遗言，也许这样更有说服力，我继续沉浸在故事中："据说弗朗克·辛纳特拉听到艾娃的死讯后，把自己锁在房间里两天。他们说他哭得难以自已。"

"好吧，他也应该这样。"她说，"这么小的一个人，也没什么好看的，瘦得皮包骨，像只虾米。他在她旁边就像一只青蛙！"

[①] Ava Gardner（1922—1990），美国著名演员，参演电影《卡桑德拉大桥》《乞力马扎罗的雪》等。
[②] Frank Sinatra（1915—1998），美国歌手、演员，二十世纪美国最伟大的流行歌手之一，多次获得格莱美奖。1951年与艾娃·加德纳结婚，1957年两人离婚。

"那米基·鲁尼①呢?"

"为什么提米基·鲁尼?"

"鲁尼是她的第一任丈夫。"

"那个鲁尼也是只虾米!这么优雅精致的女人,身边却只有小矮人。"

"如果艾娃还活着的话,只比你大四岁。"

"艾娃是世界上最漂亮的女人!"她重复道,忽略了关于她们年龄差距的评论。

"那再看看奥黛丽·赫本。"

"那个娇小的女人?特别瘦的?"

"是的,她六十四岁就去世了。"

"我都不知道。"

"再想想英格丽·褒曼?"

"英格丽·褒曼怎么了?"

"她六十七岁时就去世了。"

"她有点憨憨的,但还是很漂亮。"

"还有玛丽莲·梦露?你出生的时候玛丽莲还是个两个月大的婴儿!她三十六岁就离开这个世界了!"

---

① Mickey Rooney(1920—2014),美国著名演员,身材矮小,5英尺2英寸(约1.57米)高,以活力、魅力和多才多艺著称,因在《安迪·哈迪》系列电影中的表演而广为人知,多次获得奥斯卡提名,1983年获奥斯卡终身成就奖。

"玛丽莲跟我工龄？"

"你是说跟你同龄？你们都是1926年出生的。"

对于和玛丽莲·梦露同年这件事，她似乎毫无触动。

"那伊丽莎白·泰勒呢？"她问。

"她刚庆祝完七十五岁生日。前几天报纸上有报道。"

"我不敢相信莉兹比我年轻。"

"整整六岁！"

"她也是个美人。"她说，"现在没有她这样的美人了。"

"你应该看看她现在的样子。"

"为什么要看？"

"他们给她拍了张轮椅上的生日照。"

"我比她大几岁？"

"六岁。"

"五岁半。"她纠正我说。

"想想她经历了多少手术吧。"我又说。

"她脊椎一直不好。"

"嗯，酗酒，还有那些不幸的婚姻。"

"她结过几次婚？"

"九次，他们报道她的生日会时，说她可能要结第十次婚。"

妈妈笑了。

"向她致敬！"

我们终于开始聊天了。我们聊到莉兹，就像两个好友聊到了另一个好友。我猜妈妈听到这些消息会很高兴。莉兹七十五岁了，照片上的她坐着轮椅。大概再过几个月，妈妈就八十一岁了，她还能走路，不需要坐轮椅。她甚至一点都不胖。

"我觉得美丽和名声都没什么意义。"她如释重负地说。

她脸上的表情说明，这一次她对自己生活的平衡感到满意。

"你知道贝蒂·戴维斯[①]说过什么吗？"

"什么？"

"Old age is no place for sissies."

"那是什么意思？"

"老年不适合胆小鬼。"

"好吧，确实不适合。"她说，一时精神起来。

她经常觉得自己比实际年龄年轻。有一次，她就这样滑入了更小的年纪，会叫我外婆。

"什么，你睡着了吗，外婆？"

---

① Bette Davis（1908—1989），美国电影、电视、戏剧演员，曾获十次奥斯卡最佳女主角提名，其中两次获奖。

她在时光中滑行。她不再记得某些事情是什么时候发生的。她更喜欢在童年中流连，不是因为她觉得童年是她一生中最灿烂的时光，而是因为她那段时期的记忆是安全的，早已成形，封存完好，经常被重述，选为常备节目随时献给她的听众。她用同样的方式，同样的词汇，反复讲述童年的小故事和小细节，在相同的笑点结束，或者更常见的是，在相同的缺乏笑点中结束。这是密封的剧目，不能修正或更改，至少看上去是这样，这也是她唯一坚实的时间坐标。偶尔才会浮现出我第一次听到的模糊印象。

"我一直都很怕蛇。"

"为什么？"

"有一次我们去森林里旅行，遇到一条可怕的大蛇。爸爸把它杀死了。"

"那应该不是毒蛇吧？"

"那是一条草席。"

"你是想说一条草蛇吗？"

"是的，那是一条又大又吓人的蛇，爸爸把它杀死了。"

她曾经用爸爸指我的父亲、她的丈夫，而称她自己的父亲为外公。现在，她说的爸爸指的是她自己的父亲。

距离医生的丑陋的诊断以来，已经过去三年了。还会有几年？一年？两年？五年？和死亡讨价还价是她的拿手好戏(但愿我能坚持到我孙子出生！我能看到孙子上一年级该多好啊！让我见到孙女上学吧！)。只有一件事是确定的：她把一切都处理得井井有条，置办得妥妥帖帖，一切都收拾好了，准备就绪。她坐在生活中，就像坐在空了一半的干净候诊室中：没有什么会伤害她，也没有什么能打动她，她等着有人叫她，又似乎不再关心什么时候会叫到她。只有每天的生活节奏才是重要的：卡娅早上七点半过来，她一边看着早间电视节目《早安，克罗地亚》，一边吃早餐，然后她穿戴整齐，出门去咖啡馆喝她的卡布奇诺，吃三角，再慢悠悠地走回家，路上顺便和邻居聊聊天，等候卡娅一点半左右送来午餐。午后小睡一会儿，六点半左右卡娅送来晚餐，她一边看她最喜欢的电视节目《法庭》，一边吃晚餐，再看看新闻，然后上床睡觉。卡娅每天来三次，陪她去咖啡馆散步，再一起喝咖啡。亚斯明卡每周来三次，陪她做些小运动，再帮她洗澡，邻居们每天都顺路来探望她，她每周都能见到孙辈，通常是在周日。我每周至少给她打三次电话，也经常来萨格勒布，一住就是好几天，或者更久。

她的觉比以往睡得更多了。有时她睡得太沉，电话铃声和我的捶门声都叫不醒她。她躺着的姿势和 CT 扫描时一样，头部有些前倾。她静静地躺在那里，全身放松，唇边带着一抹隐约的微笑。她坐在扶手椅上也经常陷入短暂而深沉的睡眠,好像滑进了装满热水的浴缸。她睡着时碰巧被我看到,她坐在发光的电视机前,头上什么也没戴,手上拿着掸子。然后她睁开双眼,慢慢地举起掸子——一个长柄小刷子,刷头上裹着软布——掸掉电视机屏幕上的灰尘。而后,她看到地板脏了一小块,便站起身来,慢慢地拖着脚步走到浴室,把那块抹布打湿,再包回刷子上,她回到扶手椅上坐下,坐在那里开始擦拭污渍。

"给我买点杜蕾斯,这个牌子是最好用的。"她说。

"你一定是想说斯威弗(Swiffer)吧,妈妈。"

"是的,家里的用完了。"

我一直在一盒盒地帮她带那种神奇的软布,它们是灰尘死神(那些布是灰尘的死神!)。她在屋子里走来走去,挥舞着轻巧的塑料手柄,末端长方形的底板上包着斯威弗软布,她动作缓慢地擦着墙上、家具和地板上的灰尘。明亮的阳光从放低的百叶窗缝隙中照进来,在房间里洒下金色的光斑。她短短的头发贴着匀称的头,苍白的脸上有一双淡棕色的杏眼,嘴唇出人意料地饱满,她站在房间中央,沐浴在阳光的斑点中,仿佛沐浴在一堆金币中。无数闪闪发光的尘埃微粒在她周围的空气中回旋打转。她向空中挥了挥手柄想驱赶它们,但是金色的微粒仍然漂浮在那里。她又坐回椅子上，沉入了梦乡。金色的尘埃环抱着她。她就这样坐在太阳的光斑中，臣服于酣眠，就像一位沉睡中的古老女神。

有一次，她刚刚睡醒，迷迷糊糊地说："你知道我妈妈曾经告诉我什么吗？"

"什么？"

"她生我的时候，有三个女人站在她的床边，两个穿着白衣服，一个穿着黑衣服。"

"也许她们是命运三女神，是决定命运的人？"我小心翼翼地问。

"胡说八道。"她说，"大概是妈妈生产时太痛了，产生了幻觉。"

"两个穿白衣，一个穿黑衣。"她咕哝着，又沉沉睡去。

2007年3月的那十五天里，日出是如此灿烂耀眼，我们每天早上都得把百叶窗放下来。空气中弥漫着春天的气息。妈妈的阳台疏于打理，花盆里的土都干了。

"我们该买点新鲜的泥土，再种些花。"我说。

"我们会是第一家在楼里种花的！"

"没错，第一家。"

"没错，天竺葵。"

麻雀落在了阳台的栏杆上。这是个好兆头,妈妈坚信这一年不会再有成群的椋鸟了。

"那些害人精走了。"她说。

"哪些害人精?"

"那什么,凉糕!"

"你想说椋鸟,是吗?"

"是的,我说凉糕!"

"椋鸟是鸟,凉糕是吃的。"

"我就是那么说的。"

"你说的是什么?"

"害人精走了。"

她神秘兮兮地加了一句:"它们是怎么来的,就又怎么走了。"

第二部分

问吧,

但要知道,

不是每个问题都有好结果

第一天

1

接待员帕维尔·祖纳一看到三个身影向前台走来，就感觉有一股微弱的电流从他左脚拇指向上流，一直流到后腰。或者，也可能是反过来，从他的腰部流向脚趾。帕维尔·祖纳不是一位神经科医生，而是一位前台接待员；他是一位前台接待员，而不是一位诗人，所以他没有仔细琢磨这种奇特的感觉，何况来人鲜明夺目的外表吸引了他的全部注意。轮椅上坐着一位老太太，双腿塞在一双大毛皮靴子里。很难用人类来形容这个老妇人，她是人类的残骸，一片人形的油渣。她身材瘦小，又缩成一团，仿佛靴子都比她更引人注目。老太太的脸很小，老化的皮肤像尼龙袜一样绷在头骨上。她的头发灰白浓密，剪得很短，淡蓝色的眼睛里闪烁着明亮的光芒。她的膝盖上放着一只大皮包。推着轮椅的那一位格外高挑苗条，虽然年事已高，身姿却出奇地挺拔。尽管帕维尔·祖纳的个子并不算矮，但他只扫了一眼就知道自己还不到这位高挑女士的肩膀。第三位是一个矮小的金发女人,气喘吁吁的,头发因为用了太多双氧水已经严重受损,她戴着一副大大的金耳环,一对硕大沉重的乳房把她的身体拽得向前倾。帕维尔·祖纳的接待员生涯既不算短暂,也不算失败,更谈不上无趣,也就是说他见过形形色色的东西——紫色的头发,更大的耳环。然而,不管是在服务台后面,还是在他的生活中,帕维尔·祖纳完全不记得曾见过比这位气喘吁吁的金发女士更大的乳房。

帕维尔·祖纳是一位经验丰富的接待员,他有一项特殊的才能。他体内生来就有一台财务扫描仪,迄今为止从未出过差错:祖纳能立刻猜出某个人所属的阶级和财务状况。如果不是因为帕维尔·祖纳太热爱他这份接待员的工作,他早就被世界上随便哪个税务部门挖走了,因为他对别人荷包深浅的估计万无一失。简而言之,祖纳可以发誓,这不同寻常的三人组是误打误撞地晃进了他的酒店。

"早上好,女士们。有什么能为三位效劳的吗?三位是迷路了吗?"祖纳用医院或养老院医护人员对待老年病人那种颐指气使的态度问道。

"这里是 N 大酒店吗?"高挑女士问祖纳。

"一点没错。"

"那我们没有迷路。"她说着，递给帕维尔·祖纳三本护照。

帕维尔·祖纳又一次感觉到了脚趾上的电流，这次来得如此强烈和痛苦，几乎让他窒息。但是，作为一名训练有素的专业精英，祖纳亲切地微笑着，去电脑上核对她们的名字。电脑屏幕的亮光中，帕维尔·祖纳的脸变得苍白，这既是因为疼痛，也是因为惊讶：护照上的名字预订了两间最贵最好的套房。

"不好意思，你们三位要住多久呢？我没有看到离店的日期。"帕维尔·祖纳用职业骄傲刚刚受挫的语气说。

"也许两天吧。"瘦小的老妇人上气不接下气地说。

"也可能是五天。"高挑女士冷冷地说。

"也可能是永远。"金发女士应和道。

"我明白了。"祖纳说，虽然他什么也不明白。

"您可以把信用卡给我吗？"

"我们付现金！"大胸的金发女士说着咂了咂嘴，仿佛刚刚吃了什么美味。

轮椅上瘦小的老妇人默默地证实了金发女士的话，她拿起软绵绵地躺在膝盖上皮包，拉开拉链。帕维尔·祖纳微微探身，看见里面整整齐齐地码着一捆捆厚厚的欧元。

"我明白了……"他说，感到一丝头晕目眩，"到了一定年纪的女士总是喜欢付现金。"

101

帕维尔·祖纳体内的扫描仪显然严重失灵,这让他深受打击。他有气无力地挥了挥手,立刻出现了三个穿着酒店制服的年轻人。

"小伙子们,送女士们去她们的房间。Presidentske apartma! Cisarske apartma!①"祖纳递过钥匙,吩咐道。

在酒店男员工的簇拥下,三个女性的身影滑向电梯。前台的中式花瓶里摆着华美的插花,帕维尔·祖纳刚勉强看清一阵突然的微风卷落了插花花瓣,眼前的一切就暗了下来。疼痛从他的左脚大拇指向上猛蹿,最后重重地击在了后腰上,他直接瘫倒在地。

阿尔诺什·科泽尼舒服地坐在大堂的扶手椅上,用眼角的余光观察着这一切。退休律师阿尔诺什·科泽尼是 N 大酒店的常客。每天早上他都来这里喝杯卡布奇诺,翻翻当天的报纸,抽根雪茄。下午五点他又出现在 N 大酒店的咖啡厅,晚上他就在赌场里闲逛。阿尔诺什·科泽尼是一位保养得当的七十八岁老人。他穿着一套沙黄色西装,一件刚熨过的浅蓝色衬衫,戴着一条蓝色领结,脚上是一双与西装颜色一致的帆布鞋。

---

① 捷克语,意为:总统套房!皇家套房!

翻阅报纸的时候，阿尔诺什注意到一则新闻：捷克兽医在诺林镇附近的两个农场里发现了不明禽流感毒株。兽医确认这是H5病毒，但是不确定是否为H5N1型，如果不及时采取措施，这种病毒对人类的致命性将不亚于1914年的西班牙流感。文章还说，去年一年间，病毒已在大约三十个国家中出现。捷克国家兽医局发言人约瑟夫·杜本称，就目前掌握的信息，尚未决定是否要对发现H5病毒的两个农场实施消毒处理。目前，政府已在方圆三公里范围内设立了隔离区。

这条新闻之所以会吸引阿尔诺什的注意，是因为他的第一任妻子亚尔米拉就住在诺林。他有一年多没有给她打过电话了。这也许是个聊天的好时机，他一边想，一边悠然自得地抽着雪茄。

那我们呢？我们继续前进。生活的意义悄无声息地逃离，故事为求讲述却在所不惜。

2

贝芭坐在浴室里泣不成声。不，她并不是一进套房就开始哭的，这么多眼泪是要攒一段时间才流出来的。她刚进门时，目光缓缓扫过每一个细节，就像潜水员在探索海床。她用手抚过卧室里雪白的床单，打开壁橱看了看，又走进浴室，取下马桶上的已消毒封条，打量着洗手台旁小小的洗漱用品，摩挲着洁白柔软的毛巾布浴袍。然后她拉开窗帘，温泉和周围山丘密林的壮丽美景在她眼前展开。此时贝芭突然想起，她曾请了一个波斯尼亚人重新装修她的公寓。那是很久以前的事了。贝芭要求把一切都刷成白色。完工时，波斯尼亚人说："看，夫人，现在你的公寓就像一只天鹅。"

现在一切都凝结在天鹅这个愚蠢的字眼上。这个词卡在她喉咙里，就像一块骨头，代表着痛苦的侮辱——贝芭流下泪来。究竟发生了什么事呢？在这间外墙雪白、像天鹅一样在小镇上方张开双翅的酒店里，在如昂贵的裘皮大衣一般包裹着她的皇家套房柔软的空间里，贝芭突然强烈地意识到她的生活是多么丑陋。警用探照灯的强光下，她在萨格勒布的公寓突然浮现在眼前。那个她多年来悠闲地在里面摆弄来摆弄去的狭小厨房；那台手柄断裂、塑料内壁也随着时间流逝变成灰色的冰箱；那些摇摇晃晃的椅子、沙发和老旧的扶手椅，她用毯子和垫子盖起来，让它们看着更快乐；那块虫蛀的地毯，还有那台电视机，她怔怔地坐在屏幕前，次数越来越多，时间也越来越长。她还要擦拭和清洁这堆旧物，一想到有东西——电视、冰箱、吸尘器——可能会坏掉，她就不寒而栗，因为她几乎什么也买不起了。她的养老金只能勉强负担水电费和食物，而她微薄的积蓄早在十五年前就随着卢布尔雅那银行①一起消失了，当时国家分崩离析，每个人都争先恐后地去偷别人的东西。如果她愿意，她本可以从这一切中得到苦涩的满足：与许多人的损失相比，她的损失微不足道，因为她本就一无所有。

突然间，一切都变得丑陋起来。她周围的人先因为仇恨而变得丑陋，随后又因为自我怜悯和意识到自己受骗而变得丑陋。他们脸上逐渐露出了老鼠般的神色，即使是吸着父母有毒的呼吸长大的年轻人也不例外。

贝芭哭了，她已经不记得上次度假是什么时候了。她以前夏天和冬天都会去度假。冬天在海边度假极其便宜。现在这已经不可能了，现在什么都不可能了。海岸显然已经被富有的外国人和当地大亨买走了。

---

① Ljubljana Bank，总部位于斯洛文尼亚首都卢布尔雅那，距萨格勒布约140公里，曾在前南斯拉夫开展业务。二十世纪九十年代初，斯洛文尼亚宣布独立后，该银行停业清算，大批储户血本无归。

贝芭打开行李箱准备把衣服放进衣柜时，一根包着锡纸的加夫里洛维奇①香肠滚了出来，这是她为以防万一而带着的，她又流出了新的泪水。带着这根香肠的她，就像另一个时代的悲喜剧人物，误打误撞地来到了这个时代。她看了一眼自己的化妆品、牙刷和牙膏（尤其是她那把严重磨损的老旧牙刷！），再看看浴室里等着她的那些东西，她的膈肌一阵剧痛。仿佛在表演某种仪式性的谋杀，贝芭把她所有的零碎物件——一件一件地——扔进了浴室的垃圾桶里。包着锡纸的香肠也要扔。砰！砰！砰！

尽管她已经带上了自己最好的东西，贝芭的衣服还是显得粗糙和俗气。她习惯了贫穷，欣然忍受了它，仿佛它是一场躲不过去的大雨；毕竟在那个年代，也几乎没有人过得更好。她是特尔涅②一个工匠家庭的女儿，没有选择接受理发师或售货员的培训，坚持读了艺术学校。毕业之后，由于种种原因，她不得不找了一份工作。她在萨格勒布医学院工作了多年，为教授、学生和医学教科书画解剖素描。那时还没有电脑，但电脑出现后一切都变了。贝芭

---

① Gavrilović，克罗地亚的一家食品加工公司，位于彼得里尼亚，专门生产香肠和萨拉米等肉制品。
② Trnje，萨格勒布市的一个区，在城市中心的南部。

继续做了一段时间行政工作，之后就退休了。正是通过医学院，她才拥有了自己的小公寓，大约四十平方米。

贝芭坐在浴缸里，身上裹着蕾丝般的泡沫。她不记得上一次受到比此刻更温暖、更轻柔的对待是什么时候了。这是一种痛苦的领悟，更敏感的人会想要对着自己的太阳穴开一枪，或者至少找个地方挂条足够结实的绳子把自己吊死。现在看来，她与蒲帕和库克拉来度假是个错误的决定。她待在自己的洞穴里更好。更何况她不明白她们来这里的目的。谁会和一只脚踏进坟墓的八十八岁老太太一起度假呢？蒲帕固执地觉得，她们应该去得越远越好。她们本可以去斯洛文尼亚的温泉疗养地，但那里对蒲帕来说不够远。她们本可以去奥地利或意大利，但不知什么时候起蒲帕就认准了这里。诚然，旅途一帆风顺，贝芭总觉得有一只无形的手为她们做了一切，指引她们去往目的地……她不明白蒲帕怎么会有这么多的钱。蒲帕是一名医生，妇科医生，她早已退休，养老金不仅没有增加，反而一年比一年少。有好几次，贝芭都想打电话给蒲帕的女儿佐拉娜，把一切告诉她，但她忍住了，因为她答应过蒲帕什么也不会说。蒲帕嘱咐她们，不要告诉任何人她们要去哪里，这有点奇怪，但也可能是因为老太太多疑。况且，即使贝芭想说，她也没有人可以炫耀或抱怨，这比什么都更让人难过……

电话铃在她耳边响起时，贝芭吓了一跳。当她意识到墙上的听筒不是额外的淋浴头，而是一部电话时（天哪！浴室里竟然有电话！），贝芭又哭了起来。

"喂……？"她的声音颤抖着。

"一小时后见，我们去吃晚饭吧。"库克拉的声音通过听筒涌进耳朵。

"好的。"贝芭迟疑地说，又滑进了浴缸。

要自杀有的是时间。先吃晚饭，然后她要为自己做点打算。现在看来，更明智的做法是别再折磨自己，试着享受这只天鹅，该死的，也别再这样哭哭啼啼的了，因为回家之后哭的时候还多的是。

这就是贝芭的想法。那我们呢？我们继续前行。虽然生活像挣扎在乱麻中的小鸡，故事却航向大海的澄碧。

3

谢克先生是美国人，属于那种生逢其时的人，在正确的时间、正确的地点出现的正确的人，我们现代社会盛产的那种人；包括无数男女明星、艺术家、流行歌手，以及骗子和欺世盗名的人、招摇撞骗的大师、预言家、冒牌货和我们生活的设计师，我们心甘情愿地受他们摆布。

这位七十五岁的老人很久以前用继承的一小笔遗产,从一个中国人手中买下了一间破旧的药店,里面有一大堆过期的维生素补充剂。谢克先生给旧瓶子贴上了吸引人的新标签,结果维生素变成了香饽饽。起初谢克先生并不相信人们如此天真,但听到第一批钞票悦耳的脆响,他不仅对人有了信心,还相信自己在世上肩负着重要使命。谢克先生的使命可以概括为一句口号:燃起来![1] 长话短说,谢克先生最终成了打着保健品[2]旗号的神奇粉末和药水产业的国王。监管当局早已意识到,这些东西最好还是合法销售,因为无论如何都会被非法销售。从过期的维生素开始,谢克先生转向了混合制剂,换句话说,他从小说转向了科幻小说,从语法转向了数学,从物理学转向了形而上学。像每一个成功的商人一样,谢克先生真正售卖的,是意识形态的迷雾,在这里是蜕变的迷雾。他的产品向青蛙暗示,它们可以变成公主。他的顾客相信身体是一座神庙,他的神奇粉末是神圣的主人,只有经过改造的身体才能获得在人间天堂生活的有效签证。谢克先生的广告语包含营养、改变、成形、重建、塑形、重塑、建模、改建、

---

[1] 原文为英语:Pump it up!
[2] 原文为英语:food supplement。

调理、紧致[1]等字眼——暗示人体是一堆乐高零件，因此可以成为主人最爱的玩具。谢克先生激活了我们每个人心中沉睡的原型梦境的穴位，在梦中，做梦的人借助魔法药水，能变得像罂粟籽一样小，能穿过所有钥匙孔，还能隐身，变成巨人，征服恶龙，赢得美丽公主的芳心。与其说谢克先生是有意为之，不如说是无心之举，他瞄准的是我们这个时代最根本的迷恋，因此大获成功。随着所有意识形态的消失，人体仍然是人类想象力唯一的避难所。人体是它的主人唯一可以控制、缩减、清减、膨胀、增重、塑形、强化并适应其理想的领地，无论这个理想叫作布拉德·皮特还是妮可·基德曼。

是的，谢克先生成功地榨取了人类的痴迷。

谢克先生制剂的成分（一水肌酸、磷酸肌酸、α-硫辛酸、谷氨酰胺、牛磺酸、精氨酸、蛋白酵素）备受推崇，而它们的名字则真正让人肃然起敬：AD、CEE-250、终极神力（Power Maxx）、究极氨酸（Amino Maxx）、顶极肌肉（MyoMax）、转化-X（Trans-X）、海纳百川35（Volumass 35）、王牌高科（Scipro）、首席同道（Isopro）、WPC、超能氨

---

[1] 原文为英语：nutrition, transformation, form, re-form, shape, re-shape, model, re-model, tone and tighten。

酸（Ultra Amino）、GLM、ALC、CLA、HMB、HMB Ultra、筋肉科技（Carni Tech）、至尊之霸（Mega Mass）、至本培元（UniSyn）、育亨宾[①]、超强进阶（Gro Pro）、碳水活化（Carbo Boost）、细胞威力（CytoForce）、盖世超凡（HyperMass）、细胞增强（CytoPro）、无敌氨酸（AminoMax）、细胞燃烧（CytoBurn）、每日维他（DailyVit）、猛兽套餐（Animal Pak）……

报纸上发表了一些可疑的报道和严谨的文章，称他的粉末也许有助于增强肌肉，但其荷尔蒙成分可能会减弱性功能，谢克先生的王国开始崩溃。看着多年来自己亲手建起的一切像气球一样瘪了下去，谢克先生绝望地来到了这里，一石数鸟：既能放松神经，又能嗅一嗅后共产主义市场，看有没有油水可捞，如果有，就能驱使那些啤酒喝得大腹便便、抽烟抽得面色枯黄、酒精弄得脑满肠肥的东方人，将自己的身体从与市场不兼容的状态，转化成与市场兼容的状态。

既然我们提到了兼容性，谢克先生肩上还有一副担

---

① Yohimbe，一种 $\alpha 2$ 受体阻断药物，在中国属于处方药，主要用于治疗男性阳痿及性功能减退，也可用于治疗糖尿病患者的神经病变。

子。这副担子名叫罗茜。谢克先生是个鳏夫，罗茜是他的女儿。他希望女儿能继承他的王国，可是对他的雄心壮志来说，她向来是个讽刺。不能说她不漂亮，但至少就美国人的生活方式而言，她有点过于富态了。更糟糕的是，她似乎毫不在意。谢克先生知道这间温泉及托波拉内克医生创意管理下的健康中心声名在外，他希望能用新的商业理念刷新自己的思路，并让罗茜减掉一两公斤体重。说到商业构想，还有一件事引发了他无尽的遐思。他从熟人那里知道，健康中心里有一位年轻的按摩师，据说他不仅身材迷人，还有得天独厚的性能力。如果他能说动这位年轻人成为自己产品强力的广告代言人，谢克先生就能再次扬帆起航。

谢克先生坐在酒店餐厅里编织着他的美梦。他看到一位高挑苗条、与他年龄相仿的女士和她的两个同伴时，另一个梦突然跃入脑海：白头偕老。多年以来，谢克先生一直被整个世界喧喧嚷嚷、喷薄而出的肉体能量包围，最后这些能量很可能磨损了他的神经。因此，他只需向这位举止从容的女士投去一瞥，就能获得平静，仿佛她是一片年迈而美好的安定。

过了一会儿，谢克先生鼓起勇气，走到三位女士的桌前，邀请这位沉静的女士跳舞。让他大吃一惊的是，她并没有拒绝。而且，她的英语说得非常好。

好了，关于谢克先生暂时就说到这里。至于我们，我们继续前行。厨师还在等锅里的水烧开，故事却要匆匆忙忙给个交代。

4

蒲帕一直用她温暖亲切的方式，哄劝她们做她的代理人。她并没有真的说出这个词，但她会说："你们喝了酒，我就会有醉意。你们吃了东西，我就会爱上它的滋味。你们去做了按摩，我的骨头也恢复了活力。你们跳了舞，我也乐在其中。"她自己，可怜的老太太，已经没有力气做任何事了。她大部分时间都在轮椅上打瞌睡，时不时睁开眼睛看看情况。

"我就是看看你们玩得开不开心。"

没想到，她们刚到没几个小时，库克拉就已经找到了舞伴。"她哪里来的力气啊？！"贝芭一边想，一边努力压制住新的侮辱。晚餐结束后一个老先生为库克拉而来，而不是她，这无疑是在贝芭心口对着她已然破碎的自信再来一记隐秘的重击。虽然库克拉比贝芭大十岁,但那个男人还是选择了库克拉。诚然,贝芭觉得他毫无魅力,这也算是个小小的安慰。

"他们在做什么呢?"蒲帕从睡梦中醒来。

"他们在跳舞。"贝芭说。

"哈啊……"蒲帕说着,又打起了瞌睡。

正因如此,当贝芭看见一位比库克拉的舞伴英俊得多的老先生朝她们的桌子走来时,她突然来了精神。

"请允许我自我介绍一下。托波拉内克医生。"男人说,有力地握了握贝芭的手,"介意我加入你们吗?"

"当然不介意,请坐。"贝芭热情地说。

蒲帕又醒了,眯起眼睛朝来访者的方向望去。

"请允许我自我介绍一下,托波拉内克医生。"男人重复道。

蒲帕只是笑了笑,并没有向他伸出手。她知道自己都这么老了,再也没有人对她抱有任何期待,一切都已经被提前原谅了,就像对待小孩子一样。所以她放松地沉浸在自己的角色中,连很高兴见到您都没有说,就又沉沉地睡去了。

托波拉内克医生是酒店健康中心的负责人。当然,人生并非穿野过田，这句诗出自医生最喜欢的诗人鲍里斯·帕斯捷尔纳克之手，托波拉内克医生年轻时与他笔下的主人公日瓦戈医生产生了深深的共鸣。当然，人生并非穿野过田，但既然故事总是随心所欲，为了故事，还是要说说托波拉内克医生。

捷克的天鹅绒革命发生时，托波拉内克医生感到他的时代来临了。事实上，虽然革命来得太晚，但至少对托波拉内克来说还算及时。他烦透了在舞台中央活动的那些人，但他认识的又全是这些人，之后他又烦透了其反对者，但他认识的又全是其反对者。两边都说着空话，说穿了，他们都是一丘之貉。事情像孔雀开屏一样开始了，至少在托波拉内克看来是这样。这是一场前所未有的隐秘革命虚荣心的盛会，首先浮出水面的是贪婪和愚蠢。在整个过渡时期的漩涡中，托波拉内克下定决心要攫取自己那杯羹。他的同事们，那些行业精英，都拿着微薄的薪水在医院里苦苦挣扎，而他从水疗中心的全科医生做起，胸无大志地开始了自己的事业，如今却一跃成为海内外最知名健康中心的主管。是的，他就像一个业余冲浪者，在风口浪尖上滑行。有些人得益于基因——你可以尽情打击他们，但你永远无法打败他们——另一些人则是性格使然。托波拉内克没有过多的特点，这个小小的缺陷救了他的命。他像草一样温顺，风往哪边吹，他就往哪边倒。暴风雨吹倒的只有橡树,托波拉内克医生诗意地想,而草会继续顺风顺水地生长。

托波拉内克对植物和生存略知一二;他父母是知识分子,也是异见人士,其中一部分也遗传给了他。后来自由的时刻来临了,但没想到,自由就像任性的圣诞老人,什么都没给他父母带来。确切说来,他们本就一无所有,也就谈不上还给他们什么,因此他们什么也没有得到。最让他们痛苦的是,连道义上的认可都绕过了他们。甚至没有人提到他们投身多年的地下斗争。他们只能每日面对自己牺牲青春换来的自由的结果。周遭改变了,但他们还是原样:住在小公寓里,拿着微薄的养老金,身边只剩两三个朋友,都是和他们一样的失败者。他们曾努力战斗,成功击败了老大哥,现在却天天在电视上看老大哥真人秀[①]。俄罗斯人开始了一种新的软占领,不像以前那样用坦克,这次用的是皱巴巴的钞票。但实际上,俄罗斯人在整件事中并不重要,金钱没有国籍,只有人才有,而那些人通常除了国籍之外什么都没有。留给托波拉内克父母的只有老年的牢骚,他们陷入满腹的怨言,就像陷入流沙一样。他们抱怨昔日的战友,抱怨异见人士,据说他们获得了一切,

---

[①] 1999年在荷兰首播,陆续有了多国的版本,房客在屋内期间会受到摄像机和录音机的持续监控,所有房客定期投票将一名成员逐出房子,剩下的最后一人赢得奖金。

而自己却一无所有；他们抱怨成功的朋友，抱怨返乡的移民，抱怨涌入捷克共和国的外国人，抱怨据说日子过得不错的斯洛伐克人，抱怨所有事和所有人。他们曾经为之而战的自由原来竟是杀身之祸。自由摧毁了他们，就像深埋地下的壁画突然重见天日，而氧气摧毁了它们一样。

在资本主义最初的喧闹中，托波拉内克意识到最容易的赚钱方法来自人类的虚荣心，而且不会动任何人一根毫毛。他的客户相当满意，他的健康中心带来的收益远远超过了酒店本身。他们很有竞争力，售卖的是闪闪发光的中欧欧洲特色，在前共产主义背景下，这比西欧的欧洲特色更具吸引力。这座医学机构是共产主义的遗留物，基础扎实牢固：小型医疗服务的价格比西欧低，这些服务就在现场，触手可及。

托波拉内克医生并不是过渡时期愤世嫉俗的人。他也有自己的革命理想，只不过他的革命与他父母的革命不同，是在一个更美丽、更柔软、更有利可图的地方——人体上进行的。托波拉内克医生关心长寿的理论和实践，所以他才会走近那张桌子，在那里，文物一样的老太太坐在轮椅上，旁边坐着她友善的同伴。托波拉内克认为自己有责任同她们打个招呼，再邀请她们体验他健康中心的服务，以及如果她们愿意，可以参加他关于长寿理论和实践的系列讲座。

贝芭兴致勃勃地听着托波拉内克医生讲话，而蒲帕在一旁打盹儿。

"您为什么没有想出一种方法，把老人舒适地送走呢，反而要延长老年来折磨他们？"蒲帕从睡梦中醒来。

"请原谅，我不明白……"

"胡说八道！什么延年益寿？您该延长的是青春，不是老年！"

托波拉内克医生简直不敢相信，如此坚决的话竟出自一具如此瘦小脆弱的身体。但正当他想张口为自己的理论与实践辩护时，一位高挑的老太太和她的同伴走到了桌前。

谢克先生很高兴能见到托波拉内克医生。他答应第二天一定会来健康中心参加讲座。蒲帕和贝芭得知库克拉的舞伴名叫谢克先生，是美国人，和她们一样在当天抵达，也住在这家酒店。不过，那时天色已晚，库克拉提议他们就此分别。

"再见！"贝芭和库克拉对托波拉内克医生说。

贝芭与谢克先生握了手。

"再见,去死吧!^①"她说。

美国人向后退了一步。紧接着是一阵尴尬的沉默。

不过,这里需要说明的是,贝芭有一些不同寻常的特点,其中一条就是口误。所以她不明白为什么库克拉要向美国人道歉,而她只是用再寻常不过的再见,拜拜!^②与他告别。

库克拉抓过蒲帕的轮椅,一言不发地向电梯走去。

"怎么了?"贝芭赶忙追上她问。"你怎么生我的气啦?我是不是又说错什么啦?"

蒲帕突然醒了,问:"那个扯淡医生走了吗?"

她指的是托波拉内克医生。

那我们呢?我们继续生活。我们祝蒲帕、库克拉和贝芭睡个好觉,而我们则要保持清醒,以免故事从身旁脱逃。

---

① 原文为英语:See you, die!
② 原文为英语:See you, bye!

第二天

1

姑娘们面对健康中心诱人的邀请无动于衷。蒲帕就像一只古老的瓷杯，被多次摔碎，又反复粘好，现在必须被好好地收起来，尽量少使用，以保持完整。与蒲帕不同，库克拉的身体状况让人羡慕，贝芭无法理解她的抗拒。库克拉与蒲帕住在一个套房里，以便在——请老天原谅——发生不测时能第一时间赶到，因此库克拉为不能离开蒲帕而抱歉，但她们都热情地鼓励贝芭。无论如何，终于到贝芭要与自己的身体友好相处的时候了，她与它在彼此敌视的状态中生活得太久了。然而，生活过起来慢，故事讲起来快，我们在这里先加快速度，之后再慢慢讲贝芭和她的身体间的敌对简史。

贝芭的眼睛扫过一列名字绮丽的按摩项目，她果断地划掉了甜蜜绞刑架，根据小册子上的描述，按摩师吊在一根绳子上,一边荡来荡去,一边轻轻掠过按摩桌上客人的背(好像要让泰山拿我的背当跳板似的!)。贝芭的目光在泰式热石按摩和美梦护理间游移——最后选了苏莱曼大帝按摩。她之所以选择苏莱曼,是因为在捷克的水疗文化和后共产主义旅游消遣的氛围中,这个听着最稀奇古怪。小册子上的照片很吸引人:一个女人裸体躺着,浑身覆满云朵般的肥皂泡沫,就像奶油中的手指饼干。蒲帕和库克拉赞同贝芭的选择,她们两个也都觉得苏莱曼听起来很刺激。

一个穿着白色制服的女士领着贝芭进了一间小厅,两边墙上贴着东方图案的瓷砖。中间是一张石制按摩桌。女士让贝芭脱下衣服趴在桌子上。

"可是石头上太凉了。"

"别担心,这是特制的桌子,内部有加热装置。"女人和蔼地说。

贝芭沿着小小的台阶爬上桌子,但是趴在桌上根本不可能。贝芭一脸抱歉地指着自己硕大的胸部。

"不用担心!"女士同情地说,然后就不见了。很快,她带着一个特殊设备回来了,它的形状就像小山,四周都是海绵,中间有两个大开口。现在贝芭可以趴着了,她的乳房滑入了开口,不会痛苦地压在桌子上。

贝芭抱着这座小山。这个姿势很舒服。柔软，悦耳，若有似无的东方音乐从看不见的音箱中流淌出来。贝芭趴在海绵小山上，觉得自己就像一只大蜗牛趴在蘑菇上。

穿着白色制服的女人伸手从桌下拿出了一个喷嘴，就像洗车用的那种，把一团芳香的肥皂泡沫喷到贝芭背上。

"不要担心，潘①苏莱曼马上就来。"说完就退了出去。

潘苏莱曼？温暖的泡沫中，贝芭等着即将到来的一切。

一个年轻男人走进了房间。他戴着彩虹色头巾，上身除了那件又小又短的背心之外一丝不挂。他穿着丝质的迪米耶，宽大的东方长裤在脚踝处收口。他的身体强壮结实，充满阳刚的活力，手臂肌肉线条优美，腹部平坦，皮肤像丝缎一样光滑。他有一副东方面孔，至少贝芭看来是这样，鼻子挺拔，牙齿整齐，嘴唇饱满，一双棕色的大眼睛，上唇留着小胡子，贝芭觉得有点老派，但正因如此也魅力十足。

"Hai, mai neym iz Suleiman. I em yor maser!②"年轻人的英语是初学者水平。

"Hi! My name is Beba!"贝芭说。

---

① Pán，捷克语，意为先生。

② 发音不标准之 Hi! My name is Suleiman. I am your masseur! 意为：您好，我的名字叫苏莱曼，我是您的按摩师！

这时，贝芭的头从泡沫的云朵中伸出来，正好在年轻人的迪米耶旁边，更准确地说，年轻人的迪米耶刚好在贝芭的头边，贝芭与他脐下约十厘米的部位面对面。贝芭满脸通红。年轻人脐下的那个部位像帐篷一样隆起。"老太婆，想什么呢……"贝芭默默地责备自己。

"Reeleks!①"年轻人说，双手在贝芭身体上游走。贝芭感到全身一阵酥麻刺痒，好像经历了一场轻微的电击。年轻人把手浸入泡沫中，开始为她按摩身体。

房间中充满寂静。看不见的音响中隐约飘出东方音乐，微不可闻。贝芭想，这个年轻人不说话一定是因为英语不好。

"嗯——"贝芭快乐地呻吟起来。

就在这时，年轻男人不小心用脐下的部位蹭了一下贝芭的大腿，这下不再有任何疑问了——在贝芭看来是这样。"我的上帝！接下来会怎么样呢？"她想。

"Reeleks!"年轻人说。

贝芭记不起来这样的事上一次发生在她身上是什么

---

① 发音不标准之 Relax! 意为：放松。

时候了，一具年轻、英俊、半裸的男性身体站在自己面前，做好了全副战斗准备。她的脸上露出梦幻般的微笑。她把自己压在铺满柔软海绵的小山丘上，舔着香甜的泡沫，身体因期待而战栗。年轻人一边按摩，一边绕回桌子这一侧，又站到贝芭的头边，以便触到她的后颈。透过半闭的眼皮，她能看到年轻人光滑的腹肌。迪米耶上那个像帐篷一样的部分依然紧绷着。"你真可耻！你这个女古斯塔夫·冯·阿申巴赫[①]！"贝芭在心中斥责自己。

也许此时应该说，贝芭认为自己十分愚蠢——她最亲密的人也缺乏纠正这种想法的热情——经常选择知识分子的比喻，而不知道自己在做什么，当她明白自己在做什么时，也不知道这些知识是从哪里来的。不管怎么说，我们必须向前看。因为在生活中，我们每个人都背负着自己的十字架，而故事则会拆掉这些篱笆。

"Veer yu from?[②]"年轻人问。

"Croatia."贝芭不情愿地嘟囔道。年轻人蹩脚的英语就像一盆冰水，冲毁了贝芭梦幻般的心境。

年轻人的手停住不动了。

[①] 托马斯·曼作品《死于威尼斯》主角，一位中年德国作家，在威尼斯度假期间爱上了十四岁的美少年。

[②] 发音不标准之 Where are you from? 意为：你从哪里来？

"邻居？！"年轻人惊呼道。

"这么说，你是我们的人？"贝芭瞠目结舌地说。

"那当然，你以为我是哪里人？"

"土耳其人！"贝芭说，虽然她其实以为他是捷克人假扮的。

"土耳其人！这辈子都不可能！我是波斯尼亚人！"

"波斯尼亚哪里？"

"萨拉热窝！"年轻人喊道，重音放在了热字上，显然是在模仿外国战地记者。

"那你在这里做什么？"

"当然是按摩了，你也看到了。"

"我是说，你是怎么来这儿的？"

"我是难民。"

"什么时候来的？"

"就在风暴行动[①]和《代顿协议》[②]之前。"

---

① Operation Storm，1995年8月4日至7日为期三天的战役，是克罗地亚独立战争最后一场重大战役，克罗地亚陆军击败了塞尔维亚克拉伊纳共和国陆军，波斯尼亚夺回了西波斯尼亚共和国的控制权，这场战役影响了波黑战争的结果。

② 波黑战争参战各方于1995年11月21日，在美国俄亥俄州代顿市（Dayton, OH）附近的莱特-帕特森空军基地（Wright-Patterson Air Force Base）达成和平协议，后于1995年12月14日在巴黎正式签署，结束了长达三年半的战争。

"那你在这里多久了?十二年?"

"差不多……"

"那你今年多大?"

"二十九岁……你到底还要不要我按摩啦?"

"我也不知道,我现在觉得有点怪怪的。我都能做你妈妈了……"贝芭说,想从她的小山丘上下来。年轻人立刻来帮助她。

"哪里怪呢?我经手过各种各样的身体,因为我做这行很久了。"

"话虽这么说……"贝芭尴尬地咕哝着。

贝芭不知怎么爬了起来,坐在了桌子上,但是辅助设备还卡在她的胸上。看到贝芭裹在一团肥皂泡里,戴着辅助设备,两只乳房从开口伸出来,就像两个西瓜,年轻人忍不住大笑起来。贝芭意识到自己处于多么荒唐的情境时,也放声大笑起来。她一笑,身上的泡沫就到处乱飞。

"哦,我的天!你现在就像个雪怪!"年轻人说,带着波斯尼亚口音,努力地忍住笑声。

年轻男人帮贝芭取下辅助装置,给她拿了一件浴袍。裹在白色的浴袍里,贝芭用毛巾擦了擦脸上的泡沫。

"来一根儿吗?"年轻人说,带着他特有的波斯尼亚口音。

"你说什么?"

"我们抽根烟吗?"

"在这儿吗?"

"对,有什么不行的?"

"哦,那好吧。"

"这儿我说了算,亲爱的,谁都管不了我!而且如果我周围没有烟草味,还算什么苏莱曼,嗯?"

贝芭和年轻人点着了烟。

"我已经有好多年没有笑得这么开心过了。"年轻人热切地说。

"啊,我的苏莱曼……"贝芭高兴地轻叹。

"我不叫苏莱曼!"

"那叫什么?"

"梅夫卢丁。"

"你是穆斯林吗?"

"很难说,亲爱的!我就像前南斯拉夫,就像一锅波斯尼亚炖肉,什么都有。我爸爸是波斯尼亚人,我妈妈是一半克罗地亚人,一半斯洛文尼亚人。我家什么人都有:黑山人、塞尔维亚人、马其顿人、捷克人……我奶奶还是外婆,是捷克人。"

"那个,梅夫卢丁……"

"你可以叫我梅夫洛,在这里,他们叫我梅夫利奇卡先生，潘梅夫利奇卡。苏莱曼是我的艺名。捷克人让我穿上这条迪米耶，他们说游客会喜欢土耳其按摩的。他们什么都不懂，土耳其人又没对着他们虎视眈眈五百年。"

"我觉得你很像个演员。"

"没错，我就是个演员。但我也受过理疗师的训练。人们说我有一双黄金手。"

"是真的，确实是金手。"贝芭郑重地说。

"它们对我有什么用……"年轻人皱紧眉头，叹了一口气。

"你说它们对我什么用是什么意思？"

"如果我没有别的东西，那又有什么用呢？"

贝芭不知道说什么。以她的标准看来，这个年轻人一切都很好，好甚至远远不足以形容他。

"我这个东西像旗杆一样立着，但有什么用呢，亲爱的，我冷得像一根冰柱。它对我来说就像瘸子萎缩的那条腿。你随便怎么动它，想怎么拍它就怎么拍它，它还有回声，就像里面是空心的一样。"

"等等，你在说什么？"

"我的下面，亲爱的，你一定已经发现了。"

"我没有……"贝芭说了谎。

"一颗塞尔维亚炸弹就在我旁边爆炸了，去他妈的，从那以后，它就一直这样立着了。我的波斯尼亚哥们都在笑我。'为什么，梅夫洛，'他们说，'你从战争中捞到了好处。你不仅活着逃了出去，还有一根像枪一样绷紧的活儿。'我，捞到了好处？说我是战争残废还差不多！"

年轻人垂头丧气的。贝芭好奇地用眼角余光瞄了一眼，发现他提到的那个身体部位依然斗志昂扬。

"我很难过。"她说。

"我把自己藏在迪米耶里。我演土耳其人，一直在等待痊愈。我看了几个医生。他们给我做了检查，笑着说你的东西没有问题，潘梅夫利奇卡。生活就是这样，亲爱的，每个人都推来搡去的，却没人去爱抚和拥抱……我想回波斯尼亚，我很喜欢在波斯尼亚的日子，哪怕是在战争期间，但是他们都拿我取乐。超人梅夫洛，金器梅夫洛，你知道我们同胞是什么样的。我的头都要炸了。我不能就这样回去，我不是男人，也不是女人，我什么也不是……这里有几个女人追我，女演员，什么样的都有，你知道在酒店工作意味着什么，你一天二十四小时都在客房服务，每个人都觉得他们有权利缠着你。有些人劝我拍色情片，有德国人、俄罗斯人、美国人……我暴揍了其中一个，把他的骨头都打断了，我的名声很坏，但至少没人再来烦我了。如果我是个同性恋，也许就轻松多了，你觉得呢？"

"重要的是你心地很好。"贝芭温柔地说，此时她真心地相信自己说的话。

"我的心跟清真寺一样大，但是有什么用呢！"

贝芭微微一笑。

"我相信你头脑也很灵光。"

"好吧，我没有那种东西。"年轻人眼睛一亮，"我是个傻瓜，亲爱的，一日傻瓜，终身傻瓜。"

"一切都会好起来的，一定会的。"贝芭充满同情地说。

"下面这根大蟒的问题能解决就好了。我烦透它这副样子了。好像那个塞尔维亚炸弹给我念了咒语，妈的，下地狱去吧！"

年轻人看着贝芭，脸上展露出温柔的微笑。

"嘿，不好意思我说脏话了。"

"不用在意。"

"还有，对不起，我向你发泄了一大堆。如果有人能像炸弹下咒那样替我解开咒语就好了。这就是我每天的梦想，亲爱的……"

有人敲门。穿白色制服的女人走进了房间。

"潘苏莱曼，外面有两位客户在等您。"

年轻人扶着贝芭从桌上下来，送她走到门口。

"你在这里住几天?"

"我还不知道。"

"你会再来吗?"

"一定会的。"

"你一定要来,别忘了。你可以在我下班后顺道过来,我们去喝杯啤酒……找到我很容易,我就住在酒店里。向人打听潘梅夫利奇卡就行。人人都认识我。"

"好的。"

他转向白色制服的女人,用清晰流利的捷克语说:"这位女士的按摩记在我的账上。"

那我们呢?我们继续前行。生活给人设下圈套,故事的箭却射中了目标!

2

托波拉内克医生站在一张投影到屏幕上的彩色照片前。照片上是一位坐在扶手椅上的老妇人,穿着一套西装,白衬衫的领子和袖口从西装外套的袖子中露出来,鲜艳的毛衣披在她肩头,像一条披肩,显得很年轻。老妇人有一头灰色的卷发,蓝眼睛深深地陷在眼窝里,嘴唇完全看不见了。最引人注目的是她的双手，手指肿胀变形，像爪子一样。

"他们至少可以给她戴一双蕾丝手套。"贝芭看着照片，心想。

托波拉内克医生给在场观众发了一张百岁以上老人的名单。名字旁边是种族、性别、国籍和他们取得的长寿成就。

"你们可能想知道照片上的女人是谁。"托波拉内克医生说，"如果你看一眼名单，会在最上面找到她的名字。记录显示让娜·卡尔芒是世界上最长寿的人。卡尔芒女士去世时的年龄是122岁又164天！'我身上只有一条褶子，而我正坐在它上面！Je n'ai jamais eu qu'une ride et je suis assise dessus'，她对媒体说。卡尔芒女士直到100岁生日时还在骑自行车！"

托波拉内克医生继续说："莎拉·克瑙斯、露西·汉纳、玛丽-路易丝·梅耶尔、玛丽亚·卡波维亚、猪饲种、伊丽莎白·博尔登、凯莉·C. 怀特、本乡门真、玛吉·巴恩斯、克里斯蒂安·莫滕森、夏洛特·休斯——我还能接着列举。这些都是普通人的名字，都是长寿的英雄。更准确地说，是女英雄。仔细看看这份名单，其中有九十位是女性，只有十位是男性。"

托波拉内克医生意味深长地看着他的听众。

"我们男性被称为强壮的性别。但有没有人想过，我们看似比女性强壮，仅仅是因为我们体内天然深藏着一个生物警报器，让我们意识到自己会比女性同伴更早地离开这个世界？未来是属于女性的，无论是比喻意义上还是字面意义上。一旦繁衍后代不再需要我们——这一点可能很快就会实现——整个男性性别将被彻底扔进历史的垃圾堆。"

谢克先生是稀稀拉拉的观众里唯一一个男性。除了贝芭、库克拉和在轮椅上打盹儿的蒲帕，还有几个老妇人，谢克先生是绝对的少数。当托波拉内克医生绘声绘色地解释他将被扔进历史的垃圾堆时，谢克先生站起来默默地离开了大厅。

"如果那位先生没有因为他的性别前景黯淡而离开会场，他会听到一个令人欣慰的事实，那就是，神话里完全是另一回事。在神话中，只有男性能够长寿，这很容易理解，因为神话的创造者都是男人。玛土撒拉，人类的想象

133

史上最长寿的人，被认为有969年寿命。我们的先父亚当活了930岁，他的儿子赛特活了912岁，孙子以挪士活了905岁……

"我们在《圣经》中找不到关于夏娃和她年龄的记载，"托波拉内克医生别有深意地说，"夏娃是亚当的肋骨创造的。这个神话上的事实给予了夏娃和全体女性第二性的地位，所以，自夏娃开始，女性都被当作肋骨对待……"

观众中传来一阵笑声。是贝芭，她被托波拉内克夸张的表演和肋骨女人的看法逗笑了。

"挪亚活了950岁，这是历史上首次证实基因在长寿中扮演着重要角色。"托波拉内克接着说，"挪亚是玛土撒拉的孙子，也许是人类历史上最后一个长寿的人。在大洪水之后，人的寿命不再以天堂为尺度，而是以人类为尺度，不再由神量度，而是由凡人量度。大洪水永久地分隔了两个世界：从那时起，神界只属于神，人类世界只属于人类。在人类世界里，只有重要人物才会长寿：圣人、先知和统治者。因此亚伯拉罕活了165岁，摩西活了120岁，而普通人只能活过短暂的一生。"

托波拉内克医生继续说:"长寿的观念进而发展成乌托邦和人间天堂的传说,关于治愈之泉,青春之泉,生死之水,青春之树、特殊种族、部落、岛屿,以及通常位于地球偏远地区的传说。在黄金时代的传说中,人们年轻而无忧地度过漫长岁月,当他们大限将至,要去往下一个世界时,只需要安然入眠。有个关于埃及人的传说,根据希罗多德的说法,埃及人是世界上最高大美丽的民族,平均寿命有150年,与神明保持着愉悦、幸福、友好的关系。古希腊人相信印度有一种长着狗头的人,叫犬头人(Cynocephali),能活到200岁左右,不像俾格米人(Pygmies),他们在古希腊人的说法里,只能活到8岁。还有非洲长寿民族马克罗比人(Macrobi)的传说,以及许珀耳玻瑞亚人(Hyperboreans)的传说,他们住在遥远的北方,寿命可达千岁。最有趣的传说之一是由是希腊人亚姆布鲁斯(Iambulus)传播的。他被海浪带到了印度洋中央的一个小岛上,岛上住着身高两米、外表俊美的居民。这些人说的是鸟类的语言,能够同时与两个人交谈,因为他们的舌头像叉子一样分了岔。他们不懂一夫一妻制,而是共享女人,由社群共同抚养孩子,幸福快乐地生活了一百五十年……"

"我们这位医生还没开始呢。等他说到保加利亚酸奶、肉毒素和抗氧化剂，我们早就变成骨头架子了。"贝芭悄声对库克拉说。

就在这时，蒲帕也醒了。

"我们是走人还是留下？"她问。

"我们走吧！"三人立刻达成一致。

库克拉向托波拉内克医生道了歉，编了个她们不能留下听讲座的理由。

"当然不要紧，"托波拉内克医生说，"但你们明天还会来的，对吧？"

"一定！"蒲帕、贝芭和库克拉同时和蔼地说。

她们刚踏出门，蒲帕就坚决地说："没门儿！"

在这里我们要说，蒲帕、贝芭和库克拉对托波拉内克医生不太公平，她们离开大厅真的很可惜：她们错过了各种各样有意思的事情，比如柏拉图对一个更幸福的世界的想法，一旦整个宇宙开始向相反的方向运行，这个世界就会出现。人们将不再由异性结合而产生，而是像植物一样从土地里生长出来，直接长成成人，然后逐渐变得年轻，最后重归大地。那时人的寿命不会比今人更长，但是会更幸福，不必害怕衰老和死亡。蒲帕、库克拉和贝芭还错过了一个关于美狄亚的有趣故事，她为了让伊阿宋的父亲恢复青春，实施了医学史上第一次输血。美狄亚用剑在老人喉咙上割开一个小口，将血液放出去，再用她自己调配的方剂灌入老人的血管，方剂由许多香料、植物、根系、种子、鹿肝和狼人的肠子制成。老人的白发变黑了，皱纹被抚平，四肢变得灵活，重焕生机，心脏又快速地跳动起来，四十多年的重担从这具衰老的躯体上滑落了。

是的，三个老姑娘错过了更多的知识，但遗憾的是，我们必须继续前行。当人们为错过而憾恨不止，故事却是以其他方式锻造的——它万无一失！

3

蒲帕一位病人的儿子告诉她，他有一次推着轮椅上的母亲出门，去屋外坐一会儿，让她呼吸新鲜空气。那是在十一月底，他用一堆毯子把母亲裹得严严实实，免得她着凉。他回到屋子里拿烟，然后忘记了自己为什么进屋，就坐下抽起了烟……在这期间，天空下起了雪。等天色渐暗，老太太全身覆满了雪，像个干草堆，儿子才惊恐地想起来她还在外面。老太太年迈昏聩，根本不明白这一切。她望着雪花，自得其乐，甚至并没有感冒。

蒲帕经常想，如果有人能带她去格陵兰岛，然后把她忘在那里，像弄丢雨伞或手套那样弄丢她，那该有多好。她已经到了对任何事都无能为力的地步。她就像一株印度榕，一盆被搬来搬去的盆栽，被搬到阳台上透透气，又被搬回室内以免冻坏，定期浇水，定期除尘。一株印度榕要如何做决定，或者是自杀呢？

所有原始的文化都知道如何应对晚年。规则很简单：当老人再也不能对群体作出贡献时，就任由他们死去，或者帮助他们进入下一个世界。就像那部日本电影，儿子把他的母亲放进篮子，背着她爬上山顶，让她在那里死去。即使是大象也比人类更聪明。它们自觉时日无多，就离开象群，去自己的墓地，躺在一堆象骨中间，等待着自己也变成白骨。今日的伪善者对过去的原始习俗感到惊骇，但他们恐吓自己的长辈时，良心却没有一丝一毫的不安。他们无力杀死他们，无力照顾他们，无力建立合适的机构，也无力组织专业的护理。他们把老人丢在临终病房和养老院里，或者如果他们有关系，就会设法让老人在老年病房里多住一阵，希望在有人发现老人毫无必要留在那里之前，老人就会撒手人寰。在达尔马提亚①，人们对待自己的

---

① 克罗地亚南部、亚得里亚海东岸的狭长地带。

驴都比对待自家老人更温柔。驴子老了,他们就把驴牵上船,送去无人的小岛,任其自生自灭。蒲帕就踏上过一座这样的驴子墓地。

她帮助过那么多婴儿来到这个世界,不知剪断过多少根脐带,她曾多少次听过婴儿的第一声啼哭,至少她值得有个明智的人来熄灭她,就像熄灭房子里的灯以免浪费电一样。这是她一直以来尽力向佐拉娜解释的,但是佐拉娜决定尊重她作为医生的直觉,而不是作为人类的直觉。

佐拉娜不理解她。佐拉娜毕生都在指责蒲帕,指责她不理解自己。一开始蒲帕愤愤不平,为自己辩护,后来她内疚了很长一段时间,最终承认佐拉娜是对的,至少有一点是对的:不,她真的不理解佐拉娜。比如,她不能理解为什么佐拉娜愿意与一个臭名昭著的无赖丈夫生活在一起。大约十八年前,他响应了克罗地亚民族主义的召唤,热切激昂地支持当时的政府,高喊着必须消灭所有塞尔维亚人,顺便暗示不管是穆斯林还是犹太人都不怎么同情他。一夜之间,这个男人变成了反共主义者和虔诚的基督徒,他在佐拉娜和孩子们的脖子上挂上了天主教的十字架，在墙上挂上了一位祖先——一个乌斯塔沙[①]谋杀犯——的肖像。你看，他的疯狂是生财之道。他成了医院的院长，逐渐开始娴熟地挪用公款，他们——佐拉娜和他——成了克罗地亚的新贵，蒲帕还能看电视的时候，会看到他们出席国家总统主持的新年宴会、音乐会、展览开幕式……这个无赖竟然指责蒲帕，说她和她的共产主义朋友是罪魁祸首，还参与了该死的犹太佬的阴谋。当他讽刺佐拉娜的父亲，说他愚蠢的塞尔维亚岳父进了坟墓是他的福气，蒲帕就把他赶出了家门。十五年过去了，那个无赖再也没踏进过她的家门一步。

有时，她觉得佐拉娜是在惩罚她，佐拉娜让她活着，只是为了让她最终睁开双眼，看看这翻天覆地的变化，看看她的生活与价值观和新的现实已毫不相干。而她，蒲帕，却因为普通的老年性白内障而免于这种伟大的启示。无论如何，她再也不能读书或者看电视了，她觉得自己好像生活在井底。不仅周围的世界消失得无影无踪，连她自己的踪迹也消散了。

[①] Ustaša，克罗地亚历史上一个法西斯主义兼极端民族主义组织，"二战"期间杀害了大量塞尔维亚人、犹太人、罗姆人和异见者。

她坐在轮椅上,想象着周围飘落的雪花。她看着空中大片大片的雪晶,惊讶地发现自己一点也不冷。雪花扑扑簌簌地落下,她想象着自己在一床雪毯下冬眠,直到春天来临,直到天气渐暖,直到积雪融化。她已经能看见自己的一小堆白骨,慢慢地从融化的雪中露出来,和雪一样洁白。

4

贝芭和她的身体生活在相互敌视的状态中。她已经想不起来第一次敌对事件是什么时候发生的了。是她第一次长胖五公斤的时候吗?也许她的身体那时就取得了控制权,没什么能阻止它继续与她作对。她曾经以为减掉五公斤是小事一桩,她下周一就能开始减肥!但是,当她有一天照镜子,惊讶地发现身体已经不属于自己了,而她得忍受这样的身体作为惩罚。她的乳房从前不大也不小,后来变得很大,然后过大,再之后变得巨大,以至于发生了今天早上她做完按摩离开时的事情……一个头发尖尖地竖起、脾气暴躁的俄罗斯蠢货,旁边还有两个蠢货同类,对她说:哇哦,大妈,你的奶子好像河马啊!他确信河马听不懂俄语。但是贝芭听懂了,侮辱是不需要翻译的。

她的肩膀被乳房的重量压得变形，出现了深深的凹痕；她的上臂像码头工人的手臂一样粗壮，拽着她的脖子。她的脖子一直十分修长，现在却突然消失了。她的上半身开始膨胀，腰部堆积起一层厚厚的脂肪，就像老式的游泳圈，贝芭敦实的上身从游泳圈上面伸出来，而她的下半身却从腰部往下逐渐变细。贝芭还获得了一个新的臀部，那种悲哀、扁平的臀部，让人分不清是老太太还是老头子。唯一没有变化的是她的小腿和从手肘到手腕的前臂。贝芭的脸直到几年前还优雅迷人，哦，脸也来复仇了！她的眼周长出了眼袋，曾经活泼灵动的蓝眼睛深陷在皮下脂肪里，变得黯淡无光。她的下颌有了赘肉，把她的嘴往下拖。她的头发稀疏了，脚却大了两码。她以前穿三十八码的鞋，现在要穿四十码。她唯一精心呵护的是脚指甲，如果她没有定期去修脚，她的脚早就变成——蹄子了。她的牙齿呢？！它们对她做了什么？她几乎一辈子都待在牙医的椅子上，希望维持一口健康的牙齿，但即使这样，她也失败了。是的，她的身体对她实施了残酷的报复，没有任何东西是属于她的了。

当然，她仍然在努力地改善这种状况。她开始穿大胸显小内衣，一种缩小胸部的紧身内衣，她戴着大耳环，华丽的长围巾,大胸针,大戒指,这一切都是为了将挑剔的观察者的视线从她的胸部转移到这些细节上。她的项链几乎不离身,那是一条丝带,系着一块又大又圆的扁平石头,中央有一个小孔。这个策略奏效了,多数人都会盯着那块石头看。是的,她正慢慢变成她厌恶的样子:那些漂过短发的老太婆,脸在廉价的日光浴室里暴晒过度,变得枯黄,手上布满肿胀的血管和老年斑,戴着招摇的廉价戒指和厚重的水钻手镯。还有她们的耳朵,那些因为长期戴着沉重的耳环而被拉长的悲伤的耳垂……

另一方面,当女人踉跄着步入老年,她们还剩下什么呢?人们很少看到那些拥有超人[1]基因的幸运儿,比如希特勒的丑老太婆莱妮·里芬施塔尔[2],她活了101岁,向所有人展现了何为意志的胜利!她直到一百岁还在爬山和滑雪,九十岁时学了水肺潜水,游遍整个非洲,拍摄穷苦的努比亚人,和他们同床共枕,吸他们的血,这些让她保持了健康的体魄!除此之外,还有更体面的形象吗?杰茜

---

[1] Ibermenš,德语 Übermensch 的转写,是尼采在《查拉图斯特拉如是说》中提出的人类理想典范,后被希特勒和纳粹主义频繁使用,作为雅利安或日耳曼人种优越说的理论基础。

[2] Leni Riefenstahl(1902—2003),德国演员、导演、电影制作人,最著名的作品是 1943 年为纳粹拍摄的宣传纪录片《意志的胜利》。

卡·弗莱彻[①]？电影《日落大道》(Sunset Boulevard)里的葛洛丽亚·斯旺森[②]？《兰闺惊变》(What Ever Happened to Baby Jane?)里的贝蒂·戴维斯和琼·克劳馥[③]？对于大多数人来说，剩下的只有乏味的健康老太太的形象。她们是去性别化的老太婆，留着男性化的短发，穿着浅色风衣和长裤，与她们的男性同龄人毫无区别，只有成群结队时才注意得到。是的，也许这就是出路：也许一个人要伪装成第三种性别，一种无性别的性别，过着无人注意的平行生活：爬山，用北欧杖徒步，参加由歌剧爱好者、阿尔萨斯葡萄酒爱好者、地中海干酪爱好者组成的旅行团……老妇人的类型里还有什么变化呢？那些疯疯癫癫、被猫包围的老太婆，某一天邻居破门而入发现她们死在了猫尿的恶臭中？或是那些欲火中烧、贪恋男色的老太婆，每年春天都要去年轻男人出卖肉体的地方买春？还是那些富有的老太婆，歇斯底里地屈服于医学美容——面部提拉、吸脂、荷尔蒙疗法，如有必要可采用粪便疗法——只为稍稍延缓不可避免的衰老吗？难道温泉水疗不是提供延缓衰老幻觉

---

① Jessica Fletcher，美剧《女作家与谋杀案》(Murder, She Wrote)主角，是一位推理小说家和业余侦探。
② Gloria Swanson (1899—1983)，片中饰演年近五十、风光不再的女星诺玛·戴斯蒙德，梦想重归往日的荣光。
③ 两人现实中是宿敌，在片中饰演一对充满恩怨纠葛的年迈过气明星姐妹。

的地方吗?是的,温泉水疗是老太婆的天然环境,只不过以前叫水疗中心的地方现在叫作——同样的破烂,不同的包装——健康中心。

贝芭光着身子披了一件白色毛巾浴袍,对着镜子审视自己。一切都下垂了、衰老了、变形了,只有下面那丛小灌木丛,点缀着星星点点的灰白,还依然繁茂。拜托,为什么会为小灌木丛的繁茂感到愚蠢的骄傲呢?仿佛它是个宝藏一样。仿佛她身体的其他部分——警察、会计、门卫——都是为守护宝藏而存在的!这突如其来的道德抗议从何而来?多年来,她的小灌木丛不一直是她的宝藏吗,她生活中的一切不都是围绕着性吗?她年轻时,会为此向恶魔出卖灵魂,只为子母扣那轻易的一按。男人和女人就像子母扣,她的一个情人曾对她说过。她早已忘记了他的名字,但还记得他这句话。当时她觉得这个画面滑稽得不得了。咔嗒咔嗒!咔嗒咔嗒!现在看来,这似乎不太合适。但是如果真的仔细想想,除了咔嗒咔嗒之外还有别的吗?其他的一切不都只是为了弱化真实、让人类的子母扣显得不那么简单得可怕吗?诚然,这都是视角问题。现在她是这样想的,但在她年轻的时候,她的想法恰恰相反。她是曾准备为那该死的子母扣而死的。

贝芭漫不经心地揪着她下面的小灌木丛。正当她要走进浴室的时候，有那么一瞬间，她觉得自己看到的不是干枯灰暗的灌木，而是光亮漆黑的羽毛。贝芭走到镜子前——哦天哪！——现在似乎有一只鸟的眼睛在那里盯着她看，而且那只闪闪发亮、不怀好意的眼睛还冲她眨了眨。"走开，你这个恶魔！"贝芭咕哝着，裹紧浴袍，走进了浴室。

那我们呢？我们继续前行。生活常常把我们当成无赖，故事却避开了麻烦的祸害。

5

谢克先生躺在石制按摩桌上，身上沾满肥皂泡沫，就像洗车房里的汽车，他立刻就注意到：这个年轻人可能是克鲁尼的儿子。橄榄色皮肤、又大又黑的眼睛，嘴唇更饱满，唇形更精致，他笑起来很自然，不像克鲁尼，鬓角的鱼尾纹像一把折扇。他比克鲁尼高得多！说到底，他为什么总和克鲁尼过不去呢？这个年轻人英俊非凡，不管男女老少都会喜欢，而从市场的角度讲，这一点很关键。那条宽大的东方裤子在恰当的地方绷得紧紧的，说明关于年轻人性技艺的传言不无道理。

"Hi, mai neym iz Suleiman. I em yor maser!"年轻人咬牙切齿地嘟囔道。

"Hi, I'm Mr Shake."美国人热情地说，向年轻人伸出手，但他没能握到手。年轻人灵巧地挥了下胳膊，就把他按在了桌上。

"Reeleks!"年轻人说。

年轻人蹩脚的英语不是问题，谢克先生想，他很聪明，他能学会这门语言的……谢克先生在按摩桌上不安地扭动着。整个泡沫的设计让他非常难受，透不过气来。

"Where are you from?"他问年轻人。

"Sarajevo."年轻人没好气地说。

这条信息激发了谢克先生的商业想象力。年轻人是波斯尼亚人，这点要加以利用！因为，比方说，哈维尔和捷克人对普通美国人来说已经毫无意义。但是萨拉热窝仍然回响在普通美国人的耳畔。更准确地说，是谢克先生希望它仍然在回响。

"听我说。"谢克先生想要坐起来，但是年轻人把他按回了桌子上。

"Reeleks!"年轻人说着，开始按摩美国人的颈椎。

某一刻，年轻人走了神，谢克先生像金枪鱼一样扑腾了一下，直起身子坐了起来。

"听我说，年轻人，您误会我了，我不是来按摩的，而是来给您提供一份工作的。"

年轻人吃惊地听着这个中年美国人说话。他什么也没听明白。"他该不会是同性恋吧？"他暗自想。他从美国人的长篇大论中只听懂了几个数字：tventi tausand，然后是 fifti tousand，接着是 hundrd tausand，hundrd tventi tausand……

"他在说什么？我怎么一句也听不懂呢。"年轻人用波斯尼亚语抱怨道，"你在听我说话吗？他没在听。他为什么要听呢？美国人谁的话也不听，他们只顾着推进自己的事。快走吧，伟哥的人已经来找过我了……哦，你赖着不走是吧，就像北约一样！他们轰炸萨拉热窝的时候，你怎么不来呢，炸弹在我旁边爆炸的时候，你怎么不来呢，现在倒是来骚扰我了？"

"我得找个翻译！是的，翻译。"谢克先生果断地说。他跳下桌子，冲出按摩室时差点滑倒。

"真是一场好戏！这帮傻瓜下一步会想出什么呢？……嘿，梅夫洛，这些傻大个儿还有什么等着你呢？"年轻人叹了口气。

那我们呢？我们继续前行。许多人沉溺生活，享受共振，故事却坚决果断，一骑绝尘！

6

库克拉下楼用了一会儿酒店的电脑,上网查看克罗地亚报纸。她本可以在房间里看,但是她想活动活动腿脚。在家时她每天浏览国内外的报纸权当消遣。她常看的克罗地亚报纸是《晨报》(Jutarnji list)。它的版面可以预见:贪污、腐败、政党与反对党的纠纷、关于被海牙法庭不公正定罪的克罗地亚英雄们的文章、靠克罗地亚爱国主义和战争赚大钱的人的财务丑闻。库克拉点开文化版,惊讶地看到了一篇关于博扬·科瓦奇的新小说《沙漠玫瑰》的长篇书评。

博扬·科瓦奇的小说《沙漠玫瑰》会令那些认为它跟斯汀[①]与谢布·马米[②]那首《沙漠玫瑰》有关的人失望,也会令那些认为它与流行爱情故事有关的人失望。文章如是写道。库克拉对斯汀和谢布·马米一无所知,因此有那么

---

① Sting(1951—),英国歌手和作曲家,警察乐队(The Police)主唱,音乐风格融合了流行乐、爵士乐、世界音乐和其他流派,多次获得格莱美奖。
② Cheb Mami(1966—),名字在阿拉伯语中意为"年轻的哀悼者",阿尔及利亚流行歌手。

一瞬间,他们的名字听起来很吓人,但是接下来的句子却让她振奋起来。《沙漠玫瑰》是克罗地亚文坛至少在过去十五年来最重要的文学事件,书评继续写道。英年早逝的克罗地亚经典作家经由这本书赢得了他的第二次生命,也将自己送上了克罗地亚文学的巅峰。这本小说结构奇特,让人想起玫瑰的外观,它扎根于时间的沉淀、小人物的传记、现实和梦想,也扎根于描写了最近的战争往事、当代克罗地亚现实和二战时期事件的散文和小说篇章。作为生活在阴影中、远离文学舞台聚光灯的作家的文学遗产,这部小说对当今文学娱乐业生产的速食产品是一个宝贵的借鉴。这本不同寻常的书就像一朵孤独的沙漠玫瑰,绽放在克罗地亚文学的荒漠中。

《晚报》(*Večernji list*)宣布将在周日版刊登这部博扬·科瓦奇的一流作品的书评,一份周刊宣传它是克罗地亚文学杰作,媲美马尔克斯的小说《百年孤独》。

"胡说八道。"库克拉嘀咕着登出了网页。经过酒店大堂时,她看到贝芭和一个老人坐在酒店咖啡厅里。贝芭朝她招手,邀请她加入他们。库克拉婉言谢绝了,因为她答应蒲帕要推着她去城里转转。晚饭前呼吸点新鲜空气对她们俩都有好处。

那我们呢？我们继续前行。对声名的渴望折磨着人类，而故事只专注一件事：如何开头，又如何结尾。

7

阿尔诺什·科泽尼深爱着 N 大酒店。事实上，对他来说这不是一间酒店，而是人类与他人互动的隐喻。酒店岿然不动，其他的一切却都变了：时代、时尚、政治制度、人民。酒店客房就像一只耳朵，一千零一个人的故事从这里流过。没有一个故事是完整的：它们只是人类生活的激越声响。阿尔诺什·科泽尼在酒店大堂里坐着，会闭上眼睛倾听片刻。他回到了自己的童年，回到了第一次转动收音机旋钮，聆听世界喧嚣的那一瞬间：喧闹、不同的语言、音调、声音……他睁开双眼，手里似乎握着一个无形的电视遥控器。电视大部分时候是无声的，阿尔诺什·科泽尼会专心地看着眼前的场景：两个人在前台谈论着什么，对面一个大腹便便的男人一边看报纸一边抿着干邑白兰地，餐厅里一对年轻情侣的轮廓在玻璃杯上一闪而过，酒店员工急急忙忙地向外走，去迎接某个重要人物，重要人物走进酒店，头也不回地直奔前台。阿尔诺什会突然放大一个手势、一个动作、一处细节、一片影子、某人的手、某人的微笑、一缕阳光暴露了某人闪亮的假牙、戴着耳环的耳垂、一只高跟鞋、腿部线条、一张嘴、沾着唇印的咖啡杯边缘。阿尔诺什·科泽尼阅读着这些标记、信号和手势,就像他年轻时阅读书籍一样全情投入。他在这样的阅读中重拾往昔的青春激情。

他退休了,无法想象没有酒店的生活。与他在酒店时感受到的巨大满足相比,其他所有度过卑微余生的选择都毫无吸引力。阿尔诺什·科泽尼曾经在城里买了一套小公寓。年轻时那套公寓是他秘密的避难所,如今已成为他的永久住址。他在律师生涯中积累的全部财富都归了妻儿。阿尔诺什结过几次婚,也离过几次婚,这套单身公寓是他仅有的财产。但阿尔诺什·科泽尼并无怨言,他也不需要其他东西了。

现在,他正与三位女士坐在一张桌子旁,与她们在一起,他立刻感到轻松自在。他了解她们的国家,诚然,那时还没有四分五裂。他经常在亚得里亚海边度过他的家庭之夏(并不仅仅是家庭)。阿尔诺什的情史极其丰富,但地理版图却非常狭小,在这幅地图上,奥帕蒂亚(灿烂的奥帕蒂亚!)是一处要地。

"太遗憾了。"阿尔诺什·科泽尼说。"你们知道吗,我一连好几天都在关注发生在你们不幸的国家中的事。真让人难过啊！唉，我们能做什么呢，国家四分五裂，也许本来就该这样吧。也许是它有问题……"

"国家很好，好得很，差劲的都是人。"蒲帕气冲冲地说。

"这只说明与长辈的教导相反，历史从来都不是生活的老师。"阿尔诺什用安抚的语气说。

"的确没有。"贝芭说，她的脸红了。"哦上帝，"她心想，"为什么蠢话总是从我嘴里脱口而出呢？"

"这也许是好事，否则就没有生命了！"阿尔诺什·科泽尼高兴地说。

"怎么说？"库克拉问。

"很简单。很多人与父母相处的经历并不愉快，但是他们还是会生孩子的，不是吗？"

"这不是选择的问题，而是生物密码的问题。我们存在只是为了繁衍后代。"蒲帕说，从瞌睡中清醒过来。

"爱呢？这中间爱在哪里？"贝芭问道。

"这个问题很复杂。"阿尔诺什说。

"在蛋里！"库克拉脱口而出。

"什么蛋？"贝芭和阿尔诺什来了兴趣。

"你们知道那个俄罗斯童话故事吗……伊万爱上了一个女孩，但是要让她爱上他，他需要找到她的爱藏在哪里。他翻越七座大山和七座河谷，来到了海边。在那里他找到了一棵橡树，橡树上有一个箱子，箱子里有一只兔子，兔子里有一只鸭子，鸭子里有一颗蛋。蛋里藏着女孩的爱。女孩必须吃下那颗蛋。吃下蛋后，心中就会燃起对伊万的爱火。"

"这个童话故事告诉我们，爱情是不存在的。因为没人有力气或时间走那么远的路。"贝芭说。

"所以人们做爱。"阿尔诺什说。

"性是瞬间的爱。"贝芭说。

"性是快速的彩票，简化版的寻蛋之旅。"阿尔诺什说。

"哦，别提了，我是性革命的孩子……"贝芭突然收住了话头。

"性革命的时候你已经不是孩子了。"库克拉促狭地说。

"每场革命都会吞噬它的孩子。"阿尔诺什说。

"我是性革命的受害者。"贝芭纠正了自己的说法。

"您看上去可不像是受害者。"阿尔诺什亲切地说。

"您对受害者和牺牲了解多少？您是男人。牺牲完全是女人的领域。"库克拉平静地说。

"也许是吧。但既然您提到了俄罗斯童话，这里还有个俄罗斯的例子。普希金的诗《鲁斯兰和柳德米拉》（*Ruslan and Lyudmila*）。你们知道故事内容吧：勇敢的鲁斯兰启程寻找美丽的柳德米拉，她被巫师切尔诺莫尔

（Chernomor）掳走了。其实我一直被诗中一个支线故事吸引。"阿尔诺什·科泽尼说。

"哪个故事？"贝芭问，尽管她对普希金和他的诗一无所知。

"在旅途中，鲁斯兰遇到一个山洞。"阿尔诺什接着说，"洞里有一位睿智的老人。老人向鲁斯兰讲述了他的人生故事。他还是个年轻的牧羊人时，爱上了美丽的姑娘纳伊娜。但是纳伊娜拒绝了他的爱。绝望之中，牧羊人离开了祖国，组建了一支军队，漂过大海，在异国他乡征战了十年。之后，他被思念折磨，回到了家乡，给纳伊娜带了礼物：染着他鲜血的剑，还有珊瑚、黄金和珍珠。但是纳伊娜再一次拒绝了他。他自觉蒙受了羞辱，于是这个普希金称之为渴求爱情的人，决定要用巫术征服纳伊娜，所以他独自一人学习巫师的秘密技艺。他最终发现大自然最后的可怕的秘密时，闪电划破长空，一阵妖风骤起，连大地也在脚下战栗——出现在他面前的是一个驼背的老妇，眼窝深陷，白发苍苍。那衰老朽迈的化身，普希金写道。她就是纳伊娜。"阿尔诺什说，说完陷入长长的停顿。

"接下来怎么样了？"库克拉和贝芭急切地问。

"老人惊恐万分，泪流满面，问这可能是她吗，她的美貌消失在哪里了，难道上天真的把她变得这么可怕吗。他还问距离他们上一次见面过去了多久。纳伊娜回答：

'正好四十年。'

姑娘的回答是命中注定,

'今天我老婆子正好七十岁。

有什么办法。'她对我尖声说道。

'许多岁月已如飞逝去。

你我都已经珠黄年老——

我们双双都成了老朽,

但是,朋友啊,你快别后悔,

失去虚度的青春并非倒霉。

当然,眼下我已满头白发,

也许还有一点儿驼背;

如今已不是当年的少女,

不那么活泼,不那么娇媚,

但是(多嘴的老婆子还说),

我是巫婆,我向你公开隐秘!'"[1]

阿尔诺什用带着浓重捷克口音的俄语朗诵。也许正是口音的缘故,库克拉和贝芭不难理解他的意思。

---

[1] 该诗译文引自冯春译《普希金文集Ⅵ:叙事诗一》,上海译文出版社2023年版,下同。

"接下来怎么样了？"她们问。

"接下来？嗯……"阿尔诺什说，"接下来我们会看到一个有趣的、心理上也有说服力的局面。纳伊娜说她现在才意识到她的心为着缠绵的爱情而生，邀请他投入她的怀抱。但老人对白发苍苍的神灵的外貌感到深深的厌恶：

> 我那白发苍苍的神灵
> 对我勃发了新的爱情。
> 那丑八怪把可怕的嘴一歪，
> 扮着笑脸，用死人的声音
> 咕咕哝哝地把爱情表白。

"老人拒绝承认现实。"阿尔诺什接着说。"他逃离纳伊娜，决定过隐士的生活。而且，他还在鲁斯兰面前控诉纳伊娜把迟缓的爱火一下子变成了冲冲怒气。"

阿尔诺什煞有介事地猛吸了一口雪茄。

"是啊，是啊，老巫婆！"蒲帕从睡梦中醒来。

大家都笑了，除了贝芭……

"纳伊娜为她的丑陋感到抱歉。但是老头子既不觉得自己丑，也不觉得自己老！"贝芭说。

"真是厌女!"库克拉说。看来她也对纳伊娜的故事耿耿于怀。

"我同意。"阿尔诺什说。

"女人在各方面都比男人更有同情心!"

"您说得没错。"阿尔诺什说。

"真是个蠢货!"贝芭愤愤不平地说,还在琢磨着睿智老人的角色。

"除了变成巫婆,她还有什么办法!"库克拉说,她还在为纳伊娜抗议。

"我们毕生都在寻找爱,而您,库克拉,已经以俄罗斯童话为例,把爱定义为———一颗蛋。"阿尔诺什总结道。"旅途中有无数陷阱在等待着我们,阻碍我们寻找的脚步。最危险的陷阱之一就是时间。我们只要迟到一秒钟,就会错失幸福的机会。"

"那决定性的一秒叫作死亡,我亲爱的阿尔诺什,那是一个我们再也醒不过来的高潮。因为爱的逻辑就是以死亡告终。既然我们都不接受这个选择,就都要承担后果。衰老只是其中之一。"贝芭说。

贝芭如此能言善道,让大家吃了一惊。

"我们所剩的唯有体面老去的技艺了。"阿尔诺什说。

"体面的衰老就是鬼扯!"蒲帕宣布,为讨论画上了句号。

天色已晚，几人决定分别。阿尔诺什·科泽尼送女士们到电梯口，吻了每个人的手，电梯门关上前，还附赠飞吻送别。

电梯里，贝芭说：

> 他引诱了我，罪恶的人啊！
> 我却顺从了热烈的情意……
> 负心人啊，你这坏蛋，真可耻！
> 发抖吧，勾引姑娘绝没有好结局！

库克拉和蒲帕惊讶地听着。
"你会俄语？"库克拉问。
"不会，为什么这么问？"贝芭问。

贝芭刚刚引用了普希金《鲁斯兰和柳德米拉》中的一节。除了偶尔的口误，这也是她的另一个特点：她会时不时冒出几句完全没有学过的语言。发作来得毫无预兆，宛如在梦中，因此库克拉和蒲帕没有叫醒她。

那我们呢？我们继续前行。生活中我们行色匆匆，而故事飞驰着去拥抱剧终。

8

一个女孩站在小镇的喷泉边。她的头朝向喷泉,身体的重量全部靠在一边的臀部上。年轻人看得到她光洁的脸庞,粉色的耳朵在他眼中水灵得像一瓣橘子,红棕色的发卷钩在她的耳朵上,就像一枚别致的耳环。女孩穿着一条简单的无袖碎花连衣裙,露出缀着铁锈色雀斑的丰满肩膀、宽阔的臀部和胖嘟嘟的小腿。

在她周围,老悬铃木的树梢上,叶片在明亮的阳光下呈现出浅浅的灰绿色,鸟儿叽叽喳喳地叫着。年轻人绕过喷泉,停在女孩面前。现在他能看到她的脸了。她有一张丰润的小脸,几乎有点孩子气,一双亮晶晶的绿眼睛,眼距很宽。年轻人从裙子的领口瞥见了她丰满的胸部和上面的雀斑,它们就像一队浅橙色的蚂蚁,消失在她双乳间幽暗的凹陷里。女孩正舔着一支蛋卷冰激凌,她用舌头沿着蛋卷的边缘绕了一圈,好像要挖出一个小坑,然后把滑下蛋卷外面的液滴舔干净,再用舌头把泡沫推向顶端,最后她用饱满的粉色嘴唇吮吸着冰激凌的尖峰。她舔冰激凌时是如此仔细,如此专注,好像在解一道艰难的数学题。她时不时把右脚从凉鞋中抽出来,挠一挠左脚脚踝。又把右脚塞回凉鞋里，抽出左脚，用它挠了挠右脚脚踝。她的注意力没有一刻离开过冰激凌，仿佛它是她捉到的小野兽。她玩弄着冰激凌，就像猫在玩弄一只老鼠。

空气在落日的余晖中泛着玫瑰色的光，周围被阳光染红的树梢上，鸟儿沙沙作响，喷泉吐着滑稽而短促的水柱。一切似乎都凝固在慢慢沉向地面的热浪中；空中没有一丝风，悬铃木的树叶垂在那里，如同石化了一般。尽管如此，年轻人似乎还是隐约感觉到了一股气流。某一刻女孩抬起眼睛，直视着他。微微上翘的浅绿色眼睛对上了他的目光。一滴冰激凌正在她唇上融化。年轻人感到一阵突如其来的渴望，想变成那颗小液滴。

第三天

1

库克拉身高将近一米八，身材修长，背挺得很直，步履轻盈，看上去比实际年龄年轻。她貌不惊人的脸上最瞩目的是突出的颧骨，不辨颜色的眼珠和上扬的眼尾——这种眼型通常被叫作杏眼，还有腼腆的微笑。这样的微笑在她的年龄很不常见。她的肩膀宽阔，骨感十足，仿佛年轻时曾是游泳健将，虽然除了走路，她对其他的运动都嗤之以鼻。她的制服更衬托出她的温文尔雅。库克拉称之为她的简单装束：深色的直筒裙，浅色的丝质衬衫，通常是白色，一件精致的羊毛开衫，通常是灰色。她总是戴着一条小巧玲珑的珍珠项链。她的头发是深色的，夹杂着不少深灰，用一把简单的小梳子固定在后颈。她身上唯一不协调的部位是脚。她的鞋码是男式四十四码。年轻时，她很难找到合适大小的鞋，干脆买起了男鞋。但她轻盈的步态巧妙地掩饰了这个缺陷。与许多同龄人不同，库克拉并不惧怕死亡。然而,她有预感自己会长寿:她家族里的女人都是百岁老人。此外,待在她旁边的人似乎都会感到一股模糊的气流,像一阵轻柔的微风。

但是,由于故事的走向十分谨慎,很遗憾,我们不得不在这里中断库克拉的故事,讲一个别的故事……库克拉坐在酒店的咖啡厅里,旁边坐着谢克先生和梅夫洛。

"请向他解释一下,"谢克先生说,"我打算承担全部的开销,包括旅费、他在洛杉矶期间的旅馆住宿费,还有英语速成班的费用。托波拉内克医生向我保证,他准备给梅夫利奇科先生放无薪假,除非他决定留在美国。"

库克拉向梅夫卢丁翻译了这些话。

"问他他想让我在那儿做什么。"梅夫洛说。

谢克先生一开始详细解释了他的药水和药粉产业的目的和重要性,接着说梅夫利奇科先生的工作是为他的产品做广告。他,谢克先生,有一整个团队的营销专家。他们会负责让梅夫利奇科先生成为宣传视频、海报、网站和其他宣传材料上的明星。

"告诉他我不会让他给我拍照的,给多少钱都不会。"梅夫洛说,但库克拉打断了他。

"梅夫利奇科先生的薪水是多少?"她问谢克先生。

"每拍摄一个小时一千美元。"谢克先生说完,又补充了一句："这是一个很高的价格,希望您已经留意到了。"

库克拉翻译给梅夫卢丁听。

"告诉他我不干。"梅夫洛说。

"三千!"谢克先生说。

"我不感兴趣,美元对我有什么用呢?看看吧,它一直这样,就是不下去。"梅夫洛说。

"五千。"

"你是聋了还是需要洗洗耳朵?我不干,没什么好说的了!"

现在梅夫洛在对谢克先生讲话,而谢克先生用目光向库克拉求助。当然库克拉并没有翻译梅夫卢丁刚说的话。

"他说他对这个报价有点紧张。"她说。

"七千!"谢克先生说,几乎是生气地补了一句:"告诉梅夫利奇科先生工作会一个接着一个。我在好莱坞有关系,我相信以他的相貌,很容易在电影上有所成就!"

"成就!做你的梦吧!我不会拍那种照片的,我不会让波斯尼亚那帮家伙看到我那个样子,再拿我寻开心的!"梅夫洛寸步不让。

"一万!"谢克先生气急败坏地说。"看在上帝的分上,娜奥米也就是这个价了!"

"哪个娜奥米?"梅夫洛问。

"娜奥米·坎贝尔①，那个模特。"库克拉解释说。

"哦，是嘛！少于两万五千美元娜奥米根本懒得起床。"梅夫卢丁不紧不慢地说。

"真是见了鬼了，您到底是怎么知道的？"谢克先生说，他这时已经暴跳如雷。

"乌比告诉我的。"

"哪个乌比？"库克拉问。

"乌比·戈德堡②。"

这听起来难以置信，但事实上谢克先生查阅 N 大酒店名人住客名单时，乌比·戈德堡的名字曾引起了他的注意。

就在这时，一个穿着碎花夏裙、光脚穿着凉鞋的少女走到了桌前。她苍白的圆脸上散落着几颗淡橙色的雀斑，一头浓密的红棕色头发，脖子周围跳跃着活泼的发卷。女孩手里拿着一只冰激凌甜筒，坐下之后双腿微微分开，用左脚蹭着右脚脚踝。

---

① Naomi Campbell（1970— ），二十世纪八九十年代统治时尚界的超级模特之一，是首位登上众多时尚杂志封面的黑人模特。

② Whoopi Goldberg（1955— ），美国演员和喜剧演员，是第一位获得北美娱乐界四大奖项（艾美奖、格莱美奖、奥斯卡奖和托尼奖）的黑人女性。

"我女儿罗茜。"谢克先生不耐烦地说,他脸上的表情说明他内心希望的舰队正逐渐沉没。

女孩子盯着正沿着蛋卷外侧滑落的冰激凌,没有看在场的人,她把蛋卷从右手换到左手,把右手伸向库克拉,然后是梅夫卢丁。一滴冰激凌从蛋卷上滑下来,滴在了梅夫卢丁手上。梅夫洛全身一震,凝视着那滴冰激凌,仿佛它是一枚从天而降的金币,正好落进了他手里,然后他专注地舔了舔,露出了微笑。

"告诉他,"他平静地说,"我同意了……"

接着他凑近谢克先生的脸,重复了一遍:"I em in!①"

谢克先生急忙掏出支票簿,开出一笔巨额预付款,递给了梅夫卢丁。不可否认,他这样做更多是为了讨好库克拉,而不是这个年轻固执的波斯尼亚人。

那我们呢?我们勇敢前行。生活常给人迎头一击,而故事却只在乎它自己。

2

做完面部美容后,贝芭决定从琳琅满目的项目里挑点别

---

① 发音不标准之 I am in! 意为:我入伙了!

的试试。宣传手册上有不少选择：草地干草浴、燕麦浴（那一定很恶心，贝芭想）、海藻浴，还有各式各样的按摩……贝芭最终选了甜蜜的梦——一种特殊护理，先在温热的巧克力中泡澡，然后享受按摩。当然，她来之前就问过蒲帕能不能把这些都记在房间账单上。蒲帕不仅没有反对，还说："你去好好泡泡吧，出来的时候就像一块萨赫蛋糕[①]。"

穿着医院白大褂的年轻女人领着贝芭走进了一个房间，房间里的一切就像电影的布景。这是一个小房间，中央有个造型复古的黄铜浴缸。墙上贴着绿色的丝绸壁纸，其中一面墙上挂着雷诺阿的《女人与鹦鹉》（*Woman with Parrot*）复制品，油画下方的古董花架上，摆着一盆蕨类植物。多么刻奇啊，贝芭想。是什么促使设计师将绿色壁纸、浴缸及其用途——与墙上的复制品联系在一起呢？

也许应该在这里补充一点，所有房间里都摆着高雅的艺术品，是健康中心最突出的特色。这也是托波拉内克医生的手笔。他认为赏心悦目又不露痕迹的教育会像适度的运动一样延缓衰老，因此在他的安排下，健康中心在

[①] Sachertorte，奥地利著名甜点，由弗朗茨·萨赫（Franz Sacher）发明，两层巧克力蛋糕中涂上杏子果酱，外面再淋上厚厚的巧克力。

字面意义上穿上了名画复制品，其中大部分是古典艺术。比如他在中心入口放了一幅老卢卡斯·克拉纳赫（Lucas Cranach）的《青春之泉》（*Fountain of Youth*）复制品，象征着托波拉内克的专业努力成果。

现在，贝芭躺在灌满温暖的巧克力的浴缸里。扬声器里传出恼人的新世纪音乐，据说能让人放松身心。贝芭的目光落在墙上的复制品上。你看，架子上那株活的蕨类植物仿佛在模仿雷诺阿画中右侧的那一株。贝芭觉得，就连壁纸也与画中青绿色调的墙壁相呼应。由于酒店设计师丰富的想象力，雷诺阿画中金色的笼子有了现实中的具象——黄铜浴缸！年轻女人穿着奢华的黑色长裙，腰后系着长长的红色蝴蝶结，头发乌黑，朴素的脸庞上稚气未脱。她的右手上停着一只长尾鹦鹉，她正用左手给它喂食。女人的全身都倾向鹦鹉的方向，在贝芭看来她完全被这只鸟迷住了。

望着这幅画的时候，贝芭突然想起她小时候最讨厌的一个词：pipica！小男孩有 pišo[①]，小女孩有 pipica[②]。如

[①] Pišo，克罗地亚语俚语，在儿童之间或随意场合中指男性生殖器。
[②] Pipica，克罗地亚语俚语，口语化的指小词，亲昵或含蓄地指女性生殖器，是童趣和爱称，通常用于儿童之间或对女童说话时。

果贝芭小时候没有在扎戈列①的一个村庄待过，住在院子里养鸡的亲戚家，那一切都会很好。"皮——皮——皮！"她喂鸡的时候这样把它们叫过来。同时，他们又杀一只小公鸡做午餐，这样就有肉有汤了。Picek②和Pipica，公鸡和母鸡，她以前怎么没有想到这些呢？凡此种种，男性想象中的整个性问题都和——鸟类学有联系。在男性的性想象历史上，女性注定一直在吸引和操纵大大小小的鸟。从化身天鹅引诱勒达的宙斯开始，一直到现在。在十七、十八和十九世纪，那只天鹅——毫无疑问是女性的伴侣——变成了更低调小巧的伴侣，鹦鹉。

在巧克力的甜香中，贝芭觉得昏昏沉沉，脑中放起了幻灯片。提埃坡罗（Tiepolo）那幅著名的油画，画着一个半裸的女人和一只鹦鹉……美人的皮肤超凡脱俗，仿佛是用牛奶、珍珠母和鲜血做的。她的珍珠项链戴得很高，几乎到了下颌骨，与其说是项链，不如说是昂贵的辔头。她发间别着一朵玫瑰，裙子从一侧肩膀滑下，露出一边的乳房。年轻女子怀中抱着一只铜红色的鹦鹉，母鸡一样大，爪子紧紧抓着她的手臂，尖利的喙危险地靠近她珠母般闪亮的乳头。

---

① Zagorje，克罗地亚西北部的一个文化区域，被梅德韦德尼察山和首都萨格勒布分隔开。
② Picek，在口语或幽默用法中指男性生殖器，又有"小公鸡"之意。

十七世纪的荷兰人奎赖恩·范·布雷克伦卡姆（Quirijn van Brekelenkam）又是怎么画的呢？在他的画作背景中，一名年轻的鲁特琴手坐在桌子旁，完全沉浸在演奏里，而前景中坐着一位女士，手指上栖着一只鹦鹉。她坐得笔直，白色围裙长及脚踝，左手松弛地放在大腿上，而她的右手上则是——那只鹦鹉。鹦鹉用爪子紧紧地抓住她的手指，望着她，而女人却望向鲁特琴手。女人脚边的地板上放着一只水壶。令她沉迷的究竟是手指上的鹦鹉，还是耳中的音乐，又或是年轻的琴手，就不得而知了。

库尔贝（Courbet）呢？在库尔贝的画中，一个淫荡的裸体女人躺在皱巴巴的床上。女人的双腿半张，丰盈浓密的棕发密密层层地披散在床上。她的姿态松弛而疲惫，仿佛她热情的情人刚刚离开房间。背景里有一个鹦鹉站架，最上面是个水盆，两侧是横杆。女人躺在那里时，鹦鹉离开了它的观察站——它的栖木——落在了主人手上。鹦鹉双翼大张，仿佛沐浴在极致的狂喜中。这又是一个谜。也许根本没有什么情人，也许鹦鹉就是完美情人，一根飞翔的阳具，男性画家想象的工具，它满足了女人之后，正心满意足地张开双翅。

德拉克鲁瓦（Delacroix）的画作中，美丽的裸女坐在沙发上，尽管她看上去像是坐在一坨摊开的丝绸上。若非美人那只垂下的手和睡眼惺忪的面庞都朝向沙发脚，朝向那只蹲伏在暗影中的鹦鹉，它可能都不会被人注意到。裸女显然在与鹦鹉玩耍，似乎正在轻抚它头顶的羽冠。我们再度无从得知：鹦鹉是玩具，是活的震动棒，是情人的替代品，还是，它就是情人本身？或者说，女人在玩弄她自己的生殖器官，而它的化身是——一只鹦鹉？

说来也巧，马奈的名作《女人和鹦鹉》，与库尔贝的画创作于同一年！这位奥林匹亚①从头到脚都穿着浅桃色的长袍，几乎像修女一样禁欲。她身旁高高的栖木上立着她的伴侣——一只灰色鹦鹉。鹦鹉垂着头，似乎很沮丧。女人手里拿着一小束花，她将花从鼻子上轻轻移开，或者正将花靠近鼻子。她的目光直视着观察者。鹦鹉栖木的底部有一个剥了一半皮的大橘子——画中唯一一处淫荡的细节。画中的鹦鹉是谁呢？是女人深深地隐藏在长袍里的灰色生殖器，还是她那未得餍足的伴侣？库尔贝画中狂喜的

---

① 画中模特名叫维多琳·默兰（Victorine Meurent），曾出现在马奈《奥林匹亚》《草地上的午餐》《圣-拉扎尔车站》等多幅作品中。由于《奥林匹亚》甫一展出便引起巨大争议，故而此处用"奥林匹亚"来指代默兰。

鹦鹉是他的对手吗？或者说，这两位画家——马奈和库尔贝——在互相传递着关于各自阴茎长度的秘密信息？

接下来是马塞尔·杜尚，画了一个穿着长袜的女人——库尔贝也有一幅这样的作品！女人双腿分开，但与库尔贝不同，杜尚把他的鹦鹉明白无误地放在了女人阴道的入口附近。

弗里达·卡罗（Frida Kahlo）也用鹦鹉作为装饰性的细节！在一幅画中，她在肩上放了一只绿色鹦鹉，像个海盗；另一幅中，她画了自己和四只鹦鹉，两肩各一只，怀里两只。同时她手上还拿着一支烟。

勒内·马格里特（René Magritte）呢？！他画了一位少女，长着一头蓬松的铜红色头发。她穿着长裙，领子饰有精致繁复的白色蕾丝。她的长袖袖口也有白色蕾丝，就像一对手镯。她站在一棵栖息着鸟儿的树旁。其中一只鸟华丽的铜色羽冠和细长的喙格外引人注目。女孩双手捧着另一只鸟，像吃熟透的无花果一样吃了起来。我们能看到鸟儿暗红色的内脏，看到它的心脏和肝脏，但奇怪的是，竟然没有一滴血！蕾丝领口和袖口依然洁白无瑕。女孩脸上的表情妖冶放荡，画的标题也清晰明了——《欢愉》。

Pipice……女人和她们对鸟的迷恋。除了雌雄同体的弗里达·卡罗，以留着胡子、夹着香烟的男性形象出现在画中，画出扭曲的肉欲鸟类狂欢的都是男人。如果你问女人最喜欢的鸟，答案一定不是鹦鹉，而是——超人！那是只鸟，那是飞机……①

脑中的幻灯片和巧克力的香气把贝芭弄得头昏眼花。她从浴缸中出来，寻找淋浴间。路过一面镜子时她看到了自己的身影，吓了一跳。她的样子就像一只巨大的巧克力猫头鹰。

"您的按摩还没做呢，女士？"穿白大褂的女人在她身后叫道。

"下次再说吧！"贝芭说着，冲进淋浴间。泡澡不但没能振奋她的精神，反而起到了相反的效果。贝芭觉得自己好像刚刚从一个漩涡中脱身，耗尽了所有的能量。

贝芭急着去告诉蒲帕萨赫蛋糕是多么愚蠢，差点儿一头撞上了谢克先生。看到这个周身散发着难闻甜香又不讨人喜欢的女人，谢克先生皱紧了眉头。

---

① 《超人》系列常见的台词和歌词，后面一句是"那是超人"。

"祝你睡得愉快！[①]"贝芭友善地说。

谢克先生什么也没说，只是翻了个白眼，匆匆走开了。

"天啊！真是个讨厌的家伙！"贝芭想。因为贝芭知道他和库克拉下午要去打高尔夫球，只想祝他今天过得愉快[②]。

那我们呢？我们步履如飞。生活嘲笑我们，时时伺机报复，故事却像鸟儿，在晴空飞舞。

3

是的，人类对生命产生了可怕的欲望。自从人类确信天堂里没有来世等待着他们，地狱或天堂的签证标准已经动摇，转世成为野猪或老鼠也不是什么大奖，人类就决定尽可能长时间地留在原地，换句话说，就是把生命中的口香糖嚼得越久越好，在这个过程中享受吹泡泡的乐趣。如果统计数据属实，那么这种差异的确令人印象深刻：二十世纪初，人类的平均寿命大约是四十五岁，到了世纪中叶，平均寿命已上升到六十六岁，而在二十一世纪初的今

[①] 原文为英语：Have a nice lay!
[②] 原文为英语：Have a nice day。

天，人类的平均寿命已达到七十六岁。短短一百年间，人们的预期寿命延长了将近百分之五十。诚然，数字的增长发生在世界上相对和平和富裕的地区。因为在非洲，人们依然像苍蝇一样死去，可能比以往任何时候都死得更快、更高效。

托波拉内克医生独自坐在酒店的演讲厅中思考。投影屏幕上闪烁着约瑟夫·维萨里奥诺维奇·斯大林的照片。今天，托波拉内克医生想谈谈共产主义的长寿思想，但他没人可谈。演讲厅中空无一人。

没错，那个时代的人都是能工巧匠。那样的一代或几代人必须靠他自己的意志力，而不是遗传基因，集体地、勤劳地长寿。因为遗传，即使是基因，也是不被承认的。疾病、抑郁、自杀、羸弱——都是资产阶级、失败主义者和生活前线的逃兵幻想出来的。对更美好、更杂交的明天的信仰渗透进整个社会的每个毛孔。米丘林[1]和李森科[2]关

---

[1] Ivan Vladimirovich Michurin（1855—1935），俄罗斯园艺家，孟德尔的遗传学在苏联受到攻击时，米丘林的杂交理论被采纳为官方遗传学，但这一学说几乎遭到全世界科学家的反对。

[2] Trofim Lysenko（1898—1976），苏联生物学家和农学家，反对正统遗传学，主张"米丘林主义"。

心的是总有一天共产主义群众的食物应当尽可能丰富和鲜美。后来，人人都嘲笑他们。如今人人都吞下气体催熟的巨大而难闻的草莓，但奇怪的是，再也没人笑了，也没有人问出任何问题。更不用说那些白色的荷兰茄子了，它们仿佛是从米丘林的园子里长出来的！著名的高加索人尼古拉·恰普科夫斯基生活在共产主义时期，享年一百四十六岁。那个年代，百岁老人像雨后春笋一般涌现，主要集中在高加索地区，他们的长寿证实了同胞斯大林不仅会高寿，甚至可能永生。但斯大林不仅没有永生，还没能特别长寿。《延年益寿》（Extending Life）一书的作者奥雷山德·伯侯莫雷茨发明了著名的血清，并以他的名字命名。血清加上定期输血，就是他返老还童的秘方。后来大家也都嘲笑他：这一切都属于自大的意识形态妄想。如今，提供全面输血的诊所到处都是，但只有腰缠万贯的人才有换血的机会。而经过改良的血清是负担得起它们的人的日常必备品。老年生机（Gerovital）是一种用胎盘制成的药膏，罗马尼亚人安娜·阿斯兰功不可没，这种药膏只能在那样的时代被发明出来，因为当时堕胎是最流行的节育方法。没人知道药膏是不是真的用胎盘制成，但是夏尔·戴高乐、巴勃罗·毕加索、康拉德·阿登纳[①]、萨尔瓦多·达

[①] Konrad Adenauer（1876—1967），德意志联邦共和国（西德）首任总理。

利、查理·卓别林、约翰·F. 肯尼迪、奥马尔·沙里夫①等许多人,都曾到安娜·阿斯兰那里朝圣,意识形态丝毫没有对他们造成困扰。人类永远迷恋死亡、永生和长寿。这一领域的战斗一直在进行,而且至今仍在进行,这里一直是最热火朝天的地方。一支庞大的军队——医疗、制药和化妆品行业——在为另一支任务是尽可能长寿,尽可能美丽的军队服务。两军血肉相连,就像器官捐献者和器官接受者。

托波拉内克的理论并没有什么不对。理论一如既往地被无耻叛逆、不可预测的生活实践挫败了。除了空荡荡的大厅让他蒙受侮辱,实践还以不速之客的形象现身门口,一位高挑、慌乱的老妇人,她用手势而不是语言要求托波拉内克医生立刻跟她去高尔夫球场。托波拉内克医生关掉投影仪,抓起他一直随身带着的医疗包,跟着这位慌慌张张的客人离开了。

那我们呢?我们立即追上他们。生活起起伏伏,时有蜿蜒,但故事会绕着情节盘旋。

---

① Omar Sharif(1932—2015),享誉国际的埃及演员,代表作《阿拉伯的劳伦斯》和《日瓦戈医生》。

4

在他们向高尔夫球场走的路上，谢克先生生动地向库克拉解释了他存在的意义。他就像老式的女士梳妆台上的抽屉，打开时会喷出一团烟雾状的粉末。谢克先生掸了掸身上的灰尘，被自己的话噎住了。库克拉为他难过，就像为所有把工作视为自己存在的唯一理由的人感到难过一样。这个气喘吁吁的男人，这台制造语言、动作和手势的人形机器，在库克拉眼中还算讨人喜欢，直到话题转到了谢克先生的女儿罗茜身上。

"可惜，罗茜是不相容的。"

"什么叫不相容？"库克拉问。

"我们有责任让自己成为比上帝创造我们时更好、更完美的人，不是吗？"谢克先生问。

"我看不出您女儿身上少了什么。"库克拉说。

"她什么都不缺，很不幸，恰恰相反，她多得有点过头了。"

"那就是点婴儿肥，年轻人的圆润。"

"圆润可能是她未来不幸福的根源。遗憾的是，我们生活的时代里，一点点多余的体重都会改变生活的轨迹。"

不能说谢克先生不关心自己的女儿，但这只是一种对产品的关心，在谢克先生眼中，虽然他绝对不会承认，罗茜是一件次品。

"您妻子呢？"

"我已故的妻子……很完美，和您一样。"谢克先生说。

她损坏之前一直都是完美的。当然谢克先生并没有用损坏这个词，他说的是病倒，但他的意思是损坏。机械无法正常运转了，谢克先生想尽办法想把机器修好。但遗憾的是，一切都无济于事。

"奇怪。"谢克先生说。

"哪里奇怪？"

"嗯……我和您在一起时总觉得旁边有个风扇。"他又补充道："当然了，是盛夏里的风扇。"

他们走到高尔夫球场时谢克先生格外兴奋，显然因为教师的角色迎合了他的虚荣心。库克拉对高尔夫一窍不通，谢克先生尽力向她解释规则。一直以来在她眼中毫无意义的事——拿着一根棍子在宽广的草地上漫步，把一个小球打进洞里——终于有了意义：在户外呼吸新鲜空气。

他们是不相容的一对。女人高挑瘦削，长着一双大脚，手里拿着高尔夫球杆，大步流星地走在洒满阳光的开阔草地上，就像一位女骑士。她的打球搭档是个气喘吁吁的矮小男人，劲头十足地在草地上跑来跑去，就像一台割草机。库克拉看着他：他一边说着什么，一边挥着球杆，做着手势，向她示范动作，让她模仿，手臂一挥，给了球有力的一击。

谢克先生痴迷于"要让所有不相容的身体变得相容"的想法时，库克拉却一直认为这个世界上的噪音太多了，她想象自己拥有控制噪音的能力，把喋喋不休的人像收音机一样关掉，给刺耳的声音装上消音器，调低救护车汽笛的尖啸，放大鸟鸣的清脆婉转。她在十字路口等绿灯时，就会想象让车流瞬间停止，她就能安安静静地过马路了。这些都是幼稚的白日梦，是她精神出口的指示灯。有时这些白日梦太强烈，库克拉都觉得它们是真实的。她还是个小女孩时，通过想象，她周围的事情就真实地发生了：东西会移动、摩擦、倒塌、掉在地上……日久天长，她学会了小心翼翼地在世界中行走，就像踩在蛋壳上，像影子一样静默无声，伴随着阵阵她不知从何而来的气流。

来吧，谢克先生向她示意，击球吧。库克拉以为他站得比实际位置远得多。看在上帝的分上，来吧，那个人站在绿色地平线上向她挥着手臂，库克拉终于挥杆击球，球在空中旋转，朝远处飞去。那个人高兴得跳了起来，好极了，真是完美的一击，他朝她挥舞着大拇指，向她表示祝贺。小球在空中盘旋了一会儿，至少在库克拉看来是这样，之后带着全部的力道快速下坠，砸进了那人张大的嘴里。他栽在地上，仿佛有人像刈草一样把他刺倒了。

库克拉赶到他旁边时，谢克先生一动不动地躺在草地上。小球像唾液一样从他嘴里流淌出来，现在静静地待在他的头旁边，像一块小小的墓碑。谢克先生的死就蹲伏在一颗无辜的高尔夫球里。

库克拉冲回酒店找托波拉内克医生，他们一起回到谢克先生的尸身躺着的地方。库克拉觉得他的尸体在此期间似乎缩小了。在她去找托波拉内克医生的十分钟里，谢克先生的尸体好像收缩了，如果灵魂存在，会在死后与身体分离，那谢克先生的灵魂就有大概五十颗高尔夫球那么重。

"心脏病突发。"托波拉内克医生宣布。

他一边整理被无形的风扇吹乱的头发，一边转向库克拉说："我希望这场不愉快的事故不会使您永远远离高尔夫。高尔夫是一项非常高雅的运动。"

那我们呢？我们马不停蹄，继续前行。生活中人人都是十字线瞄准的靶子，故事却凌空飞起，像脚踝有双翅的赫尔墨斯。

5

虽然在故事中，一切都进展得又快又轻松，但现实生活中通常是另外一回事。然而这一次，现实生活比故事快得多，也轻松得多。事情是这样的。出发之前，贝芭拿出了自己的退休金和微薄积蓄，全部换成了欧元。银行给了她一张五百欧元的纸币和一些零钱。贝芭不假思索地接过了纸币。她怎么会知道在欧盟国家里将那张该死的欧元纸币换成零钱会遇到各种问题呢？

在酒店前台，他们告诉她去酒店的兑换处试试，酒店的兑换处让她去当地银行。她去了两三家银行，得到了同样的答复：为什么不在她自己银行的分行换钱呢？

"但我的银行在萨格勒布！"

"那您怎么不在萨格勒布换好呢？"

"他们就是在那把这五百欧元给我的。"

"那您为什么不用信用卡呢？"

"我没有信用卡。"

"您出国旅游竟然没有信用卡？"

"不是人人都有信用卡吧?"

"谢谢您告诉我们,我们也许能帮您换钱,但前提是您必须出示信用卡。"

"我有护照。"

"护照已经不是相关证件了。您知道护照是怎么回事,现在随便什么人只要花几百欧元,就能搞一本非法护照。"

"那我该怎么办呢?"

"试试看兑换机构吧。"

贝芭去了几家。他们告诉她五百欧元的纸币臭名远扬。

"为什么?"

"伪造起来太容易了。"

"好吧,可你们应该有那种可以检验真伪的机器。"

"是有,可自从市面上出现了朝鲜的假钞,它们就没用了。"

贝芭本想问问朝鲜到底和这一切有什么关系,但她还是决定算了。很明显,问了也是白问。

一切都始于贝芭想买一瓶染发剂,她泡完巧克力浴之后,在健康中心的镜子里看到自己闪过的白发,想把它盖住。像这种琐碎的小事,她不能向蒲帕开口。再说,贝芭也想有一点自己的钱,以备不时之需,咖啡、果汁,或者染发剂。

总之，贝芭一无所获地回到了酒店，发现自己刚好走到了赌场，与其说是故意，不如说是碰巧。入口处，她听到了一阵嘈杂的人声，夹杂着轮盘发出的金属声，有一瞬间她觉得自己好像误闯了猴子屋。但鉴于贝芭认为自己对人类的一切都不觉稀奇，她就在门口第一张轮盘赌桌前停了下来，想看看只在电影中见过的东西在现实中是什么样子。

大部分玩家在桌上放着五十欧元的纸币。不过也有人放的是一百欧元。荷官收走桌面上所有的钱，投入一个开口，钞票刹那间就消失不见了。然后他把花花绿绿的圆形塑料筹码分发给每个玩家，玩家把筹码放在不同的数字上。然后荷官转动带小球的轮盘，用法语说了些什么，用手在桌子上挥了挥，仿佛在清理看不见的面包屑。意思是，从这一刻开始，所有人不能再下注或改变之前下注的位置了。轮盘慢慢停下了，小球停在了一个金属格里，旁边有一个对应的数字。

贝芭喜欢这一切，心想也许自己可以碰碰运气，顺便把那张倒霉的五百欧元纸币换开。桌子对面坐着那个发型狂野、闷闷不乐的俄罗斯无赖，他之前在健康中心粗鲁无礼地嘲笑过她。他手里拿着一只玻璃杯，牙齿间叼着一支古巴雪茄。贝芭站在一侧，对自己引来的注意感到很不自在，于是她悄悄地对荷官说，要买五十欧元的筹码，剩下的钱用现金找给她。她把纸币放在桌上。荷官点点头，拿走了纸币，丢进了开口，五百欧元闪电般地消失了。与拿到一大堆筹码的玩家不同，贝芭只得到一个筹码，她感到非常失望。她把它放在了数字32上，这是她想到的第一个数字，没有什么重要的意义，只是她住的那栋公寓楼的门牌号。正当她等着荷官把余下的钱还给她时，他转动轮盘，用手在赌桌上方挥了一圈，说了一句法语。小球转啊转，终于落到了数字32上。现在，贝芭拿到的不是塑料筹码，而是一沓色彩同样鲜艳的塑料小卡片。观看赌局的人低声说着什么，但贝芭没有听清。周围突如其来的喧嚣让她有点眩晕。而且，她的听觉似乎出现了问题，声音传到她耳朵里好像隔了一层棉絮。贝芭的目光紧紧地跟着荷官的手，希望他把余下的钱还给她。她又低声对荷官说，让他把钱还给她，他又点了点头，贝芭又把鲜艳的卡片放在了数字32上。在这种情况下，她实在想不出其他数字了，况且32正好就在她面前。她还来不及思考，也来不及与荷官说上话，他就又用手在桌面上空挥了挥，就像擦去看不见的面包屑，然后用法语说了些什么。小球在轮盘上转动起来，停下来时，又一次落在了数字 32 的金属格里。吵闹声和叫喊声吵得贝芭耳朵都要聋了，但她还是什么也听不清。这时，荷官递给她更厚的一捆鲜艳卡片。在放回桌面之前，贝芭收起了所有的卡片，大声要求荷官把那四百五十欧元还给她。荷官告诉她可以去现金柜台取钱。"您早点告诉我多好。"贝芭说，她握紧手中的小卡片，在拥挤的人群中艰难地寻找着现金柜台，但是半路上遇到了一个端着托盘的绅士，托盘上放着一瓶香槟。这位先生一定要把香槟送给她，但贝芭说她什么东西都没点。他们只是想拿走你的钱，她心想，然后问他现金柜台在哪里。这位先生非常友善，直接带她去了柜台。柜台的女士要了贝芭的彩色卡片，给她看了一堆钞票，但贝芭说她只想要四百五十欧元。

"您想要我们为您把剩下的钱存进银行账户吗？"现金柜台的女士问。

"但我的账户在萨格勒布。"贝芭说。

"如果您需要，我们可以把钱转去您的账户。"女士说。

贝芭怕自己又没有零钱买咖啡和果汁了，就说她还是想拿现金。

"既然如此，女士，我建议您把钱存进酒店的保险柜。"现金柜台的女士友好地说。

"怎么都行,"贝芭说,"但请把那四百五十欧给我。"

那位先生依然端着托盘和香槟,对现金柜台的女士说了什么,她递给贝芭一张写有数字的表格,贝芭需要在上面签字,并附上护照。女士递给她四百五十欧元时,贝芭十分欣慰。那位先生把香槟塞进她手里,又握了握她的另外一只手,这一切就更奇怪了。

从头到尾,贝芭都觉得事情不太对劲。她耳朵有点听不见,仿佛刚刚从飞机上下来。她的平衡感也出了问题,像喝醉了酒一样摇摇晃晃。此外,她感觉自己随时都会摔倒。正当她眼前开始起雾时,阿尔诺什·科泽尼突然出现在她身边,扶住了她的胳膊。

"过来坐下吧,这边,去餐厅里……您的脸白得像纸一样!没事吧?"

"我很搞,不要贪心。"贝芭说。

阿尔诺什唤来侍者,点了两杯法式干邑白兰地,侍者立刻端了上来,快如闪电。

"把它喝了,您会感觉好点。"阿尔诺什指示道。

贝芭大口喝下了白兰地,她确实觉得好些了。不说别的,至少她的耳朵通了。

"好啦,发自内心的祝贺!"阿尔诺什说着,举起杯子碰了一下贝芭的。

187

"祝贺什么?"她问。

"您是什么意思?您捞了多少进包里?承认吧!"

"我不知道您在说什么。"

"别人都说您抢了赌场五十万欧元,还毁了那个俄罗斯人。"

"哪个俄罗斯人?"

"那个叫科季克的俄罗斯人,他是这儿的骗子和黑手党。"

贝芭又一次感到一阵疲惫席卷而来。

"您戳的是真的?"

"您是个富婆了,亲爱的。"阿尔诺什说。

"我?木佛?!"

"在您包里找找,他们肯定给您了一个数字……"

贝芭打开包,把表格拿出来给阿尔诺什看。上面有酒店赌场的印章,还有几个签名,包括贝芭的。

"哈,我就知道!"阿尔诺什说。"跟我想的一样,肯定不止五十万。确切说是 612500 欧元,还不用交税。"

"怎么回事?"听贝芭的语气,好像发生了什么天大的不幸。

"我也不知道。我在这个赌场混了这么久,从来没见过谁能这么快、这么高效、这么愚蠢地卷走这么多钱。您难道没发现他们全都发疯了吗?"

"他们为什么嘎嘣了?"

188

"亲爱的孩子，您还没回过神来，不知道自己在说什么。"阿尔诺什同情地说，把那张纸还给了贝芭。

"好好收着吧。记住一句拉丁谚语：财富只流向富人！我送您回房间吧，看您站都站不稳了。"

贝芭将身体的全部重量都靠在了阿尔诺什身上。她很感激有他在场。她决定明早再好好想想这一切，最好先摔一跤再说。

也许应该在这里说一下，贝芭除了情绪激动时容易说错词之外，有时还会一口气说出一串数字。但是当然，她自己根本不知道。她曾经与一个男人有过一段短暂的恋情，有一次他打了她，贝芭没有还手，没有流泪，也没有说话，而是在震惊之下说出了一串数字。那人猥琐粗鄙，还是个懒鬼，但并不缺乏想象力，他记下了数字，第二天去买了张彩票，你猜怎么着，他赢了一大笔钱，这件事他当然也没有让贝芭知道。在那之后他们的关系急转直下，因为那家伙经常打她、恐吓她、侮辱她，想要她再说出中奖的组合。贝芭很快让他走人了，但他并没有还她清静，直到她开始了下一段短命的恋情，男友是个警察。

那我们呢？我们开足马力，全速前进。虽然生活不知道哪里是船首，但故事航行在波涛间，追随着星斗。

6

谁知道是什么因素塑造了我们的人生轨迹呢？人生可以千差万别，但库克拉的人生就像一部糟糕的电影，而且糟糕得一塌糊涂。也许库克拉未来的人生选择是由很久以前的一件小事决定的，那时库克拉还是个年轻女孩。这件事是滑稽、哀伤，还是平淡无奇，取决于做判断的人是当局者还是旁观者。简单来说，在她与一个年轻男孩的第一次性接触中，由于两人都缺乏经验，库克拉出现了医学界所说的阴道痉挛的症状。虽然后来她对此有了更多的了解，知道这种症状不像人们以为的那样离奇和罕见，但这并没有给她带来什么慰藉。在那个年代，心理治疗师和性治疗师几乎不存在。不管怎样，库克拉把这段不愉快的经历埋进了潜意识，干脆忘记了它。然而，这段经历并没有忘记库克拉，它继续纠缠和干扰着库克拉的生活。更糟糕的是，库克拉和这个倒霉的年轻人结了婚，他们因为这桩不幸带来的羞耻而彼此联结，可是婚后却发现年轻人得了白血病，库克拉很快就成了寡妇，而且是一位非常年轻的寡妇。

库克拉大学的专业是英语语言和文学，她找了一份中学老师的工作,在同一所学校工作了一辈子,一直到退休。库克拉的第二任丈夫比她大十五岁左右,是一个著名的政治家,但几乎就在婚礼之后,他中了风,接下来的十年里,库克拉都在照料这个男人,他变成了一棵难以满足的室内盆栽,而且是一棵吹毛求疵的盆栽。

第二任丈夫死后,库克拉结了第三次婚,这次的丈夫在结婚时就是一位残疾人了,他是一位知名作家,不幸从楼上摔了下来,就只能在轮椅上度过余生了。作家比她大几岁,她在六十岁那年,第三次成了寡妇。

库克拉是个安静平和的人,周身散发着宁静的气息,从不谈自己的事,也从来不为任何事抱怨,所以人们没有理由不喜欢她。她没有孩子。其实她第二任和第三任丈夫都有孩子,是和他们的前妻生的,但孩子们已经长大成人,过着自己的生活,极少同库克拉联系。

虽然她自己从不承认,但库克拉的几任丈夫就是她的挡箭牌:作为一名已婚女人,她有了切实的证据,证明自己没有任何问题。她也是他们的挡箭牌,尽管她愿意发誓事实并非如此:与她这样的女人结婚,更能证明他们没有任何问题。如果她愿意,她可以结五十次婚,她的品质备受青睐。她是完美的妻子，是妻子形态的掩护、假体、面具。她接受了她的角色，一无所求，不以任何方式吸引别人的注意。她有女人味，但不挑逗，她在一定程度上开放，讨人喜欢，但不过分。最重要的是，尽管身高远远超过平均水平，库克拉却给人一种脆弱的印象，因此一下就激发了男人的保护欲。也许正是因为她出众的身高，又选择了伤残病弱者作为她的保护者，那些关系很快就发生了逆转，男人开始将库克拉视为保护者、护士、母亲、亚马逊女战士、妻子的替身，她集所有这一切于一身。

至于库克拉自己，她对事情的看法大致如下：命运之神安排给她的命数，是基于一个糟糕的玩笑，她尽了一切努力，以确保玩笑永远不会见光。她埋葬了三任丈夫，却仍是一个处女，这几乎是字面的意思。她折磨自己，看轻自己，将自己视作掘墓人。她觉得她触摸的一切要么会变成石头，要么就是已经死了。在她的手下，连阳台上的花朵也会凋零。她深信，自己的一瞥就足以让窗台上的仙人掌枯死。不知道为什么，那些干枯的仙人掌真的让她心烦意乱……

后来有一天，一个年轻人出现了。他在撰写关于库克拉的第三任丈夫，也就是作家博扬·科瓦奇的博士论文。

他对许多细节都很感兴趣,这个谜一样的男人的生活深深地吸引着他年轻的想象力。他最好奇的是这位伟大作家有没有在遗稿中留下什么作品。不完整性这个概念一直萦绕在他的脑海里,他认为这个概念是科瓦奇作品的基础,也是他博士论文的主题——作为小说不可或缺要素的不完整性。"科瓦奇是克罗地亚文学中的蒙娜丽莎,"这位年轻人说,"他行文中神秘的微笑是理解他全部作品的关键。"

科瓦奇什么也没有留下,这一点库克拉最清楚不过。在最后的岁月里,他什么也没有写,主要是因为病情。他们一直靠她的工资和他少之又少的版税生活。他很难再写出什么东西来,因为他本就残疾,又患上了糖尿病,接着是阿兹海默症……"有没有可能他什么也没有留下?"年轻人问。"你为什么觉得他什么也没留下?恰恰相反,他留下了很多东西。"库克拉说。"我可以帮你整理他的档案。"年轻人愉快地提议。有大量的材料留存下来,在过去的几年间,科瓦奇因为关节炎无法自己写作,于是他口述,由她输入电脑,她解释说。她是科瓦奇的打字员,他们每天工作十几个小时,特别是在最后的日子里,"因为科瓦奇下定决心完成那部小说。"她又说。"什么小说?可以给我看看吗?"当然没问题,但短期内不行,她需要时间整理手稿。"那至少可以告诉我小说的名字吧?""噢,可以，"库克拉说，"《沙漠玫瑰》，这是暂定名。""《沙漠玫瑰》，嗯……这个标题不太寻常，很女性化，更适合廉价的浪漫小说，而不是科瓦奇。"年轻人这样评论。

于是，库克拉开始写作。后来她突然想到可以在科瓦奇的遗稿中找点别的东西：比如一篇短篇爱情小说，或是他早年写的一篇异常有趣的散文小说，预言尚未发生的事。是的，她知道科瓦奇获得第二次生命的权利就掌握在她手中，这一切只取决于她，库克拉。

但在那时，年轻人出现时，她只想着一件事：尽可能长时间地吸引他的注意力。她做到了，虽然只有一段时间，但也足够了。年轻人聪明伶俐，没有等到他最爱的作家最后一部作品问世就拿到了博士学位，随后他拿到了奖学金，出发去了美国，消失得无影无踪。

既然库克拉的人生无论如何都像一部糟糕的电影——至少她自己是这么认为的——让我们希望她能容忍这最后的一点评论：库克拉从来没有忘记年轻人的关注。他的关注就像落在沙漠玫瑰上的露水——也是库克拉第二次生命的序章。

那我们呢？生活的故事纷扰，漫长，我们的故事却没有停歇，滑向终章。

7

要说梅夫卢丁一点英语也不会，是不准确的。他当然会讲不少。因此他对站在他面前痛哭的女孩说："我很抱歉，我完全理解你遭受的损失。"

梅夫洛会的是BBC和CNN那种英语，他可以滔滔不绝地说出这样的句子：波斯尼亚的战局没有丝毫缓和，猛烈的炮击持续了整整一夜……梅夫卢丁知道很多，他知道和平协定，知道停火，知道停火似乎正在维持……他知道零星的炮火、和解的进程、冲击波、救护车汽笛的呼啸、清晨爆破的恐怖，他还知道血泊、爆炸、令人心有余悸的恐怖，还有很多很多别的东西。

所以他对女孩说："保持平静，时刻戒备。"

梅夫洛记得这样一句话，"由于停火似乎正在维持，城市中的气氛保持平静，时刻戒备。"他觉得自己的话一定能安慰女孩。女孩惊恐地看了他一眼，仿佛面对着一双臭袜子，并没有停止哭泣。

梅夫洛绞尽脑汁，看看还能做什么来安慰女孩。他想起谢克先生给他的支票。他从上衣的小口袋中把它拿出来，拍了拍女孩的肩膀，说："看！拿着吧……"

女孩用同样的表情看着他，仿佛臭袜子就在她鼻子前面，她将手肘靠在桌子上，把头埋在交叠的双臂间，仿佛埋进了枕头里，继续发出啜泣声。

"看呀！"

梅夫卢丁把支票撕得粉碎，把碎片撒向空中，宛如五彩纸屑。有个短暂的片刻，女孩看着飘在空中的纸张碎片，止住了哭声，又想起来自己一直在哭，就又把头埋向桌子，把交叠的双臂当作枕头，接着哭泣。

梅夫卢丁看着她美丽圆润的肩膀随着呜咽颤动，感到十分无助。

"噢，看在上帝的分上，亲爱的，不要哭了，你会化成水消失的。那我还剩下什么？一摊水吗？"

梅夫卢丁转念一想，也许女孩饿了，她可能一整天没有吃东西了，他包里还有一些差点被他忘了的食物，一颗水煮蛋和一片面包。梅夫洛把水煮蛋和面包放在女孩面前。有那么一瞬间，她从乱糟糟的红棕色头发中抬起脸，随后又把额头埋回了交叠成枕头的双臂间。她的啜泣声稍稍弱了一些，在他看来是这样。

梅夫洛拿起鸡蛋，开始剥壳。没想到，剥壳的时候他突然灵光一闪，想起了一根救命稻草。一次他为客人按摩，客人要求按摩时播放他最喜欢的歌，并向梅夫洛解释了歌词的意思，梅夫洛就这样记住了歌词。客人离开时还把 CD 送给了他。

"你让我心潮澎湃[①]……"梅夫洛说。

哭泣停止了，但女孩依然没有动。

"你对我做了什么……"

女孩像一只小虫，一动不动。

"一切似乎都无关紧要……"

女孩沉默不语。

"我拱手将我的心献上[②]……"他把鸡蛋递给女孩。

女孩从桌上抬起额头，看也不看梅夫洛，用她粉嫩的、孩子一般的手指接过鸡蛋。她先是面无表情地从一端吃起，接着继续小口地咬着鸡蛋，凝视着她面前假想中的一点。梅夫洛用手指捏碎面包。他仿佛透过放大镜，看到一小颗蛋黄在女孩唇上颤动。一滴残留的眼泪从她眼角滑

---

① *You're My Thrill*，1933 年由杰伊·戈尼作曲，悉尼·克莱尔作词，首次在电影《吉米和萨莉》（*Jimmy and Sally*）中出现。许多知名歌手都曾演唱或演奏过该曲，如比莉·哈乐黛、切特·贝克、琼尼·米切尔等。

② *Here's my heart on a silver platter*，字面意义是"这是我的心，放在银盘上"，"放在银盘上"在英语中的引申义为不费吹灰之力就能得到。

下，落在那颗蛋黄上。梅夫洛掰下一小块面包，沾起蛋黄和眼泪，放进自己嘴里。女孩睁大双眼看着他。

就在那一瞬间，梅夫洛感觉脐下十厘米位置的紧绷感正在缓解，仿佛有什么沉重的东西脱离了他的身体，悄无声息地落在了地上。梅夫洛很清楚是怎么回事。就像那枚该死的炸弹在他身上施了咒语一样，这个手上拿着鸡蛋的女孩为他解开了。

"我的意志力哪里去了，为什么这奇怪的停火[①]……"梅夫洛低声说。

女孩笑了。她脸上铜色的雀斑闪烁着奇异的光辉，微微分开的绿眼睛闪闪发亮，就像两片湖泊。

[①] 原文为 Where is my will, why this strange ceasefire，其中 ceasefire（停火）在原歌词中为 desire（欲望）。

第四天

1

一大早,贝芭就来到健康中心,邀请梅夫卢丁参加一个小型庆祝会。"Mashallah[①]!我听说了。"梅夫洛兴奋地说。"你现在有什么打算,亲爱的?"他焦急地补充道,仿佛贝芭在赌场赢了钱是天大的不幸。

"我也不知道。但你是怎么了?"贝芭问,梅夫卢丁正热切地盼望她问出这个问题呢。

"我的那个东西……终于下去了!"他开心地说。

"它怎么下去的?"

梅夫洛把昨晚他安慰罗茜时发生的事告诉了贝芭。

贝芭本来想说些恭喜你之类的话,但又觉得好像不太合适,她干脆说:"现在你什么都不缺啦。"

他叹了口气:"要是这样就好了。"

[①] 阿拉伯语,用于表达对真主的感激和敬畏,意为"这是真主的旨意"。

"来游泳池吧,我们正好聊聊。"贝芭说。

托波拉内克医生对三位客人的想法表现出了非同寻常的理解,更何况贝芭还用一大沓钞票回报了他的理解。托波拉内克医生命令贴出一则通知,宣布泳池因意外故障维修暂时关闭,三个老太太得以独享泳池。酒店员工搬来插着鲜花的花瓶,脸上洋溢着灿烂的笑容,想象着三个老仙女会在池子里玩得多么开心。贝芭塞给每人一份慷慨的小费,他们立刻变得严肃起来,现在他们端着鲜花,神情庄重,仿佛在参加葬礼。他们还拿来了特殊的日光浴椅,专供老人和行动不便的人使用。贝芭在当地商店为蒲帕买了一件儿童款连体泳衣,上面有傻乎乎的天线宝宝图案,但总比什么也没有强,贝芭想,问题就这样解决了。她们给蒲帕穿上儿童泳衣,裹上毛巾浴袍,用轮椅将她带来池边。蒲帕固执地一定要穿白色长袜,毕竟穿着毛皮靴子下水是不允许的。工作人员小心翼翼地把蒲帕放在横着的S形日光浴椅上,然后将她推进池水中。贝芭从酒店的糕点部订了香槟和丰盛的点心,都放在池畔的托盘上。现场只剩下一个年轻的侍者,他打开香槟酒瓶,把酒倒进玻璃杯,安静地退在一旁。

"好了,干杯!"贝芭脸上带着微笑。三个老太太碰了杯。池水温暖舒适，香槟冰凉清爽。贝芭从池边的托盘里拿起一块圆圆的巧克力蛋糕，放进嘴里。

"姑娘们，味道太棒了！"

她挑了一些小蛋糕放在瓷盘里端给蒲帕。

"嗯嗯嗯嗯嗯……"蒲帕发出愉悦而含糊的声音，三下两下就把所有蛋糕都吃光了。

蒲帕对甜食突如其来的热情震惊了贝芭和库克拉，如果说谁会对食物表现出持久的热情，那也是贝芭。

贝芭一时之间有些沮丧。她生平第一次亲身体会到金钱的力量。她的生活从没有宽裕过，她总是指望着下一次发工资，根本没有思考过钱这个问题。她现在觉得，钱就像最昂贵的毛皮做成的大衣。人们对待穿裘皮大衣的女人和对待穿运动夹克的女人的态度截然不同，没人能扭转她的看法。

"钱就像魔杖。"贝芭说。

"什么意思？"库克拉问。

"你一旦表现出自己有钱，曾经把你当垃圾看的人会立马换一副面孔，好像你是凯特·摩丝[①]！"

[①] Kate Ann Moss（1974— ），英国超级名模，2012年在《福布斯》模特收入排行榜上名列第二。

"Ich deck mein schmerz mit mein nerz!①"

"人们只是更尊重你了。"贝芭一本正经地说。

"钱是屎,人是苍蝇。苍蝇不落在屎上,还能落在哪儿呢?"蒲帕说,态度坚决地结束了对话。

起初,贝芭有点难过,她赢了钱,蒲帕和库克拉好像没有特别为她开心。她梦想着为她们举办这场小小的庆祝会,犒劳一下她们,可她们无动于衷,至少在她看来如此。但是贝芭转念一想,这笔钱也不是她自己应得的,而是偶然来到她这里的。她们为什么要为她送上称赞和祝贺呢?为她愚蠢的好运气?

正在这时,梅夫卢丁突然冲进了泳池区域,他明显是一下班就匆忙赶来的,因为他还穿着工作服。

"好啊,看看!什么意思,不等我来派对就开始了,嗯?"

"好啦,我们都在等你。"贝芭高兴地说。

梅夫洛从隐形侍者那里拿过一个杯子,然后蹬掉凉鞋,穿着肥大的裤子、窄小的马甲,戴着头巾慢慢地走进了泳池。

"嘿,女士们!你们泡在池子里,就像盐水里的小黄瓜。好啦,干杯,可爱的女士!这杯也敬我奶奶,前几天

---

① 德语,意为:我用貂皮掩盖我的痛苦!

我给她寄了点钱,她能新做一副好牙了,不会像响板一样到处乱响了。"梅夫洛滔滔不绝,但他惊讶地停了下来。

迎面是一个坐在浮椅上的老妇人,穿着白色长袜和泳装,泳装上的天线宝宝正盯着他看。那一瞬间,梅夫卢丁觉得自己面前好像是一位古老的神明。

"原谅我说话絮絮叨叨的,女士。"梅夫卢丁说。

女士向他伸出干枯的小手,带着近乎青春的可爱。梅夫卢丁被这只鸟爪一样的手打动了,他为自己的唠叨而羞愧。

"你能来真是太好了,梅夫洛波轮①。"贝芭笑容满面地说,她显然决定跟梅夫卢丁说波斯尼亚语。

"噢,亲爱的,你们真是逍遥自在,泡在泳池里,喝着香槟!"梅夫卢丁又开口了,但这话主要是说给贝芭听的。

"但你也泡在这儿喝着香槟呀。"

"我算是在这儿泡着吧,但我并不开心。"

"为什么呀?"蒲帕热切地问。

"她知道。"梅夫卢丁说,指了指贝芭。

"我能告诉她们吗?"贝芭问。

---

① Bolan,波斯尼亚口语中对熟悉男性的随意称呼,类似"老兄""老弟""伙计"。

"说吧，告诉她们吧，亲爱的。我没什么好藏着的。好事不出门，坏事传千里，露着光屁股。"

"梅夫洛恋爱了。"贝芭解释说。

"和谁呢？"蒲帕问。

"就是那个美国小姑娘，跟你说过的那个……"

"看，你已经闹得全世界都知道啦！"梅夫洛气鼓鼓地说。

"不，我才没有呢，真的，除了我们三个没人知道了！"

"库克拉也知道。"

"那不就是三个嘛，不是吗？"

几个女人爆发出一阵大笑。

"说真的，你们很容易笑死！"梅夫洛说。

"说得对，这姑娘刚没了爸爸，我们笑成这样不太好。"贝芭说。

"愿他安息，rahmetli[①] 谢克先生。"梅夫洛说。

"什么时候的事？"蒲帕问。

"就在昨天。"

"怎么回事？"

"那人翘辫子了。"

"怎么搞的？"

---

① 土耳其语，意为"已故的、已逝的"。

"他被一颗高尔夫球憋死了。"

"多美好的死法啊！"蒲帕说。

库克拉默默地喝着余下的香槟，而梅夫洛、贝芭和蒲帕在讨论谢克先生美好的死亡，对天有不测风云，人有旦夕祸福这个主题高谈阔论。她似乎对他们的对话不太感兴趣。但蒲帕的一句评论飘进她耳朵，她身体微微一震。

"很好。现在没有什么能阻碍您的幸福了！"蒲帕说着，弯起她长长的脖子，用明亮的目光看向梅夫卢丁。

"她怎么突然变得神采飞扬的！"库克拉想，蒲帕忽然的健谈让她提心吊胆。因为总的来说，她要么在打瞌睡，要么一言不发，这种突如其来的活力可不是什么好兆头。

"阻碍我的幸福是我自己，就像一根木头。"梅夫洛回答。

"梅夫洛认为他配不上那个女孩，他不会说英语，这是事实，而且他缺乏修养。"贝芭解释。

蒲帕从躺椅上微微抬起身子，用严肃的语气问道："您当着她面挖鼻孔吗？"

"我没有，我以我奶奶的名义发誓。"梅夫洛被这个问题吓了一跳。

"您小气吗?"蒲帕继续问。

"不不,我以我妈妈的名义发誓。"

"记住,没有比一个小气的男人更坏的了!"

"我不小气,我以铁托的名义发誓!"

"您在她面前经常说个不停吗?"

"嗯,我喜欢说话,我不是个话少的人,但我会尽量控制自己……再说我也不会说英语。"他实话实说。

"您像阿波罗一样英俊,您不挖鼻子,不小气,话也不多。您什么都不缺!"蒲帕的语气像个对自己的诊断百分百自信的医生。

贝芭忍不住大笑起来。就连库克拉也笑了,她就像一个刚开始学习发笑的人。她的喉咙发出的声音更像马的嘶鸣。

"这个叫阿波罗的家伙是谁?"梅夫洛悄悄问贝芭。

"她说你是个美男子,她不明白哪里会出问题。"

"如果我连一点脑子都没有,这又有什么用呢?"梅夫卢丁说,转向蒲帕。

"你的手中富含智慧!"贝芭站出来为梅夫洛说话。

"贝芭说得对。您知道我用这双手把多少孩子带来这个世界吗?"蒲帕说着,不知为什么,她摊开了一只手的手掌。

梅夫卢丁敬畏地看着这个躺椅上的老太太,她让他想起了神圣的母鸡，一时间他觉得她张开的是翅膀，而不是手指。

"我不知道，夫人，也许您能为我指明方向。您上了年纪，聪明睿智，还受过教育，您应该还没有忘记所有这些事情吧？"梅夫洛说，明显被蒲帕吸引了。

贝芭退到远处，观察着这一幕。一个年轻男人站在齐腰深的水里，穿着迪米耶，上身只套着一件小马甲，头上戴着头巾，虔诚地看着一个老太太，老太太漂浮在形状像横放的字母 S 的日光浴椅上，穿着一件儿童泳衣，上面印着天线宝宝。她就像一只母鸡，而年轻人就像《一千零一夜》故事里的主角。

"我们再来一瓶香槟怎么样？"贝芭提议。

这里需要补充的是，现实中的一切进展都要缓慢得多。然而，故事中的现实很少与生活中的现实相符。换句话说，在生活中，一只猫挖空心思才能捉住老鼠，但故事就像一颗子弹，绝不浪费一秒工夫。

梅夫洛向那个隐形侍者示意，让他再拿一瓶香槟来。他们斟上酒，一小口一小口地慢慢喝着，贝芭下定决心无论如何也要帮助梅夫洛，她郑重提议：

"我有一个建议：我们三个每人选个理想中的男人描述一下，这样梅夫洛就更容易发现自己的不足！"

三个女人面面相觑。谁知道她们上次聊这种天是什么时候？在学校里？贝芭明显是香槟喝多了，变得像个孩子。然而，接下来发生的事情完全出乎所有人的意料。没人指望蒲帕会回答这种问题，更不用说当即讲出答案了，但确实是蒲帕先开的口："我理想中的男人是超人。"

"为什么是超人呢？"库克拉问。

"因为超人是最棒、最快、最便宜、最舒服的交通工具！"蒲帕说，她的灰眼睛里闪动着少女的光彩。

"就因为行动方便吗？"贝芭问。

"还因为他是个 handyman。"

"*handimen* 是什么意思？"梅夫洛问库克拉。

"手艺人，有一双黄金手，可以修房子内外所有东西。"

"超人只消一瞥就能焊一吨钢，所以他肯定能修炉灶，修搅拌机，修堵了的水管。他还可以做个家庭诊疗中心，这样你就永远不用去医院排长队了。他只需要用那双 X 光透视眼看看你就行了。"贝芭唠叨个不停。

"还有别的好处。"蒲帕说。

"是什么？"

"超人还修复世界。他与邪恶战斗。"

"就像铁托一样!"梅夫洛插了一句。

这里也许有必要解释一下,有些波斯尼亚人十分尊敬多年前去世的前南斯拉夫总统铁托,梅夫卢丁就是其中之一,他深信如果铁托一直活在南斯拉夫,也就意味着活在波斯尼亚,那么就不会有战争,因此也就不会有那枚彻底改变梅夫洛一生的炮弹。

梅夫洛变得垂头丧气。
"我不配。"
"为什么?"蒲帕严肃地问。
"我能瞬间修好水管,我能换轮胎,换灯泡,但说到修复世界,我就做不到了……战火烧到我的国家时,我做了什么来阻止呢?我什么都没做!"
"你有一双黄金手,你知道的。"贝芭说。
"那都是别人说的。"
"想象一下拉多万·卡拉季奇[①]和拉特科·姆拉迪奇[②]

[①] Radovan Karadžić(1945—),医生、作家、政治家,曾任塞族自治共和国首任总统,2016年,联合国法庭判定他犯有种族灭绝罪、战争罪和反人类罪。
[②] Ratko Mladić(1942—),波斯尼亚塞族军事领导人,普遍认为是他策划了斯雷布雷尼察大屠杀,这是"二战"以来欧洲最严重的大屠杀。

不是去了海牙,而是出现在了你的按摩桌上。"

"我会拧断他们俩的脖子!"

"那就是了,蕴含智慧的双手有强大的力量。"贝芭说,虽然她不太确定按摩桌的例子合不合适。

"你呢,贝芭,你选谁?"库克拉打断了贝芭的絮叨。

"嗯……这好难选。"

"来吧,亲爱的,好好想想。"梅夫卢丁说。

"你们都知道泰山是谁吧?"贝芭兴奋地说。

"当然知道了!"库克拉、蒲帕和梅夫卢丁异口同声地说。

"但你们知道他的真名吗?"

"泰山。"梅夫洛脱口而出。

"泰山的真名叫约翰·克莱顿,格雷斯托克勋爵!"贝芭洋洋得意地说。

"你想说什么?"

"一半是猴子,一半是贵族!那就是我的理想男人!"贝芭脱口而出。

三个人笑起来:蒲帕气喘吁吁,库克拉像马的嘶鸣,贝芭声音沙哑。梅夫洛又失落起来。

"你看,我又不配了,亲爱的。"

"为什么?"

"当猴子，我已经是了，当贵族，我无能为力！"他说。

应当再说一遍，在现实中，这里指泳池边，一切都发生得更加缓慢。生活中的人漫无目的，四处浪游，故事却踏着七里格靴高飞远走。

"轮到你啦，库克拉。"贝芭说。
"我不知道……"
"来吧，告诉我们吧，这对其他人不公平。"
他们都紧张地等着库克拉的答案。库克拉的表情严肃起来，皱着眉头，呷了一小口香槟，慢慢地说："魔鬼。"
"你说的魔鬼是什么意思？"
"魔鬼是我理想中的男人。"库克拉平静地说。
"为什么？"大家不安地一起问道。
"纵观历史，魔鬼是凡人最危险的对手。超人无法成为理想男人，更不用说泰山了。魔鬼是一个有着悠久、强大、可信的引诱史的男人。魔鬼也是上帝唯一的对手，而上帝，我们知道，也是一个男人。"

大家陷入沉默，因为库克拉的回答包含着某种真相。
"好吧，那也把我排除在外啦！"梅夫洛突然说，打破了沉默。

"为什么？"

"你还要问为什么，亲爱的？我的灵魂像波斯尼亚什利瓦[①]一样柔软，有这么稀里糊涂的一颗心是做不了魔鬼的！"

"但是魔鬼喜欢女人。"贝芭说。

"那又怎么样呢？"

"你也喜欢女人！"

"确实喜欢，亲爱的，我喜欢你们三个！"梅夫洛说。

"既然你喜欢女人，就是理想中的男人啦！"贝芭说出了自己的判决。

再次强调一下也无妨，现实中的一切都花了更久的时间。因为当生活咆哮、悲鸣、轰响，故事就像一只苍蝇，只是嗡嗡地扇着翅膀。

"这不是很奇怪吗。"贝芭若有所思地说。

"哪里奇怪，亲爱的？"

"其实，很少有人真正喜欢我们女人。"

"什么意思？"库克拉问。

"唯一喜欢我们的人是异装癖！"贝芭难过地说，又开心地补充了一句，"还有梅夫洛。"

[①] Šljiva，意为李子。

  他们三个——库克拉、梅夫洛和精疲力竭的贝芭都没有注意到蒲帕的日光浴椅已经越漂越远。他们发现蒲帕不在身边时，转过身，发现她的椅子已经在泳池的另一边了。她的头垂在胸前，稍微偏向一侧，样子更像一只母鸡了。

  "她又睡着了。"贝芭说。

  "她的手怎么举在空中？"库克拉慌张地问。

  "有什么不对吗？"

  "她举着手睡觉吗？"

  的确，蒲帕的睡姿很不寻常，她的手微微举着，紧握着拳头。

  库克拉、贝芭和梅夫洛把眼镜放在池边，赶紧去看蒲帕，他们走近点时，看见她那紧握的拳头做出了一个难以错认的手势。

  "也许她喝多了，才向我们比无花果手势[①]。"贝芭说。

  "她会不会已经，呃，先走一步了？"梅夫洛脱口而出。

  "老天哪，梅夫洛，快去叫医生！"贝芭大喊。

---

① 手握成拳，将大拇指插入食指和中指的指缝间，是一种下流手势，表示侮辱。

213

托波拉内克医生立刻赶到。几个护士把蒲帕从池子里抬出来。托波拉内克医生摸了摸她的脉搏，按了按她的颈动脉，抬了抬她的眼皮……不，毫无疑问，蒲帕终于去往下一个世界了。

"八十八岁是个体面的年纪啦。"托波拉内克医生说。

其实他本来还想说，与一百一十四岁去世的艾玛·福斯特·蒂尔曼相比，这根本不算什么，但他意识到在这里展示自己对长寿的热情很不合适。所以他简单地补充道：

"愿她安息。"

2

蒲帕在日光浴椅上越漂越远，漂向泳池的那一边时，谁知道她在想些什么呢？也许某一瞬，她觉得周围温暖愉悦的声音安静了下来，直到完全消失，她突然沉浸在棉絮一般致密的寂静里。颜色鲜艳的斑点——库克拉、贝芭和那个戴头巾的年轻人的脸——慢慢消失了，她发现自己置身于一个没有色彩的世界，在这里，她似乎已经死了，正被死神保姆在温暖的勒忒河①水中轻轻摇晃着。也许她的

---

① Lethe，希腊神话中冥府的五条河流之一，喝过勒忒河水的人会遗忘一切。

记忆忽然伸展开去，就像孩子的玩具，花花绿绿的小舌头一吹就会伸直，然后又柔韧地卷成一个莫比乌斯环。是啊，是啊，她清楚地记起她曾经来过这里，就在这个地方。大概是在七十年代，等了很久之后她终于拿到了第一本护照。捷克斯洛伐克当时还是一个国家，后来它消失了，变成了两个，就像南斯拉夫曾经是一个国家，后来也消失了，变成了六个。她和科斯塔受邀来这里参加妇科医生研讨会，就住在这个酒店，只是那时它叫莫斯科大饭店。

蒲帕沿着莫比乌斯环滑行，就像坐在雪橇上滑下山坡，她看到一切排成了一列，她生命中所有的事件，无论是已经发生过的，还是即将发生的，尽管她不会再出现在那里了。她感觉自己轻飘飘的，她所有的羞耻感——主要来自被命运主宰的长寿——从她身上卸下了。她带来世上的那些孩子小小的身体，成群结队的婴儿，像星星一样滑过她身边。老天，她一边在环上滑行一边惊奇地想，到底有多少个孩子啊。她怎么会带这么多孩子来到一个，说实在的，她越来越不喜欢的世界呢？谁知道呢，也许就是因为这样，她才要紧握右拳，把她僵硬的拇指插进食指和中指之间，稍稍举起手，向这个世界比出一个无花果手势，既是控诉，又是欣悦。

又或许是截然不同的另一回事？也许多年以后她又回

去找一件小东西，一枚耳环，是她七十年代丢在这个泳池里的。耳环是缟玛瑙和银做的，是阿龙送的礼物，她几乎没有摘下来过。虽然只是零碎的小物件，不值钱的首饰，但她还是伤心了很久；而且她有时觉得耳垂似乎因为耳环丢了而发烫。所以她深呼一口气，潜入池底——她的身体纤细，年轻，富有弹性，就像莫比乌斯环。她在池底仔细搜寻，你猜怎么，她发现耳环卡在了池壁底部下水道的网盖上。她浮上水面三次才把它解下来，她终于拿到了。她紧紧地把耳环攥在手里，生怕它逃跑。既然已经找到了她要找的东西，就没有理由再回到水面上了。

3

蒲帕消失的灵魂带走了那股隐约的尿骚味，这股味道与衰老一起到来，像裙摆一样拖在她身后。蒲帕扭曲的身体躺在他们面前，但是——仿佛死亡是吸墨纸——这股味道消失了。老巫婆是对的：死亡是没有味道的，生活才是屎。

她仰面躺着，保持着他们把她从躺椅上抬下来时的姿势，膝盖弯曲，微微张开，就像准备放入烤箱的巨大的美国感恩节火鸡。她的右手微微举起，拳头摆出的无花果手势明白无误，依然是躺在横着的S形日光浴椅上时的姿势。她也许用这个手势向她的朋友们或是世界做了最后的告别。谁知道呢。不同于传达出无礼讯息的右手，她的左手垂在空中，仿佛还在轻抚着现在已不存在的躺椅边缘。蒲帕的袜子终于脱下后，在场的人看了一眼逝者的腿和脚，都感到轻微的恐惧。她腿部的皮肤上，破裂的毛细血管和肿胀的静脉互相交错，像章鱼的触手一样缠绕着枯瘦的小腿。自膝盖以下，一切都融化成了骇人的腐肉色。她的脚指甲钙化扭曲，就像动物的爪子。"愿上帝宽恕我！"贝芭画着十字，被眼前的景象惊得呆在原地。

两个护士——其中一个身材娇小，修长苗条，杨柳细腰，一头红发，另一个身材高大，皮肤白皙，健壮结实，孔武有力——在现场工作。杨柳细腰的那个试着放下蒲帕的右手，特别是想松开她的手指。但是手指和手都纹丝不动，仿佛变成了石头。

"小心一点！您会把她的指头弄断的！"贝芭抗议道。

"上帝原谅，我这辈子从没见过这样的事，我已经工作二十多年了！"这位杨柳说，不知为什么开始画十字。

孔武有力的那个用手压蒲帕的膝盖，仿佛蒲帕是一柄折叠伞，而不是一个人，当然，她曾经也是人。她的膝盖展现出了惊人的抵抗。

"她就像是铁做的一样。"孔武嘟囔着,卷起袖子,准备做最后的努力。

"住手!你们这样我实在看不下去了!"贝芭大喊。

孔武冷漠地耸耸肩,舌头在嘴里绕了一圈,却没有张开嘴唇,就像一只骆驼,她从嘴里吐出一个重要的问题:

"她这张牙舞爪的,您想让我们怎么把她塞进棺材?"

"对啊,怎么塞呢?"杨柳加入战局,无端充满敌意。

"那,你们这儿是有棺材的,对吧?"

"您运气不错。我们这有一口,小孩子的尺寸。是我们的木匠卢卡斯生前打的。他的棺材总是做得又短又窄。那些尸体就像沙丁鱼一样挤在里面。"

"那还是在上一个时代,人们到处省吃俭用。"杨柳说。

"卢卡斯什么都省,就是酒不会省。"孔武愤愤不平地说道。

"你们为什么不把她侧过来呢?"贝芭问。

"您是说胎儿姿势吗?"孔武十分专业,用手粗略地比画了一下。"嗯……放不下。"她摇了摇头。

"小身体,大问题!我从没见过这样的事!"杨柳画着十字。

"好吧,如果你们能接受她被压扁一点,也有可能放得进去。"孔武补充说。

"镇上有殡葬人之类的吗?"库克拉问。

"有，殡葬人就是木匠马丁，但他也没法一夜之间给您做出一口棺材。我妈妈过世时等了两个星期。"孔武说。

"那您把她放在哪里呢？"

"就在这儿，在冰柜里。"

"我们是健康中心员工，有优先权。"杨柳解释说。

"那火葬场呢？"贝芭问。

"在布拉格。但即使在那里，死者一般也是装在棺材里进火化炉的，不会只裹着一条床单火化。"

"只有印第安人才裹着一条床单火化。"杨柳说。

"印度人。"孔武纠正她。

"印第安人，印度人，有什么区别嘛！"杨柳不满地说。

"该死，你们的意思是说这里从来没有死过人吗？"贝芭问。

"我们这儿可是个健康中心！"

"我怎么不明白了！卢卡斯，马丁，印第安人还是印度人。"贝芭生气地说。

"我们也不明白。你们拖着一个老太婆到处跑，到底是怎么想的，就没想过她会挺不过去吗？何况这还是在国外！"

杨柳可能想说呸或者类似的话，但是在最后一刻克制住了自己，说："如果我妈妈这把年纪了，我死也不会拖着她出远门的！"

"你们这样可不太客气啊,知道吧。"贝芭说。

"我如果客气,早就去见上帝了!"杨柳气愤地说。

"以我们的生活条件,当然。"孔武含含糊糊地说。

"真是叫人受不了!你们两个女孩真的很会帮助别人!"贝芭哼了一声。

"我们走吧,会想出办法的。"库克拉说,拽了拽贝芭的袖子。

"想想办法吧,最好快一点!我们的冰柜容量有限。今天是周四,我们最多能让她放到周一早上。其他人也会死的,您也知道。"孔武说,立刻收住话头。"我是说,这种事偶尔也会发生,比如说现在。"她补充说。

"我们这儿是个健康中心!"杨柳插话说,她说健康中心四个字时带着格外的虔敬,仿佛是神明的律法。

"去你妈的!去你妈的健康中心!"贝芭尖声喊道,火冒三丈。她只会用英语说脏话,而她知道的唯一一句英语脏话就是去你妈的[①]。

需要补充的是,我们得把这段对话翻译成人人都懂的语言,因为现实中对话是用捷克语和克罗地亚语混合进行的:孔武和杨柳说的是捷克语,库克拉和贝芭说的是克罗

---

① 原文为英语:fuck you。

地亚语。实际上库克拉试着回想起已经忘光的俄语,但是从她嘴里冒出来的只是夹杂着俄语的克罗地亚语。孔武和杨柳嗤之以鼻。显然,她们受够了俄罗斯人。

那我们呢?我们继续前行。生活拖着沉重的负担,而故事的脚步飞快,因为刻不容缓。

4

看了一眼坐在讲演厅里的观众,托波拉内克医生心中燃起了怒火,紧接着又是一阵自怜。他,一位致力于为整个健康事业赋予正当学术光环的医生,不敢相信自己的眼睛。观众不是酒店的客人,而是三位他很熟悉的当地老太太。

托波拉内克医生随身带着一支小哨子,他把哨子放到嘴边吹了起来。三个老太太醒了过来,开始鼓掌。托波拉内克给她们做了个小测试:他大声朗读妻子早上塞在他手里的购物清单。几个老太太从清单开头就开始打盹儿,就在一公斤面包和一升牛奶之间。托波拉内克又把口哨放回嘴边。三个老太太浑身一激灵。

"布拉哈太太,您在这里干什么?"

"我能说实话吗,医生?"老太太问。

"请您赐教。"托波拉内克语带讥讽地说。

"给孩子洗衣做饭太累了,所以我来歇一会儿。而且,您这里还有空……空挑?"

"是空调!"托波拉内克说。"那您呢,韦塞茨卡太太?"

"我是陪她来的。"韦塞茨卡太太说,指了指布拉哈太太。

"您呢,春卡太太?"

春卡太太打着呼噜。

"春卡太太!"

春卡太太猛然惊醒。

"我问您在这里做什么。"

"医生,您刚刚读给我们听的那份清单……您买番茄的时候……今天潘绍绍维茨基那儿的番茄比超市里的新鲜,还便宜。"

托波拉内克坐了下来,用两只手捂住脸。虽然他的失败显而易见,但幸运的是,他的天性并不是一个失败者。托波拉内克也许并没有过人的骨气,但他也没有恶意,有一样东西他无法割舍——梦想。托波拉内克是过渡时期的孩子,没人能责怪他的梦想和赚钱有关,或至少努力和钱沾边。是的,他会让当地人填满演讲厅。当地人也应该参与到健康旅游中来。每月每个社区成员都能在健康中心享有一次免费疗程。如果他们最近在中国南部发现了长出了第三副牙齿的一百二十岁老人,还有月经重现、脸上长出青春痘的老太太,为什么在这里,就在这个捷克水疗中心,不能出现第三年龄①的奇迹呢?他打算第二天就成立一个与衰老作战的俱乐部,就叫第三副牙齿。他已经开始想象世界各大报纸上出现《古老欧洲的中心再次发现了青春之泉》的标题。还要建一座博物馆,当然要有一座小小的本地博物馆,就叫长寿历史博物馆。他还要成立业余剧社,每年都要演出恰佩克的戏剧《马克罗普洛斯案件》②。这部戏剧会激发公众讨论,关于马克罗普洛斯的永生秘方该不该被烧毁。是的,多亏了他,托波拉内克医生,温泉小镇将绽放出更加美丽多姿的花朵。

看着观众席上的三个身影,托波拉内克医生心中毫无预兆地满溢着柔情。

看,布拉哈太太的灰发开始变黑,韦塞茨卡太太脸上的皱纹融化了,仿佛从来没有存在过,春卡太太的假牙从嘴里掉了下来,因为新牙已经开始生长。观众席上坐着三位年轻丰润的女人,姿态松弛,鼾声如雷。

---

① 指有了旅行、教育等机会的老年。
② *Věc Makropulos*(*The Makropulos Case*),又译作《马克罗普洛斯事件》,其情节围绕着马克罗普洛斯研制出的永生秘方展开。

那我们呢？生活满是淤青、创口和伤疤，故事却要赶在天黑之前回家。

5

傍晚时分，库克拉和贝芭在酒店大堂碰面，打算去小镇上走一走，散散心。她们离开酒店时，贝芭漫无目的地四处张望，不小心撞上了一个牵着小女孩走进酒店的年轻人。年轻人是英国人，礼貌地向她们致歉，仿佛这是他的不对。负责英语场合的库克拉，主动向年轻人道歉，贝芭的目光不经意地捕捉到了一些细节。年轻人高大英俊，举止优雅，灰色眼睛，灰色头发，笑容迷人，而小女孩，小女孩是……嗯，应该是中国人。小女孩怀里抱着一只小狗，她睁大眼睛打量着贝芭，好像她是一个奇观。

"你就跟无头鸡一样冒冒失失的！"过了一会儿，库克拉抱怨道。

"又不是我撞到他的！"贝芭为自己辩解。

"老实说，你就像坦克一样乱冲乱撞。"

"那又怎么样？我又没有伤到他！"贝芭说，讽刺地加了一句，"而且，至少我撞人的眼光不错！总是帅气的年轻男人，不是什么七老八十的老头！"

"哦，那是自然了。"库克拉嘲讽地回嘴。

小镇沐浴在粉色的薄暮中，两个不寻常的身影漫步其间。一个又高又瘦，步伐轻盈，行走如风，仿佛握着一柄无形的长矛。另一个圆润笨重，跟在她身后气喘吁吁地小步疾走，就像为她拿着盾牌的侍从。

"那我们俩现在怎么办呢？"贝芭焦急地问。

"重要的是拿到文件，医生开的死亡证明之类的东西。"

"为什么？"

"不然我们还能怎么把尸体运过边境？"

贝芭突然觉得自己完全无力应付当下复杂的处境。

"我们还要弄清楚和运输尸体有关的交通法规。"库克拉又说。

"我根本没想过这个……"

"还有我们要怎么处理那笔钱？"

"什么钱？"

"蒲帕把她的钱留给了她女儿。她完全可以理直气壮地指控我们偷了蒲帕的钱，还有过海关的问题……毕竟那全是现金。应该是有法律规定的。"

"我也没想过这个。"

"还有你赌博赢的钱怎么办？你问过那么大一笔钱应该怎么转移吗？"

225

贝芭忽然很生库克拉的气,也很生蒲帕的气。她把她们拉来这里,把她们扔进这一切里,到底是什么意思?她为什么要抛弃她们,让她们把时间都花在处理一大堆问题上?接着她也生自己的气,因为她像无头鸡一样一头栽进了整件事里!

"我们为什么要回去呢?我们可以在这住一阵子……"

"那蒲帕怎么办?"

"我们送她去布拉格火化。"

"决定这些事情的应该是蒲帕的女儿。"

"她对她妈妈可真是关心啊!"

"总之,我们有大麻烦了。"

"天啊,我真是个傻瓜!我怎么会卷进这种事情里呢!"贝芭抱怨道,她没有想过库克拉也卷入其中,这也完全不是她的错。

两个女人急匆匆地走着,丝毫没有注意到整个小镇已经浸没在一片绯红中了。厚重如锦的夕阳为河流与房屋华美的外墙染上粉红色。玻璃窗相互映照出橘红色的倒影。树梢沉入黄昏,散发出浓郁醉人的雾气。

贝芭和库克拉边走边聊,直到某一刻她们停下了脚步,仿佛被定在了原地。两个女人张大嘴巴站在那里。她们前面出现了一颗巨大的——蛋！它就这样出现了，似乎命运的手指将它滚了过来，好让贝芭和库克拉能撞见。准确地说，她们面前是一间大橱窗，橱窗里有一颗巨大的木制彩蛋！她们在萨格勒布市场上也见过这样的蛋，当然是正常鸡蛋大小，从俄罗斯、乌克兰和波兰运来，与俄罗斯漆盒、木勺和套娃一起摆在货摊上。

"我的天啊，看看那个蛋中金刚！"贝芭惊叫道，语气近乎虔诚。

那只彩蛋涂着闪闪发亮的鲜艳色彩，绘有繁复的动植物图案。贝芭和库克拉的视线飘过开满鲜花的草地，直升机那么大的蝴蝶在上空飞舞，田野上生长着鲜红的罂粟、幽蓝的矢车菊和灿金的小麦；她们的目光沉入枝叶和藤蔓、蕨类和树木，猴子和鸟类在树枝间摇荡。她们垂下眼睛，看到下层的灌木：一簇灌木下藏着兔子一家，另一簇下藏着亚当和夏娃，还有一簇藏着雄鹿和雌鹿。彩蛋的边缘是一丛一丛成熟的覆盆子和黑莓，在它们脚下长着蘑菇，而在蘑菇上，蜗牛正缓慢地滑行，瓢虫则爬来爬去。沼泽地带尤其引人注目：盛开的睡莲上，青蛙蹦来跳去，大鱼在深处嬉戏，涉水鸟从芦苇之间探出头来。终于，贝芭和库克拉把视线转向一棵高大的棕榈树，稀薄的树荫下歇着一头骆驼。骆驼上空，一家人坐在蛋壳上，仿佛它是一艘小船：一个女人，两个孩子，还有一个鼻梁上戴着眼镜、手中拿着画笔的男人。总之，这是一个业余画家笔下的伊甸园。鼻梁上戴着眼镜、手中拿着画笔的男人显然是这幅宏大作品的画家。这颗彩蛋由两个部分组成，中间有金属铆钉和一把精致的带钩子的锁，说明彩蛋可以像手提箱一样打开。

这还不是全部。巨大的主蛋四周，散落着正常大小的蛋：木制的复活节彩蛋，施华洛世奇水晶蛋，法贝热彩蛋[①]成功和不成功的仿制品，还有新系列的法贝热彩蛋。散落在主蛋周围的彩蛋散发出蓝色、淡紫色、金色、金绿色、水晶白色、牛奶银色的神奇反光，整个场景精妙得无法言喻。

商店的名字清晰直白——新俄罗斯人。店内的布置与其说是一家商店，倒不如说更像一座画廊。墙壁雪白，几乎空无一物。有两三处墙面上挂着用玻璃框装裱的彩蛋艺术摄影。一个年轻女孩坐在优雅的白色柜台后面，她身后有一个白色的玻璃展柜，里面摆满了展品。

---

① 由俄国著名珠宝首饰工匠彼得·卡尔·法贝热（Peter Carl Fabergé）制作的蛋型工艺品，1885年至1917年间，法贝热与助手一共做了69颗彩蛋，但只有62颗保存至今，这些蛋雕是由贵金属或坚硬的石头混合珐琅与宝石装饰而成的。

"橱窗里那颗巨蛋多少钱?"贝芭用英语问。

"不好意思,那是非卖品。"女孩礼貌地回答。

"那你们为什么把它放在橱窗里呢?"

"用来做广告,吸引人们的注意。"

"如果卖的话,价格会是多少呢?"

"我们不是普通的纪念品商店,我们是专业画廊。"女孩迟疑了一下。

"那你们专注哪个领域?"

"蛋。"

"那么,别的蛋卖吗?"

"卖的。"

"这个彼得大帝多少钱?"

"三千五。"

"三千五什么?"

"美元。我们大多数顾客是俄罗斯人,您知道的。"

"俄罗斯有钱人?"

"这个嘛……"女孩微笑。

"那这个沙皇亚历山大的鱼子酱碗多少钱?"贝芭读着橱窗中的名牌。

"六千美元。"

"一颗真的法贝热彩蛋呢?"

"最好还是不要问了!"女孩亲切地说。

"但是,如果你们要卖那个大彩蛋,会开价多少呢?"

女孩目瞪口呆地看着这两个老妇人。

"你们是俄罗斯人吗?"

"不是,但我们想买那颗俄罗斯彩蛋!"

"其实,那不是俄罗斯的。"女孩说,"那是我们当地的艺术家卡雷尔……"

"卡雷尔·戈特[①]?"库克拉好像自言自语地说。

"您怎么知道?"

"其实我并不知道,我只是想都没想就说了。卡雷尔·戈特,黄金夜莺……那都是很久以前的事了。"

"Zlaty slavik[②]!"女孩高兴地说,"但这个是我们当地的卡雷尔·戈特,我觉得他和那个著名歌手可能是亲戚。"

"那么,您说个价格吧。"

"对不起,那是不卖的。"女孩一脸歉意。

贝芭、库克拉和女孩觉得局面已没有转圜余地,两个女人正准备离开时,一个头发乱蓬蓬、面色阴沉的男人突

[①] Karel Gott(1939—2019),捷克斯洛伐克与捷克共和国著名流行音乐歌手,业余画家。

[②] 即"黄金夜莺",捷克斯洛伐克《年轻的世界》(*Mladý svět*)杂志于1962年设立的一个音乐投票奖项,直至1991年被捷克夜莺奖(Český slavík)取代,卡雷尔·戈特总共获奖42次。

然闯进了画廊。贝芭立刻认出了他,就是赌场里那个俄罗斯人,那个白痴。那人从门外径直走进了隔壁房间,看都没看店里的客人一眼。

不知为什么,女孩压低了声音:"那是画廊老板,请稍等一下,我去问问他。"她用一种神秘的语气悄声说道,然后消失在隔壁房间不见了。

她们听见房间里传来谈话的声音,那个男人探出头来,想看看彩蛋的潜在买主是谁。贝芭和库克拉谦和有礼地站在柜台边等待着。一开始那人还没有认出贝芭,但当他认出来时,他吓了一跳。贝芭可以从他脸上读出他内心的挣扎。他显然在纠结,是表现出他认出了她,还是假装从来没有见过她。面色阴沉的男人以他现身时那闪电般的速度消失在墙后面。他内心挣扎的结果不得而知,但是,现在可以听到他提高了音量,其间夹杂着女孩含糊不清的捷克语回答。

"把这个破烂卖给那两个老太婆吧!……反正那破玩意儿也卖不出去!……你们那个蠢货卡雷尔会给我们做个新蛋的!你疯了吗?让那两个老东西付两万!对,两万!老巫婆抢劫了我两万!①"

---

① 原文为俄语。

过了一会儿，礼貌的女孩从隔壁房间出来，她的脸有一点红，她说："你们运气不错。"

"多少钱？"贝芭问。

"两万。"女孩小心翼翼地说。

"这个价格包括运费吗？"

"运到哪里？"

"N大酒店。"

"噢！就两步路，没问题！你们付现金还是刷信用卡？"女孩问，依然难以置信。

"现金！"贝芭脱口而出。"我们马上回来。你们那时还没有关门吧？"

"没有，你们还有整整一个小时。我会等你们的。"

"您叫什么名字？"库克拉问。

"马列娜。"女孩回答。

正在这时，一个头发凌乱、面色阴沉的男人从隔壁房间出来，急匆匆地向门口走去。虽然他明显想要目不斜视地走过，目光却不由自主地落在了贝芭身上。贝芭在那一瞬间挥了挥手，甜甜地说：

"Spassibo, Kotik！①"

那我们呢？我们继续赶路。生活中，很多事情都可以延期，但故事必须抵达目的地！

6

新俄罗斯人画廊派了两个闷闷不乐的年轻男人把彩蛋送到蒲帕的套房，这时已经很晚了。

贝芭筋疲力尽地在扶手椅上伸开四肢，身体完全填满了椅子，就像发酵的面团胀满了模具。库克拉抱着手臂，迈着大步走来走去。她停下来说："说起来，我们不把它打开看看吗？"

贝芭费力地从椅子上爬起来，摇摇晃晃地走到彩蛋前。她们一起打开锁，整个房间都飘着宜人的新鲜松木香气。

"谁能想到里面这么宽敞呢？"贝芭说。

"我们还得确保从超市买到足够的冰袋。"库克拉冷冷地说着，合上了蛋。

蛾子从敞开的阳台门飞进灯火通明的套房里。

---

① 俄语，意为：谢谢你，小猫咪！

"还有靴子。"库克拉又说。

"什么靴子?"

"我们应该把蒲帕的靴子和她一起放进去,你觉得呢?"

"也是哦,那放进去吧。"

"如果靴子是洗干净的,蒲帕应该会很开心。"

"我们可以送它去干洗。"贝芭说着,跌跌撞撞地走到电话旁边,拨通了客房服务。"他们马上派人过来。"她说着就向门口走去。贝芭今天已经受够了,再也没有力气多说一个字了。

她把装着一双大大的毛皮靴子的袋子交给酒店服务员时,他惊讶地睁大了眼睛,扬起了眉毛,但是额头上的问号只存在了一瞬,随后就立刻消失了,展现了他的专业素养,对他来说,与人类有关的一切都不稀奇。库克拉回到套房中自己的房间,小心翼翼地关上了门,仿佛蒲帕还在她自己的房间里。她走到阳台上。夜晚像长毛绒一样温暖柔软,天空被一轮巨大的满月照得透亮。林中升起了一层几乎看不见的薄雾,至少在库克拉眼里是这样。白天积聚的暖意此刻正从树叶中蒸发。库克拉呼吸着温暖芳香的空气,她的鼻腔捕捉到了接骨木花甜腻的香气。这时,隔壁房间的阳台门突然砰的一声打开了,一个刺耳尖利的女声撕开了夜晚的寂静。

"你到底为什么要把门关上?我们要憋死在这儿了!"

"我没有关门!再说,我们有空调!"一个男声平静地回答。

"也不知道在家里是谁老是要关门!"女人发着牢骚。

"那你就打开啊!"男声说。

"我已经开了!你周围总是臭烘烘的,不管是在家还是在外面旅行!"

库克拉胳膊倚着阳台栏杆站着。人声粗暴地刮擦着夜晚柔软的长毛绒。库克拉闭上双眼,就像第一次她还不知道自己在做什么时那样,就像之前已经做过很多次的那样——把她全部的思绪都集中到一个方向。隔壁阳台的门砰的一声关上了。

不一会儿,尖利的女声又响了起来。

"你为什么要开门?"

"什么门?"男声问。

"走廊的房间门!"

"我为什么要开走廊的门?"

"因为阳台门关上了!你没听见吗?"

"老天啊,你这个女人,你疯了吗……"

"阳台门关了,而外面连风都没有!"

"那又怎么样?"

"肯定是你故意打开房间门,造出个穿堂风,让阳台门能自己关上!"

"看在上帝分儿上,让我清净点吧,你到底有什么毛病?"

"有毛病的是你吧!"尖利的声音像一把电锯。

库克拉又闭上了眼睛,隔壁的阳台门又砰地关上了。

库克拉站在阳台上望着月亮,脸上闪过一抹微笑。对面的公园里,树被月光与树干底部的灯照得通明。树冠仿佛没有重量,随时会腾空而起,在空中飘荡,就像豪华的绿色齐柏林飞艇。大乌鸦在树梢中发出沙沙声。库克拉看不见它们,但她知道它们就在那里。

那我们呢?很不幸,我们必须继续前行。虽然生活中常有插曲和变故,但故事只需在终场落幕。

7

贝芭回到她的套房,被无法形容的疲惫压垮了。她一头倒在床上,衣服都没脱,她透过开着的阳台门望了一眼天空中的满月,就进入了梦乡。

贝芭梦见自己走进了一座奢华的王宫。虽然她好像穿着睡袍，外面套了一件家居服，但她似乎是个女王。她光着脚，还没来得及穿上她的大胸显小内衣，她立刻发现了这一点，因为胸部的重量把她弄疼了。她只好用手支撑着乳房，她左手掌托住左胸，右手掌托住右胸，像相扑选手一样走进了大厅，这一定为她赢得了全场的敬意。她的目光落在了伸向远处的红毯上，两侧是仪仗队，她显然应该从中间走过去。红毯尽头，大厅深处，立着一个高台和金红相间的王座，但令人称奇的是，红毯两边的不是人，不是廷臣和勋贵，而是——蛋！

贝芭在电影里见过很多王室场面，她决定把蛋当成廷臣对待，赐予它们女王的垂青，在每颗蛋面前稍作停留。想象一下，贝芭停下时，每颗蛋都向她鞠躬致以深深的敬意，并报出自己的名字——布谷鸟蛋、文艺复兴蛋、百合蛋、察列维奇[①]蛋——并优雅地打开蛋壳，露出内部构造。贝芭惊奇地打量着每颗蛋的内部，蛋上列出了珍贵的制作材料：黄金、铂金、红宝石、蓝宝石、祖母绿、珍珠、钻石……老天，这么多漂亮的彩蛋排成了长队！所有的蛋都毕恭毕敬地向贝芭鞠躬，还以优美的姿态展示它们的内部。有些蛋立在金色的腿上，有些摆在用上好的材料制成

---

① Tsarevich，斯拉夫贵族头衔，用以称呼沙皇的儿子。

的底座上，有些在金色的小碟子上摇晃，有些嵌在黄金或白银做成的蛋架上，有些坐在豪华的迷你宝座上，但当贝芭停在它们面前时，它们就从宝座上滑下来向她行屈膝礼。贝芭心花怒放。她觉得自己的视力似乎更加敏锐了，因为她惊喜地发现，哪怕最微末的细节她都能看见，仿佛她眼睛里装了强力的放大镜片。

后来，也许是这些镜片的缘故，贝芭感到一阵疲惫袭来。用手托着沉重的乳房非常辛苦，而她与王座的距离丝毫没有缩短。她面前的蛋也不再美丽。其中一只打开蛋壳，里面有一只微型音箱，播放着刺耳的声音："小房子，没有门，没有窗，主人要出去，就要砸破墙！"贝芭想走过这颗其貌不扬的蛋，可是她刚踏出一步，就被一股无形的力量拦住了。蛋刚刚说的话显然是个谜语，如果她解不开谜语，那股无形的力量就不会让她通过。贝芭苦思冥想了很久，她的胸部太重了，手掌和前臂都十分酸痛，最后她终于想出了谜底，说："蛋！"果然，无形的力量让她通过了。接着，一个同样难看的蛋说："一个桶盛两种酒，可连桶箍都没有！"贝芭又答道："蛋！"果然，无形的力量又让她通过了。下一个蛋说："修士从烤箱中掉下，费尔科立刻抓住他！"这都什么乱七八糟的！费尔科？什么费尔科？贝芭暗自抱怨，但她还是顺从地回答：

"蛋！"果然，无形的力量移开了无形的盾牌，贝芭向前走去。

是的，这些蛋现在不一样了，是会说话的蛋。贝芭发现自己站在一颗灰色的蛋面前，这一点得到了证实。它向她鞠了一躬，说自己叫头发蛋，并打开自己给她看。在蛋的内部，一根黑色的塑料头发从塑料蛋黄中伸了出来！贝芭立刻意识到在梦中，这颗蛋代表着俗语鸡蛋里挑头发[①]。贝芭从来没有用过这句俗语，也许是因为她从来没有在鸡蛋里挑过头发。

整场仪式令人厌倦，毫无意义，贝芭想知道如果把这些愚蠢的蛋砸碎会怎么样。毕竟她是女王，而这是她的梦！仿佛猜出了贝芭的心思，所有的蛋突然四散奔逃，躲了起来。只有一颗蛋一动不动。在红毯的尽头，一枚金蛋正在等着她。她走到金蛋前，它像之前所有的蛋一样，优雅地向她行了屈膝礼，然后敞开了自己。贝芭感到一阵尖锐的刺痛，刹那间几乎无法呼吸。在一个微型金色棺材中，一位裸体美少年以胎儿的姿势卧在里面。她弯下腰，

---

① Tražiti dlaku u jajetu，克罗地亚语俗语，意思是"在鸡蛋里挑头发"，与中文的"在鸡蛋里挑骨头"意思类似，形容故意挑毛病，吹毛求疵。

把蛋捧在手里，屏住呼吸看着那小小的金色身体，她的胸腔中发出一声痛苦的呜咽。蛋从贝芭手中滑落，掉在了地上，咚、咚、咚，跳进了蒲帕的靴子里！直到这时贝芭才发现，原来蒲帕的靴子就立在王位旁边。

这个梦让人毛骨悚然，贝芭醒了过来。她浑身发抖，被泪水打湿的脸颊还在颤抖，心脏怦怦直跳。贝芭还在抽泣，她下了床，走到冰箱前拿出一瓶香槟。她久久地坐在床边，等着狂跳的心复归平静，像喝水一样快速地啜饮着香槟，抬头凝视着那轮圆月。哦，多么可怕的噩梦！贝芭尝试解开梦境缠绕的线索，但它们反而缠得越来越紧。儿子金色的身体蜷成胎儿的姿势，就像一枚发光的圆形吊坠，在她眼前闪闪烁烁。贝芭被香槟弄得晕头转向，被接连的哭泣弄得疲惫不堪，当她终于沉沉睡去时，月亮已苍白得近乎透明。

第五天

1

第二天早餐时，贝芭和库克拉惊喜地发现那个优雅的年轻人也在，昨天在酒店门口贝芭差点儿把他撞倒。更让她们惊喜的是，这位年轻人从桌旁起身，走到她们这桌，礼貌地询问能否一起用餐。库克拉和贝芭惊讶得下巴都快掉了，年轻人居然会说克罗地亚语，虽然带一点英语口音，但十分流利。原来，年轻人是一名执业律师，住在伦敦，他的女儿此时正和酒店的游泳教练待在泳池里。年轻人显然不喜欢拐弯抹角，但库克拉和贝芭却绕了一大圈，因为如果她们没有先问他住在哪里、从事什么职业、女儿在哪里，应该立刻就会有接下来的发现。这个发现落在她们面前的餐桌上——上面铺着雪白的亚麻桌布和绣花亚麻餐巾，摆着精美的瓷制咖啡杯和盘子，摆着银制餐具，摆着酥脆的薄饼，上面是裹着奶油的粉色三文鱼片，摆着一小篮刚出炉的面包卷，摆着一瓷盘环着一圈冰块的黄油，还摆着一瓷碗树莓、黑莓、蓝莓,仿佛刚刚摘下来——宛如晴天霹雳,这个年轻人不是别人,竟是蒲帕的外孙!

"外孙?"库克拉和贝芭同时惊叫起来。

"没错。"年轻人说。

"您能证明身份吗?"库克拉小心翼翼地问。

"可以,我会给你们看必要的文件。不管怎样,我们很快就得解决这个问题。"年轻人彬彬有礼地说。

"那……您说您是蒲帕的外孙。"贝芭说,大概是为了争取时间,尽管在这段时间里,除了已经说出口的话,她再也想不出别的了。

"是的。"年轻人简短地说。

"感谢上帝您出现了,您外婆昨天过世了。"库克拉说,显然比贝芭更擅长应对意外出现的事。

"和我想得一样。"年轻人说,完全没有吃惊的样子。

一阵风吹起,又平息下来,但蒲帕的苦难却持续了一生。虽然生活过得很慢,但故事却讲得很快,所以我们将在这里简要复述蒲帕的外孙给库克拉和贝芭讲的故事。

蒲帕·米拉诺维奇,娘家姓辛格,1938年进入萨格勒布医学院学习。在那里的第一年,她爱上了同学阿龙·帕尔。蒲帕很快发现自己怀孕了，这对年轻人结了婚，1939年蒲帕生下了一个女儿，取名阿斯亚。1940年，阿龙的父母眼看欧洲各地形势严峻，就利用英国政府短暂的绿灯，在远房亲戚的帮助下搬到了伦敦，加入了波兰和德国犹太人的行列。蒲帕和阿龙决定留在萨格勒布。阿龙的父母提议带着阿斯亚一起走，对那时的蒲帕和阿龙来说，这是明智的解决方案。

"他们怎么会同意与这么小的孩子分开呢？"贝芭打断了年轻人的讲述。与库克拉一样，她也是第一次听到这个故事。

"他们知道将会发生什么，也知道欧洲各国正对犹太人关上大门。但是他们要在萨格勒布完成学业，只希望邪恶最后不会在那里蔓延……我很难回答这个问题。我只知道因为他们的决定，我今天才能和你们坐在这张桌子上。"年轻人微笑着说。

1941年4月，克罗地亚颁布了一部种族法律《保护雅利安血统和克罗地亚国民荣誉条例》。他们规定了佩戴黄色星章[①]的义务，在那之后不久，对犹太人的迫害就开

---

① 又称"犹太徽章"或"黄星"，根据"大卫之星"设计，是宗教异类或种族异类的象征，通常是一种耻辱徽章。

始了。蒲帕的父母和弟弟都被驱逐到亚塞诺瓦茨①集中营，1943年的某一天，他们在那里被杀害。1941年10月底，在新上台的乌斯塔沙当局的授意下，萨格勒布的犹太会堂被毁，蒲帕和阿龙逃进森林，加入了游击队。

"游击队中有许多犹太人，来自克罗地亚、塞尔维亚、波斯尼亚，但你们一定比我更清楚这些。"年轻人说。

"我的天，这是个怎么样的故事啊！为什么她一点也没告诉我们？你知道吗？"贝芭问库克拉。

库克拉一言不发，只是摇了摇头。这个故事对她的影响与对贝芭的一样深。

1944年，阿龙在战斗中牺牲，而蒲帕患上了肺结核，活到了解放那天。肺结核治愈后，她继续完成中断的学业，多亏游击队的人脉，她拿到了去英国的签证。1947年春天她现身伦敦，想把阿斯亚带回萨格勒布，而阿龙的父母不想回萨格勒布。小女孩癔症发作，他们一致同意最好晚点再把她送回去。蒲帕希望她下次来的时候可以在伦敦多住一段时间，多陪陪阿斯亚，说服她和自己一起回去。

---

① Jasenovac，1941年8月由乌斯塔沙在同名村庄附近建立，是欧洲唯一一个非纳粹管理的集中营，迫害对象包括塞族人、罗姆人、犹太人和异见人士，1945年4月亚塞诺瓦茨集中营关闭，运行三年间已确认的遇难者人数达83820人。

"这太可怕了……"贝芭哽咽着说。

"事情就是这样。游击队里的很多女人都把孩子留在了福利院和孤儿院,或者留在战争期间相对和平的村子里,交给亲戚或家人照顾。我认识好几个这样的例子。"库克拉说。

蒲帕从伦敦回来,继续学医。她工作努力,一边学习,一边在萨格勒布的医院和外省医疗中心做志愿者,把自己弄得筋疲力尽。她毕了业,接着是1948年共产党和工人党情报局[1]时期黑暗恐怖的日子。1950年,蒲帕被投进了裸岛监狱,确切说是圣格古尔岛监狱[2],那里是关押女政治犯的地方。与其他侥幸活下来的狱友一样,蒲帕始终不明白自己为什么会被关进去,也不知道告发她的人是

---

[1] Communist Information Bureau,缩写为Cominform。由于巴尔干地区的地缘政治斗争与苏联和南斯拉夫政治领导层间的权力之争,苏南冲突爆发。情报局指责南斯拉夫路线错误,走了"铁托主义",背离了马克思列宁主义,通过决议将南斯拉夫逐出该组织。南斯拉夫一度陷入严重的经济危机和政治困境,南斯拉夫的政治反对派遭到迫害,数千人被监禁、流放或送去强制劳动。

[2] Goli Otok,字面意义为"裸岛",又译"戈利岛",1949年至1956年间与圣格古尔岛(St Grgur)同属关押拥护共产党和工人党情报局人士的集中营和监狱系统。其中裸岛是系统内最大的集中营,而圣格古尔岛上有一个妇女营和军官营地。囚犯在恶劣的条件下劳动,也被强迫虐待其他囚犯。

谁。她获释后,边境显然对她关闭了,这对她来说只意味着一件事——她再也见不到阿斯亚了。1955年,蒲帕再婚,丈夫是她的医生同事,1957年,她生下了女儿佐拉娜。

"你只需要一点点不同的光线,我们一直熟知的事物就突然不一样了,甚至变得陌生起来。"库克拉想。那个医生同事是库克拉的哥哥科斯塔,她就是这样认识蒲帕的。这些年来她们的关系越来越亲近,但令人吃惊的是,她从未提起过裸岛、阿龙,或者阿斯亚。的确,所有曾被关押在裸岛的人都有一个共同点:他们对此只字不提。他们出狱后,被严格禁止与任何人谈起自己的经历,而裸岛,也就是南斯拉夫的古拉格,本身就是一个禁忌话题,禁令直到二十世纪七十年代才解除。但是日久天长,囚犯们自己也养成了缄口不言的习惯。因为在那里,在裸岛,每一句评论,即使是最无伤大雅的,都会传到看守的耳朵里,而囚犯要为此付出代价。是的,那是一个黑暗的时代。人们平白无故被关进监狱,背负着背叛祖国与支持斯大林的沉重罪名。人人都在举报别人。南斯拉夫人挥舞着斯大林主义的大棒抗击斯大林。谁知道科斯塔知不知情呢?他肯定知道,只是从来没有告诉她,库克拉。裸岛禁令把许多无辜的人卷了进来,妻子和丈夫,还有其他家庭成员,只是从来没有人提起它。如今,向其他人解释裸岛成了一件艰难的事。禁令最终解除时，很少有人还有兴趣听那些老掉牙的裸岛故事了。库克拉试着回忆蒲帕年轻时的样子，但无论她怎么努力，也还是想不起来。她想到蒲帕的外孙——一个不同文化、不同时代的孩子——设法拼出了这幅拼图，而她们，不管是与蒲帕更亲近的库克拉，还是贝芭，都没能做到，事实上，她们甚至连试都没有试过。我们和其他人并肩生活在一起，却还是有太多看不见的东西了，这真是让人毛骨悚然，库克拉想。

1952年，阿龙的父亲去世，同年蒲帕出狱，1960年，他母亲也去世了。那一年的晚些时候，阿斯亚·帕尔与迈克尔·汤普森结了婚，四年后她生下了儿子戴维，之后又生了女儿米丽娅姆。阿斯亚从未去过克罗地亚，也从来没有想过要去。在她眼里，蒲帕是一个怪物，一个为了加入共产党连亲生女儿都能抛弃的女人。蒲帕的第二任丈夫科斯塔于1981年去世。他们的女儿佐拉娜也学了医科，并在萨格勒布的一间医院工作。

"维诺格拉斯卡医院！我也一直在那里工作！"贝芭心里悄悄地对戴维说。贝芭和蒲帕就是通过佐拉娜认识的，不知怎么两人就成了朋友。佐拉娜偶尔会有些嫉妒。"为什么你和我妈妈那么合得来，"她说，"而我永远都在和她吵架？"谁知道呢，也许所有的秘密就是女儿总会对母亲提出过分的要求。母亲心生愧疚，同时因为愧疚和强加的期望提出抗议。女儿也感到了同样的愧疚和愤怒，一切都陷入了一个封闭的怪圈。生活就是一团乱麻……这样的故事就像一道晴天霹雳，颠覆了我们脑中对他人的印象。也许就是因为这样，人们才绝望地抓紧他们顽固的小真理，因为谁知道呢，如果把一切都像这件事一样拼在一起，人们会崩溃散架的。事实就是这么残酷，我们对他人的全部了解，一个小小的包裹就能装得下，小得就像一个耻辱。

蒲帕曾试着联系阿斯亚，但一无所获。她终于可以旅行时，又去了伦敦。阿斯亚不愿见她，她万念俱灰地回了家。因此戴维就像一管药膏，敷在她永远无法愈合的伤口上。他学了克罗地亚语，一有机会就来看蒲帕。蒲帕和戴维两个人结成了秘密的同盟。蒲帕很喜欢他。后来戴维开了自己的律所，赚了体面的薪水，开始尝试追回他的两个犹太家族——辛格家和帕尔家——的财产。他奇迹般地拿回了辛格家在奥帕蒂亚的房子。这对蒲帕来说意义不大，她立刻提出要把房子留给他。他拒绝了。之后在他的帮助下，蒲帕卖掉了那座房子。卖房所得的大部分存进了蒲帕名下的银行账户。前段时间蒲帕给他打电话，请他帮忙修改遗嘱。

"我想她没有告诉你们……蒲帕从卖房所得中给你们各留了一大笔钱。"戴维说。

贝芭心中涌起一阵隐约的负罪感,她开始算自己最近花了多少钱,有些花在按摩上,有些买了化妆品和衣服,然后她想把那张五百欧元的纸币换成零钱,但是镇上没人愿意帮她换,所以她才去了酒店的赌场,因为她以为他们可以帮她换钱,其实,她只需要五十欧元……

"蒲帕留下的钱足够你们安度晚年了。"戴维重复了一遍,因为他弄不明白贝芭慌慌张张地在说些什么。

"我不需要钱,我有退休金。"库克拉平静地说。

"我也有!"贝芭脸红了,她还没有习惯酒店保险柜里的钱也是她的。

"我把文件带来了,你们来这里之前蒲帕已经全部签了字。"戴维说。

"所以,您什么都知道!我们去哪里,还有其余的一切!她把我们都骗了,这个老巫婆!"贝芭叫道。

"我们以前这么叫她……老巫婆。"库克拉说,为自己和贝芭道歉。

"只有老巫婆才会下金蛋!"戴维说。

库克拉觉得这个年轻人的克罗地亚语或许不像她一开始想得那么好。谁知道这个莫名其妙的句子他是从哪里听来的?

"这句话是什么意思?"

"这是一句古老的波利尼西亚谚语,意思是老太太会做好事。"

我们在这里稍停片刻,人生是一片原野,其间有风穿过,故事时而狭窄,时而辽阔。

就在这时,梅夫洛走进了餐厅,牵着中国小女孩的手。小女孩蹦蹦跳跳的,手里抱着一只小狗,梅夫洛脸上露出大大的微笑。他们走到桌边时,贝芭擦干眼泪,说:"你什么时候变成游泳教练了?"

"噢亲爱的,他们让我游泳,我就游泳,他们让我按摩,我就按摩!"

梅夫洛在桌子旁坐下,让小女孩坐在自己旁边,把树莓、黑莓和蓝莓舀进一只碗里,又在上面倒了奶油,把碗放在她面前。

"给你,小甜心,尝尝看!"梅夫洛说,就像女孩是他女儿一样自然。

"小姑娘叫什么名字?"贝芭问戴维。

"娃娃。"戴维回答说。

"娃娃？"贝芭惊呼道。

"还有一件事，"戴维小心翼翼地说，"她不是我女儿，而是您的孙女……"

世上有各种各样的人，有好人也有坏人。贝芭有一颗像煎锅一样大的心，也有一个周围人认为不值一提的头脑。她的心和头脑之间突然出现了短路。巨量信息如同一桶冷水，朝她兜头浇下，她根本无法消化。因此，她眯起了眼睛，在椅子上摇摇晃晃，嘴里大喊着类似啊哇哦的词，拖着桌布一起倒在了地上。餐厅里顿时骚动起来：侍者像海鸥一样围上来，拾起餐具，擦干净打翻的牛奶，追着在地上滚来滚去的小面包。片刻后来了两个男护士。他们把贝芭抬上担架，担架后面跟着库克拉，库克拉后面跟着戴维，戴维后面跟着梅夫洛，梅夫洛后面跟着抱着小狗一蹦一跳的小女孩。这支匆匆忙忙的队伍里，只有小女孩脸上没有一丝焦虑。

"看看你，你在笑什么呢，宝贝儿？"梅夫洛嘟囔道。

"老奶奶可真好玩儿！"小女孩说。

"我的朋友晕过去了，你还觉得好玩。说说哪里好玩呀，嗯？"

"啊哇哦！啊哇哦！"小朋友开心地叫着，一边叫一边跳。

"汪！汪！"小狗第一次加入这个行列。

梅夫洛从兜里掏出一把小巧的木汤勺，上面装饰着捷克民俗图案，这是他从当地的纪念品摊上买的："来，看看这个能不能让你安静下来。"

小女孩着迷地接过勺子。

"Why？"

"Vai，vai，vai！你长大了可以做萨尔玛①给我吃啦，这就是 vai！"

小女孩爆发出一阵银铃般的笑声。

这里需要补充的是，梅夫洛并不觉得小女孩说英语，他说波斯尼亚语有什么奇怪之处，他们完全可以互相理解。梅夫洛唯一不明白的是为什么小女孩一直重复着"啊哇哦！啊哇哦！"但小女孩只是在说自己的名字——娃娃（Wawa）——不过是倒着说的（Awaw），贝芭昏倒时嘴里念叨的也是这个。这是贝芭的小怪癖，每当事情开始不对劲时，她就会把词语倒着念。

---

① Sarma，东南欧和奥斯曼菜肴，谷物（如米饭）加碎肉做成的馅料，用菜叶包成卷，菜叶可以是卷心菜、羽衣甘蓝、葡萄叶、莙荙菜。

那我们呢？我们继续向前。生活停下脚步，眨着眼，眯着眼，而故事则匆匆地冲向终点。

2

谢克先生、蒲帕、蒲帕的外孙——那个机械降外孙！上帝啊，发生了这么多事，速度还快得惊心动魄！库克拉还没来得及好好消化这些事情，也没来得及仔细思考，没想到，她现在就牵着一个陌生的小女孩到处跑，还要想办法哄她开心，直到贝芭醒来理清事情的头绪。接着传来了贝芭的儿子因艾滋去世的消息，他的伴侣拒绝接手照顾孩子，贝芭就成了她的法定监护人——因为再也没有别人了。事情也太多了，即使对一部差劲的小说而言也太多了，库克拉想。但世事难料，况且生活也从未自诩品味高雅。她们每个人，蒲帕、贝芭和库克拉，都有自己的生活，每个人一路走来都积攒了行李，每个人身后都拖着自己的重担。现在这些行李堆成了一大堆，不堪重负地倒塌了——行李箱的缝线崩裂了，她们的陈年旧物暴露在了外面，暴露在所有人的视线下。

库克拉一打开套房的门，女孩的目光就被蒲帕的毛皮靴子吸引了。自从酒店工作人员把靴子干洗好送回来，它就一直放在那里。小女孩先是惊奇地看着靴子，然后小心地走上前，探头往里看了看。她慢慢地抬起一只脚踏进了靴子，接着是另一只。一开始她站在靴子里环顾四周，然后灵巧地滑进去坐下，小狗一直没有离开她的怀抱。

"你饿不饿呀？"库克拉问。

小女孩摇了摇头。

"渴不渴呀？"

"啊，啊……"女孩含糊不清地说。

"你不渴吗？"

女孩又摇了摇头。

库克拉有些困惑。照顾小孩子显然不是她的强项。小女孩把头探出靴子向外张望，专注地观察着库克拉的一举一动。库克拉疲惫地坐在床边，看着小女孩。

"我要拿你怎么办呢？"她问。

小女孩耸了耸肩膀。

"你喜欢这双靴子吗？"

"啊哈……"

"我的朋友用那双靴子暖脚。"库克拉说，因为她不知道还能说什么。

小女孩盯着她，一动不动。

"她叫蒲帕。"

"帕蒲叫她。"小女孩说。

库克拉目瞪口呆地看着她：那肯定不是中国话。小女孩天真无邪地看着她，知道自己吸引了库克拉的注意。
"蒲——帕。"库克拉重复。
"帕——蒲。"小女孩说。
"库克拉。"
"拉克库。"小女孩说。

不，这不可能！库克拉想。这个小女孩有着远超她年龄的聪慧，成人都没办法以这样的速度玩这种文字游戏。库克拉顿时不寒而栗。万一倒转词语是某种严重疾病的症状呢？
"妈妈做午饭，爸爸看报纸。"库克拉说，她知道自己说的话很蠢，但这是她想到的第一个句子。
"妈爸做午饭，还看报纸！"小女孩说。
"妈爸是谁？"库克拉惊讶地问。
"菲利普。"小女孩回答，又爬回了靴子里。

一片沉默。库克拉又不知道该说什么了。
"你在靴子里做什么呢？"过了一会儿，她问。
小女孩沉默不语。

"你在哪里呢？我看不见你。"

"我能看见你。"小女孩说。

"你像一只小老鼠……奶酪里的小老鼠，无拘无束。"

"我是一个小女孩。"

"来呀，从靴子里出来吧。"

"不要。"

"你在那里面做什么呢？"

"我在飞。"

"你是说漂着吗？"库克拉纠正她。

"我是说飞。"小女孩说。

天哪，库克拉惊讶地想。必须承认，她没什么和小孩子打交道的经验，但是她觉得四岁小女孩应该不是这样讲话的。

"嘿，你出来一下，我想问你点事情。"

"什么事？"小女孩问，但没有把头伸出来。

"你知道二加二等于几吗？"

小女孩把手伸出靴子，比画了四根手指。

"你今年几岁呀？"

小女孩再次伸出四根手指。

"那你呢？"靴子里传出了声音。

库克拉站起来，找了一张纸和一支铅笔，在纸上写下了大大的数字80，转向小家伙的方向。

"出来吧，我给你看。"库克拉说。

小女孩探出头。

"八十！"她说。

"还没到呢，其实我十二月才满八十岁。"

"你比我大二十倍。"小女孩说。

"那你比我年轻二十倍。"库克拉说。

库克拉再次警觉起来。她在想，小女孩是不是太早熟了。她得和贝芭聊聊。可怜的贝芭，她一定正绝望地躺在房间里。也不能去烦戴维，他正在四处奔走，处理蒲帕的后事。

"听我说，小家伙，我们俩去蛋糕店买些甜点怎么样？"

小女孩从靴子里探出小脑袋，点了点头。

"冰激凌还是蛋糕？"

"第一个。"

库克拉松了一口气，她毕竟还只是个孩子。一个又小又可爱的女孩……

"那托托怎么办？"

"托托是谁？"库克拉惊讶地问。

娃娃指了指小狗。

"嗯……好吧，那我们出去走走，给托托买点狗狗饼干,再找个地方坐下吃冰激凌,怎么样?"

小姑娘从靴子里爬出来,高兴地向库克拉伸出手。库克拉发现小姑娘的眉毛很浓,中间快连在一起了。在她那张圆圆的脸上,就像孩子画中飞翔的鸟儿。

3

一切都分崩离析了,就像她在医学院小小的办公室里的柜子突然爆裂开来一样。她在这间办公室里画了一辈子素描,现在没人需要了,它们卷成布满灰尘的纸卷,从柜子里摔出来,像小地毯一样展开。碎片在贝芭眼前蹦蹦跳跳:骨骼、肌肉、神经、神经系统、腺体、生殖器官、泌尿系统、心血管系统、心脏、静脉、动脉、肝脏、耳朵、耳道、胆汁、胃、大肠和小肠、直肠、肛门、肺、气管、食道、眼睛……那是贝芭的领域,贝芭的格尔尼卡。在纷飞的纸张中,徘徊着一个迷路的孩子,他就是贝芭的儿子……

是的,贝芭有一个儿子,菲利普。他继承了母亲的绘画天分,一从学院毕业,就去了国外:意大利、法国和伦敦。在那里他遇见了他的伴侣[①](伴侣?多么别扭的词!)

---

① 原文为英语:partner。

据戴维说，某一时刻菲利普想要个孩子，他到处奔走，把所有时间精力都用在了领养孩子上。最终，他运气不错，菲利普和伴侣成功领养了一名几个月大的女婴。随后菲利普开始提心吊胆，万一自己发生意外，那小女孩怎么办呢。直到戴维帮助他立下一份遗嘱，他才放下心来。戴维说，一旦菲利普去世，贝芭会接手照顾这个孩子。菲利普死于艾滋时，他预料的事发生了。他的伴侣把小女孩留给了戴维，带着菲利普所有的画消失了。贝芭从戴维口中听说的事就是这些。但她要继续追问，要找出更多的线索。因为自从他离开家，就很少和家里联系。他偶尔写信，常常是寄张明信片，只是为了让她知道自己还活着。他没有给过哪怕一个地址，也从未联系过他父亲。其实，他也没有理由联系。他的生父从来没有对他表现出一丝兴趣，即使，一旦他知道了菲利普的取向，一定会有一场闹剧。

当然，这都是她咎由自取，责怪他父亲是不对的。因为是她把不幸的父亲推到一边，宣布他是*生物学*父亲，然后是*假设的*父亲，为的是把菲利普据为己有。是的，她的激情招来了不幸。上帝啊，现在她回想起来，她给他买衣服，就像她是他的情人，而不是他的母亲。他小时候，她把他打扮成娃娃，他长大一些时，就像她从未得到的爱人。他不在家时，她偶尔会去他的小房间，在门口伫立良久，呼吸着他的味道。都是她的错。他离开后，她整天盼着他回来。是的，她想独占他，还假装事情并非如此。她藏起自己的感受，她装模作样，她用尽全力不令他窒息。她和男人约会，假装有自己的生活，假装自己是一个独立的女人，生活充实，别的都不在乎。但是，爱还是从她身体里渗出来，就像密封窗户用的泡沫一样，填补了她所有的缝隙、毛孔和开口。她无法欺骗他，她无法呼吸——他们公寓里的空气太浓稠了。她像一条狗一样跟着他，一开始引起了他的怜悯，后来是他的憎恶。

后来有一天，她提前下班回家，走进他的房间，发现他和一个年轻男人在床上。她停在门口，呆若木鸡，他大声喊着什么，但她没有听懂。她站在那里，喘不过气，没有思想，没有判断。他下了床，当着她的面摔上了门。第二天他就收拾东西离开了。起初，她十分痛苦，她不明白为什么他这么生气。因为她是无辜的，如果无辜是个合适的词的话，她只犯了一秒钟的错，看在上帝的分上，只有那短短的一秒钟。她被看到的东西迷住了，她看到了自己生下的男性躯体，那是她的血、她的肉。她忘记了自己，瞠目结舌，她无视了人类的习惯和规范，也理所当然地受到了处罚。她本可以关上门，羞愧地道歉，但她没有这么做。她才是应该受到谴责的人，是她把他赶出家门的。上帝啊,她当时怎么没想到这一点呢?她在赌场赢钱只不过预示着即将来临的失去。

一阵轻柔的敲门声响起。她没有回应,也没有力气起身。

梅夫卢丁走进了房间。贝芭一动不动。她的嘴唇干燥开裂,眼妆已经花了,在她脸上留下一道道细细的痕迹。

梅夫卢丁一言不发地走到浴室,用冷水打湿了一条面巾,开始给贝芭擦脸。

"小可怜儿,你就像个烟囱清扫工……"

贝芭又流下了眼泪。

"喝吧,不要哭了,亲爱的,你会把眼泪哭干的。"梅夫洛说,递给贝芭一杯水。贝芭喝光了水,觉得自己好像可以深呼吸了。

"来,抽支烟吧,你会感觉好一点的。"梅夫洛说,递给她一支点燃的香烟。

贝芭和梅夫卢丁默默地抽着烟。

"别生我的气。"过了一会儿,梅夫卢丁说。

"生什么气?"

"像个傻瓜一样,但那时我觉得会更有意思……"

"确实有意思。"

"但我还是应该说一下……"

"我知道。"

"你一定知道我觉得你特别棒。我不会忘记你的。"

"我知道。"

"那,既然我们说完了,那我走了。"

梅夫洛起身,向门口走去。

"等一下。"贝芭说。

贝芭下床,从保险柜里拿出一个信封。

"以防万一……"她说,把信封递给他。

信封里装着一捆钞票。

"我不能要。"

"这是我送你的礼物。你需要点启动资金,买去美国的机票,站稳脚跟。"

"我不能……"

"我们俩谁更老更蠢?"

"你。"梅夫洛笑了。

"这就是了,你要按我说的做。里面有我的地址。如果有一天,你路过萨格勒布……"

"我会去找你的。"

梅夫洛和这个壮实的老妇人拥抱了一下。贝芭又哭了。梅夫洛拍着她的肩膀,嘟囔说:"你们女人真是水做的。你们这么多眼泪到底是从哪里来的。应该把你们打包送去沙漠里用来灌溉。"

梅夫洛从烟盒里抽出一支，夹在贝芭的耳后："以防万一。"说完，他离开了房间。

4

托波拉内克医生打造他的新水疗护理时，想起了他奶奶，周日他们总是去奶奶家吃午饭。奶奶总担心不能把一切及时准备好，每次都早早地开始做饭，等托波拉内克一家进门时，桌上的饭菜都已经凉了。每周日他奶奶都很沮丧，每周日他爸爸都会安慰她："没关系，阿格内扎，冷静一点，你也知道，世界上没有什么比冷肉丸和暖啤酒更好吃啦！"

托波拉内克叫他的新护理阿格内扎奶奶。听起来很正宗，但又有些神秘，因为人们会好奇阿格内扎是谁，为什么叫阿格内扎，哪个阿格内扎？除了正当的个人原因，托波拉内克选择用奶奶的名字还有个客观的理由：阿格内扎活了九十一岁，这是一个相当不错的年纪。

孔武前一晚做了一大堆肉丸，堆在一个圆盘里，放在游泳池边，而杨柳拿来了醋腌小黄瓜和黄芥末酱。两个女孩周到的食物细节让托波拉内克感动得落下泪来。他们三个赤身裸体地泡在酒店的按摩浴缸里，浴缸变成了巨大的啤酒杯。

托波拉内克让人在浴缸里装满啤酒，把按摩档位开到最低，以防，上帝原谅，他们被泡沫淹死。即便如此，泡沫还是飞得到处都是。

这幅场面值得老卢卡斯·克拉纳赫动动画笔，如果他还在世，他一定会画一幅《青春之泉》第二部分。此外，画面右上角桌子上的大盘子里摆着的就不是鱼了，而是阿格内扎奶奶的肉丸。

两个女孩玩得很开心。杨柳用啤酒泡沫给自己做了个胡子，而孔武做了一顶假发。托波拉内克自己发起了酒疯，绕着小小的圆形池子，追逐着孔武和杨柳，嘴里一直重复："小海豹，到爸爸这儿来，小海豹……"

小海豹越来越近，从池子里咕嘟咕嘟地喝了几口啤酒，开始用身体在托波拉内克的身上摩擦。她们的身体光洁、滑溜、敏捷，就像动物园水池中的海豹。托波拉内克一边高喊着"看这儿！"，一边用右手把肉丸丢进一张嘴里，左手投进另一张。小海豹从他的手中取食。杨柳拿起肉丸在啤酒泡沫中蘸了蘸，说蘸泡沫比蘸黄芥末更美味。他们潜入水下，追逐嬉戏，在泡沫中拍手，把啤酒泡沫泼向彼此，互相抚摸、爱抚、亲吻，不时唱起一支孔武刚编的小曲儿。

我们游得多么尽兴，就像啤酒里的苍蝇。
啤酒就是律令，生活应当纵情！

托波拉内克感觉棒极了，就像一个伟大的改革者，像一个取得革命性发现的科学家。如果说他还没有真正发现长寿的秘方，他至少用阿格内扎奶奶谱了一曲维生素B的颂歌，他还发现了另一种让生活更轻松欢乐的方法，在我们这个焦虑而惨淡的时代，这可以说是一项重大的贡献，不是吗？

那我们呢？生活中到处都是假牙和假体，而故事厚颜无耻，从不畏缩逃避。

5

"我做不到。我实在做不到。"贝芭一直重复着这句话，仿佛神志不清一样。

贝芭和阿尔诺什·科泽尼坐在半空的酒店酒吧里，喝着法式白兰地。

"我完全理解您。"阿尔诺什·科泽尼说，吸了口雪茄。

"我的孙女？！为什么，我根本不认识她！"贝芭说。

"看在上帝的分上，您怎么做得到呢？您几小时前才发现自己做了奶奶。"

"而且还是杀害我亲生儿子的凶手。"贝芭悲痛地说。

"来吧，别夸张了，我们都是凶手。我们先杀害了自己的父母，然后是我们自己的孩子。"

"我不知道，我只知道不管我的人生剧本是谁写的，都是个蠢材。"

"他们都是蠢材。"

阿尔诺什说得没错，他们都是蠢材。很少有人能夸耀编剧真的合自己的心意。谁知道呢，也许命运女神的官僚办公室就像好莱坞或宝莱坞一样，也许没有无数勤勤恳恳的官僚，而是无数复制、改写、蹭花墨迹、乱涂乱画的草包。甚至可能还有不同的部门，有的负责对话，有的负责情节，有的负责人物，也许就是因为这样，我们的生活才是一团无法言喻的混乱。我们一出生，手中就被塞了一个看不见的包袱，我们就像童子军一样四散奔向自己的生活，每个人手中都攥紧隐形的坐标。也许就是因为这场焦虑的竞赛，我们对其他人的生活才骇然无知，即使是我们最亲近的人。

"那您为什么不插手呢？"阿尔诺什问。
"我怎么插手呢？"
"比如，您可以回到酒店房间，直面生活中的新状况，您的小孙女！尽自己最大努力找出应对方法。"
"怎么做呢？"
"时候到了，您自然会知道的。"

也许阿尔诺什在这一点上也是对的。也许插手剧本是我们唯一能做的事？在适当的时刻伸出肩膀让别人哭泣，为别人递上纸巾，给别人指明方向。因为人们经常对最基本的东西一无所知。有一次贝芭在银行排队，一个男人问她："不好意思，请问右手边是哪一边？"听到这句话的人都哈哈大笑，只有贝芭同情这个糊涂的人。告诉别人哪边是左，哪边是右，也许就是阿尔诺什说的插手。即使我们想，也无法做得更多。就拿蒲帕来说吧，自从她们认识以来，蒲帕总是沉默不语，尽量克制。她如果开口说话，通常是对别人的评论。贝芭一直觉得这个小个子的女人和橡树一样坚强。现在她想起了一个早已被她遗忘的遥远情景。有一次她去看蒲帕，她的门开着，她安静地走进去,发现蒲帕跪在地上痛哭。这情景令人心惊胆战,贝芭一度想悄悄地退出去,逃离别人的痛苦。那是她第一次意识到,我们可以吞下各种各样的事情。毕竟,她在医院里看得还不够多吗——开膛破肚,掉出内脏——这些都能承受;只有一件事难以接受:偶然目睹了他人的痛苦,看到灵魂像尿液一样不受控制地渗出身体。面对这样的景象,我们仿佛被催眠,就像一只面对着巨蟒的兔子。贝芭一言不发地在地板上坐下,张开双腿,把蒲帕放在腿上,用双手双腿环住她,像抱着一个垫子一样紧紧地抱住她,谁也不知道她们两个就这样在沉默中坐了多久,如同叠在一起的两把勺子。后来她们谁也没有提过这件事,贝芭没有问,蒲帕也没有告诉她是怎么回事。也许并不是什么特别的事。也许是一些深藏的悲伤涌了上来,像鱼刺一样卡在了喉咙里。贝芭帮她咳了出来,仅此而已。随着年纪渐长,我们哭泣的次数越来越少。哭泣需要力量。到了老年,无论是肺、心脏、泪腺还是肌肉,都不再有承受巨大痛苦的力量。老年是种天然的镇静剂,或许因为它本身就是一桩不幸。

"我怎么知道呢?我是个差劲的母亲。我无谓地浪费自己的生命。我不配做奶奶。"贝芭说。

"看看您周围吧,有多少人把赌注押在您身上。"

"怎么会?"

"比如说您儿子,他就在您身上下了注。骰子的点数对您有利!您已故的朋友,她也给了您一个机会。而我,现在在同您说话,也正把我的赌注押在您身上。不能否认,这只是一枚小硬币,但我还是放在了您身上,没有放在别人那。"

"您真是个善良的人,阿尔诺什。"

"也许吧,但我也是个差劲的丈夫、爸爸、爷爷。我一生只在乎女人。我只是随波逐流,亲爱的。但我还是很幸运。在我这个年纪,没几个人能负担这样的奢侈。"

"我不知道,我已经七十岁了,这辈子还没学到什么明智的东西。有时候我觉得最好自杀算了……"贝芭若有所思地说。

阿尔诺什看着她,高兴地说:

如果您决定自杀,请谨慎选择方法,
就像挑选美味的香料一样。
拣一桶托斯卡纳[①] 佳酿,

[①] Toscana,意大利中部一个大区,首府是佛罗伦萨。托斯卡纳是意大利文艺复兴的发源地,也是著名旅游胜地,以葡萄酒闻名。

佐一枝迷迭香。尽管死亡太早，太悲怆，
但它丝毫不丑陋，反而静谧芬芳。

如果您决定自杀，请谨慎选择方法。
取一根丝绳。花朵用白玫瑰。
如此，您的离去就会成为生命的点缀
关于您的记忆也更令人回味。

如果您决定自杀，请慎重选择方法，
您不堪忍受，从桥上自由地一跃而下。
但要快，要像蝴蝶，要短！
最好要有糖果的甘甜！
您将踏上悲伤的旅途，愿它与您为伴。

"这是谁写的？"

"我写的。我写了一大堆毫无价值的诗句。为了不再陷入朗诵的诱惑，我们干杯，为美好的夜晚和即将到来的灿烂清晨！"阿尔诺什·科泽尼兴致高涨。

那我们呢？当生活在树林和灌木间漫步，故事已经行过了半途。

6

年轻人和女孩坐在当地公园的一把长椅上,头顶是一棵高大的栗树,繁茂的枝叶笼罩着他们,像一顶绿色的冠冕。周围的草地湿润柔软,就像为不寻常的仪式准备的场地,其中的异教标志没人能破译。当地的鸟儿正在换羽,羽毛飘得到处都是。从远处看去,长椅上这对年轻人就像被一张羽毛织成的大网保护着,一张巨大的印第安捕梦网。藏在青枝绿叶间的鸟儿止住了歌声,听着人类叽叽喳喳。

"你是我的布丁,我的水果布丁……"

女孩屏住呼吸,专注地听着,但她的目光却投向自己的脚,时不时用一只脚挠挠另一只的脚踝。

"你是我的蜜桃梅尔芭[①],我的阿尔卑斯山奶油,我的蓝莓英格兰奶油,我的水上浮岛[②],我的巧克力意可蕾,我的奶油车轮泡芙,我的樱桃酒长条蛋糕……你是我的樱桃酒千层酥。"

"什么?"女孩开心地笑了。

[①] Peach Melba,由桃子、覆盆子酱配香草冰激凌制成的甜点,法国厨师奥古斯特·埃斯科菲耶为招待澳大利亚女高音歌唱家内莉·梅尔芭发明了这道甜品。

[②] Floating island,一种甜点,蛋奶酱(英式奶油)上漂着蛋白霜。

"你是我的泡芙塔,我的黄油面包,我加糖的黄油面包,我的杏仁曲奇,我的朗姆酒渍蛋糕,我的饼干,我的萨瓦蛋糕①,我的巧克力酱泡芙球。"梅夫洛在女孩的耳边低语,她的耳朵像橘子皮一样粉嫩。

"噢,梅洛②……"女孩低声说,醉人的电流流经她丰满的身体,她颤抖起来。

"梅夫洛……"梅夫洛纠正她。

"梅洛……"女孩重复了一遍,睁大双眼看着梅夫洛。

"我的名字是梅夫洛……"梅夫洛重复,跳进那两汪碧绿的水潭。

"梅洛……"女孩甜蜜地说。

"好吧,我的小甜心,我看你是学不会了。③"梅夫洛无奈地叹了口气。

梅夫洛从酒店甜品部拿了一份菜单,花了一晚上学习蛋糕和甜品的名字。这可能是他从别人那得到的最明智的建议。这条建议来自阿尔诺什·科泽尼。

---

① Biscuit de Savoie,源自法国萨瓦地区的松软蛋糕,14 世纪为接待萨瓦伯爵阿梅代六世而制作。
② Mellow,与 Mevlo(梅夫洛)发音相近,有柔和、微醺、松弛、醇美、成熟老练之意。
③ 原文为:mala moja, vidim da mi to nećeš naučit... 除本句外,两人这段对话都是用英语进行的。

"我亲爱的年轻人,"当梅夫洛在绝望之中诉苦,他不会说英语,不知道怎么向女孩解释自己关心她,阿尔诺什·科泽尼是这么说的,"不会英语反倒是你的优势。因为如果你会说,你就可能会说错话。这样一来,不管你说什么,是化学式还是汽车零件,都无关紧要。在爱情的第一阶段,情侣是不说话的。他们叽叽喳喳的……"

"就像鸟一样?"

"就像鸟一样,孩子……"阿尔诺什·科泽尼说,神秘兮兮地加了一句:"他们不仅叽叽喳喳的,羽毛还飞得到处都是。"

"你是我的松露巧克力,你是我的黑森林蛋糕,你是我的巴斯克蛋糕,我的瓜德罗普[1],我的百果年糕,我的简化版国王派[2],我的特雷莫拉[3],我的暗黑恶魔蛋糕,我的榛子巧克力甘那许[4],我的萨赫蛋糕,我的焦糖,我的杏仁蛋白糖,我的侯爵夫人巧克力蛋糕,我的巧克力慕斯,我的百香果奶油,我的百香果,我的水果,我的激情[5]……"

---

[1] Gudeloupe,法国的海外省,位于东加勒比海。
[2] Vasilopita efkoli,希腊、东欧和巴尔干地区的新年蛋糕,有时里面藏有一枚硬币,给吃到的人带来好运。
[3] Trémolat,法国西南部一个市镇。
[4] Ganache,巧克力和鲜奶油混合制成的柔滑奶油。
[5] 百香果的英文为 passion fruit,两个单词分别意为"激情"与"水果"。

"噢,梅洛……"

"你是我的什特鲁德利察①,我的奥拉斯尼察②,我的乌尔玛希察③……"

"我觉得轻飘飘的……"

"噢,罗茜,我的玫瑰,小玫瑰④……"

年轻人和女孩深深沉浸在爱情的啁啾里,没有注意到一阵微风吹来,吹起他们周围草丛中的羽毛。老栗树的枝叶沙沙作响,空中的羽毛向四面八方飞去。

---

① Štrudlica,一种内有水果、杏仁等甜馅儿的果馅儿卷,也有咸馅儿的,十八世纪开始在哈布斯堡王朝内流行。
② Orasnica,巴尔干传统的核桃点心,用混有核桃碎的面团烤制而成。
③ Urmašica,一种表面压出小孔、浸透糖浆的糕点,常见于土耳其和巴尔干地区。
④ 原文为 ružice,在克罗地亚语中是"玫瑰"的意思。罗茜的名字 Rosie 是 Rose(多种语言中的"玫瑰")的昵称。

第六天

即使在这个周六早上,接待员帕维尔·祖纳也没有落下他在温暖的酒店泳池中的锻炼。何况他还得到了雅娜的帮助,雅娜是理疗培训学校的一名年轻学生,多亏了爸爸的关系,在 N 大酒店这个最好的地方实习了一个月。

在可爱的雅娜的指挥下,帕维尔·祖纳听话地做起了练习。一二二,二二三,过去的几天里祖纳的情况明显好转,不久前还像弓弦一样紧绷的神经也放松了下来。帕维尔·祖纳浸泡在温暖的池水里,就像一个经验丰富的酒店专业人士认出了未来的同行,他不停地重复:"您天赋异禀,雅娜,天赋异禀……[1]"

周六早上,阿尔诺什·科泽尼像往常一样坐在酒店大堂的扶手椅上,一边喝着卡布奇诺,抽着雪茄,一边浏览报纸。他的目光被一条新闻吸引了,诺林附近发现 H5N1

---

[1] 原文为捷克语:Vy jste velice talentovaná, Jano, velice talentovaná ...

病毒的两个农场，两天前已成功实施净化措施，扑杀了七万只鸡。六月底，德国和法国都发现了 H5N1 病毒，两国政府均已采取必要的措施。捷克兽医局发言人约瑟夫·杜本说，虽然这些农场尚未发现 H5N1 病毒，但还是扑杀了七万两千只鸡。迄今为止，H5N1 病毒已经感染了约三百人，其中约两百人已经死去，大部分是亚洲人。虽然受害者中没有欧洲人，因而也没有捷克人，但捷克兽医局还是决定再扑杀七万两千只鸡，作为一项专门的预防措施。欧盟对扑杀禽类的赔偿已经高达 105 万欧元。

阿尔诺什·科泽尼百无聊赖地合上了报纸，想起他第一任妻子亚尔米拉，她就住在诺林，在那里有一幢带花园的小房子。他们已经一年多没有联系了，这次正好可以给她打个电话。"你只有听到死神的脚步声才会给我打电话。你这个混蛋，你找我是为了让我把你埋了，因为别人不会做这种事的！"她会这样抱怨。谁知道呢，也许她是对的，毕竟她从来没有出过错。但离丧钟敲响还有好一阵子呢，阿尔诺什·科泽尼心想，更何况他看到一位中年女士信步走进了大堂，牵着三只小贵宾犬。阿尔诺什·科泽尼像一个老战士，自动挺胸收腹，换上一副为这样的战略形势准备的面具——对性供求的领域有适度兴趣的老手面具——津津有味地抽起了雪茄。

那个周六早晨，梅夫卢丁被泼进他房间的灿烂阳光弄醒了。他的目光落在罗茜的肩膀上，上面散落着星星点点的雀斑，像老虎的眼睛一样闪闪发光。罗茜侧身躺着，吸吮着自己的小指睡得正香。梅夫卢丁轻轻地把她的小指从嘴里拿出来。女孩扭动了几下，噘起了嘴唇。

"你像鹌鹑蛋一样漂亮……①"梅夫卢丁悄声说，赞叹地观察着这个年轻女人。他起身拉上窗帘，然后又爬上床，深呼吸，埋进她浓密的铜色发丝里。

"噢，梅洛……"少女睡意蒙眬地低声说。

周六早晨，N大酒店沐浴在艳阳中。从313房间传出一个沙哑的男声——暴露了声音的主人前一晚在酒精中浸泡过他的声带——正在责备一个叫马列娜的人："马列娜，如果你离开我，我就杀了你，我说真的，你别笑，我会杀了你，婊子；走着瞧，别惹我，别惹我生气，告诉你，你听见没？我的神经已经崩溃了，啊，你，贱人，我爱你……②"

---

① 原文为：Lijepa si mi ko prepeličje jaje.
② 原文为俄语：Marlena, esli ty menja pokineš, ja tebja ubju, čestno, ty ne smejsja, ja tebja ubju, suka, ty tolko smotri, ty menja ne dergaj i ne rastraivaj, govorju tebe, slyšyš, moi nervi istoricheski izdergany, ah, ty, suka, ja tebja ljublju...

周六早上,杨柳、孔武和雅内克·托波拉内克医生对称地躺在套房的特大床上,托波拉内克作为酒店员工,享有这间套房的永久使用权。小果蝇在他们头上飞来飞去。某一刻托波拉内克医生突然感到无法抗拒的排空膀胱的欲望,但他坐起来想去浴室时,后腰一阵剧痛让他直不起身子。医生大叫一声,像被砍了一刀一样倒在了床上。杨柳和孔武醒了过来。

"怎么了?"

"我的背好痛!"

"Hexenschuss①。"孔武平静地说。

"女巫的一击!"杨柳附和道。

"我们现在怎么办?"托波拉内克哀号着,虽然他清楚等待着他的是什么。

"休息!"孔武打了个哈欠说。

"也许要打一针扶他林②。"杨柳说,也打了个哈欠。

两个女孩蜷缩在托波拉内克身边,又进入了梦乡。

托波拉内克医生来不及因为她们漠不关心而生气,因为他全身心只想着一件事——他要怎么才能尿尿呢。在别

---

① 德语,字面意思是"女巫的一击",指下背痛、腰痛。
② 双氯芬酸的商品名,主要用于缓解肌肉、软组织和关节疼痛。

无选择的情况下，他大喊一声：

"我需要一个瓶——子！"

周六早上，戴维的车开出著名的温泉小镇时，天空湛蓝，草色碧绿，枝叶浓密的大树投下锐利的阴影，黑色的大乌鸦就像在无形的绳子上摆荡，在阴影间蹦蹦跳跳。戴维思考着这一系列彼此交织的奇事，思考着人们的生活，阿斯亚的，蒲帕的，库克拉的，贝芭的，思考着将他引向贝芭的儿子菲利普的一连串偶然，然后又思考着自己的生活。某个时刻，他们都像磁铁一样被拉向彼此。他想起了蒲帕。生命也许有这样或那样的结果，我们大多数人都过着草率的生活，但至少我们来得及为那个著名的下火车隐喻筹划，努力确保下火车时不那么潦草。我们不必为来到这个世界负责，但也许要为离去负责。在最后的时刻，蒲帕丢出了放在她面前的球（戴维功不可没），起初那个球朝着预期的方向飞去——朝着佐拉娜和阿斯亚的孩子，她的外孙和外孙女飞去——但最后滚向了谁也没有料到的方向，最重要的是，它的坠落将激起更轻快、更有用的旋转，卷向了库克拉、贝芭和娃娃……

多好的年轻人！多了不起的年轻人！库克拉一边想，一边舒服地坐在车的后座。戴维不仅安排好了一切，还开车送她们回萨格勒布的家。此时此刻，蒲帕正躺在她的蛋里从布拉格飞往萨格勒布，到了机场会有殡仪服务来接她，送她去太平间。戴维也想到了这一点。他安排好了蒲帕的葬礼：葬礼将在两天之后举行。他在网上找到了所需的地址，打了几个电话就办妥了一切。蒲帕在遗嘱里留给库克拉和贝芭的钱，已经转去了她们新开的联名账户。贝芭在赌场赢来的钱，在她的坚持下，也转去了那个账户。所有的文件都签好了字，没有放过一个细节。他们还开了一个特别账户，存进了娃娃未来教育的钱。其余的就交给贝芭和库克拉了，尽管戴维保证，他随时都可以帮忙。

库克拉透过车窗看着云朵，像打发的蛋清一样轻盈洁白。她脑海中回放着必须完成的任务清单。她得买一台新电脑，并要开始四处探访学校。找出最好的学校是一项艰巨的任务。也许娃娃会想上芭蕾舞校、音乐学校或者溜冰学校，哦，事情太多了！库克拉打算卖掉公寓，把钱放在一起，这样她和贝芭就能商量一切，怎么做，做什么，什么时候做……谁知道她还能照顾娃娃多久呢。如果她继承了幸运的基因，似乎也确实如此，那她就还要在这个世界上待一段时间，投入一项全新的、奇妙的、独一无二的任务——娃娃！她会是娃娃的姨妈，娃娃的姨妈库克拉。但如果她再多考虑一点，也许她和贝芭提前做计划就并没有那么重要。也许她们应该给娃娃灌输一些不一样的东西，一些让她变得智慧的知识，一些世界任何学校都无法教给她的东西。

贝芭也在心里列着清单。首先她要让自己被忽视的身体恢复正常。为了娃娃，她需要自己的身体。事情突然豁然开朗。她要给驾照续期，她之前也疏忽了，还要买一辆新车。否则，谁开车送娃娃上幼儿园，去学校，学芭蕾舞（如果她愿意的话），去音乐学校（如果她愿意的话），去外语课（如果她也愿意的话）呢？也许她，贝芭，可以去上中文课呢？虽然娃娃一个中文字都不认识，但如果有一天她想看看她的家乡中国呢？那时她，贝芭，就要陪她去旅行，学了中文就能派上用场了。她们一回去，她就要卖掉她的小公寓，把所有的钱放在一起，然后去找库克拉。她们会坐下来好好商量。她们一定需要买栋房子一起住，一栋很棒的房子，有一座长着果树的大花园。还要有一棵大胡桃树，用来遮阴。那将是蒲帕的树，为了纪念她；毕竟这么多事情都是因这个老巫婆而起。她们要辟出一小块地种覆盆子，这样就可以给娃娃做覆盆子酱了。花园里还会有个小窝，可以养狗，养兔子，养乌龟，养刺猬，娃娃想养什么都可以。花园里还要有个小工作室，这样娃娃和她未来的朋友就可以学画画了，也许，谁知道呢，她自己也会重拾年轻时的梦想,终于开始画点真正的作品了。贝芭心中希望好运能够继续:只希望她身体健康,让她看着娃娃上中学吧。娃娃要上大学的话,她们要帮她选最好的大学。但是另一方面,她想到自己也有个学位,但并没有给她带来过什么好处。也许娃娃应该学点其他更重要的事。生活就是藏着复活节彩蛋的无边花园。有些人捡了满满一篮子,有些人连一个都没有找到。也许这就是她们应该教给娃娃的:如何做一个猎人,一个惊奇事物的猎人。什么都不要错过,去享受每一刻,因为生命是我们唯一免费获得的东西。贝芭突然对儿子充满了感激。她感到自己多年来紧闭的心扉终于打开了,现在她可以自由呼吸了。此时此刻,其他的一切都不重要了,唯一重要的就是这个迷人的小生命。啊,那小小的脸蛋,那浓密安静的睫毛,那翅膀一样的眉毛,还有那呼吸,哦上帝啊,那甜美的孩子的呼吸……

"你不觉得她长得有点像菲利普吗?"贝芭小声说。

"对呀,当然啦,是有点像……"库克拉说,她从没见过菲利普,甚至连照片也没看过。

库克拉透过车窗看着风景慢慢从他们眼前经过。天空湛蓝,草色碧绿,枝叶浓密的大树投下锐利的阴影,硕大的黑乌鸦在阴影间蹦来跳去,仿佛在无形的绳子上摇荡。

还有云朵，就像打发的蛋清泡沫一样在天空中翻卷。

娃娃怀里抱着小狗，蜷缩在蒲帕的毛皮靴子里睡着了。她的小手从靴子里伸出来，紧紧地攥着梅夫洛给的木勺。然后，仿佛感受到了贝芭和库克拉的思绪在她周围飞旋，她扭了扭身体，用空着的那只手挠了挠小鼻子，又睡着了。贝芭和库克拉，分别从自己的那一侧，爱护地轻抚着毛茸茸的靴子侧面，继续沉浸在白日梦中⋯⋯

那我们呢？我们的工作完成了，苦乐参半，弹指之间：天上掉烤鸡，你们啃骨头，我们吃鸡腿！叮叮当当，故事收场。我们在那里，美酒众人共享：和蒲帕用酒瓶，和库克拉用酒杯，和贝芭用酒壶，从开始到结束。如果您不相信，请看：我们的舌头还湿淋淋！

第三部分

你知道得越多,

就老得越快

阿芭·巴加伊（Aba Bagay）博士
斯拉夫民俗研究中心
约恩苏大学
邮政信箱 111
FI-80801 约恩苏
芬兰

亲爱的编辑：

我必须承认，收到您的来信时，我备感惊讶。民俗学领域里有众多优秀学者，不知您为何选中了我。我最近才获得这所大学的教职，无论在这里，还是在国际学术圈中都还没有建立起任何声望，因此我的名字对您来说不具任何意义。当然，我十分高兴您向我求助，但在我们继续下一步之前，我必须提醒您，虽然斯拉夫民俗、神话和仪式传统确实是我的研究领域，但这绝不意味着我在您的论题上是一位专家。其次，我正在努力完成一本关于与分娩有关的保加利亚民间信仰的书，分身乏术，很遗憾，我无法抽出尽可能多的时间来回答您的问题。尽管如此，您对我能力的信任及保持联系的愿望还是令我受宠若惊（谁知道呢，大概不只是机缘巧合吧！），我愉悦地读完了您寄给我的手稿。我承认，文本的简洁也让我收获了不少阅读乐趣。

根据我从您的附信中了解的情况，您的作者承诺提供一份基于芭芭雅嘎神话的文本。顺便说一句，您承认自己对芭芭雅嘎一无所知，我深为感动。但是，您只需在网上稍加冲浪，就会发现虽然芭芭雅嘎不是奥普拉·温弗瑞或戴安娜王妃，但她在神话中也并不是一位无名之辈。荷兰北部的一个萨满教活动中心，波兰某地的一家台灯店，一份面向在美波兰人发行的杂志（《芭芭雅嘎的角落》），德国的一家养老院、一间家庭旅馆及一所语言学校都以她的名字命名。餐厅、甜品店和健康食品店似乎都喜爱芭芭雅嘎这个名字，考虑到芭芭雅嘎自己的饮食偏好，这不失为一种幽默。很多健身房也冠以她的名字，也许因为店主认为芭芭雅嘎想必和瑜伽有某种联系？！芭芭雅嘎是一家德国女装裁缝店，也是一间荷兰灵修网店（感兴趣的人可以在上面买到水晶球和茶壶），还是一个同样来自荷兰的女声合唱团。芭芭雅嘎这个角色也为剧团、流行乐队、艺术项目、电影导演、漫画及动画制作人、图像书和非图像书的作者、恐怖和色情网站、博客和广告提供了艺术灵感。例如，在塞尔维亚，保时捷卡雷拉 GT 的广告语是*道路上的芭芭罗嘎*

（Baba Roga）——塞尔维亚语中的芭芭罗嘎，相当于俄语中的芭芭雅嘎。

尽管芭芭雅嘎的名字被广泛（错误）使用，但我想一般的非斯拉夫读者对芭芭雅嘎的了解并不多。即使对大多数斯拉夫读者而言，她也只是个面目狰狞、专偷小孩的丑老太婆。这就回到了我们共同的问题。您谦虚地承认自己对此一无所知，请我详细解释您作者的文本与芭芭雅嘎神话的关联。在这种情况下，您一定会同意，您为我布置的这项任务绝非易事。

为了尽可能简洁明了地回答您的问题，我编写了《芭芭雅嘎指南》——一份由主题、主旨、神话素（mytheme）组成的词汇表，这份词汇表与斯拉夫神话有关，当然也与芭芭雅嘎学有关。在这里，我需要提醒您一个众所周知的事实：斯拉夫神话的斯拉夫属性是有条件的。神话、传说和口述传统就像病毒。相似的故事无处不在——斯拉夫森林、非洲沙漠、喜马拉雅山麓丘陵、爱斯基摩人的冰屋——它们渗透进我们自己的时代和大众文化中，渗透进肥皂剧、科幻小说、网络论坛、电子游戏中，渗透进劳拉·克罗夫特[1]、《吸血鬼猎人巴菲》[2]和《哈利·波特》中。

---

[1] Lara Croft，《古墓丽影》系列游戏的女主角。
[2] *Buffy the Vampire Slayer*，美国电视剧集，描述一位被命运选中的女孩与吸血鬼、恶魔势力对抗的故事。

还要指出的是，我的《芭芭雅嘎指南》很大程度上是一部汇编作品，道歉也许是多余的，因为这就是我们民俗学的工作性质。在编纂词汇表时，以下作品为我提供了极为珍贵的帮助：《斯拉夫神话百科词典》(*Slavjanskaja mifologija, Enciklopedicheskij slovar*)，俄语两卷本《世界神话百科全书》(*Mify narodov mira*)，弗拉基米尔·普罗普的知名研究《神奇故事的历史根源》(*Istoricheskie korni volshebnoj skazki* by Vladimir Propp)，众多学术研究和评论［比如优秀的《斯拉夫文化密码》(*Kodovi slavenskih kultura*)］，最新、最详尽的芭芭雅嘎研究——安德烈亚斯·约翰斯的《芭芭雅嘎：俄罗斯民间故事中的暧昧母亲与女巫》(*Baba Yaga: the Ambiguous Mother and Witch of the Russian Folktale* by Andreas Johns)，以及不断启发我的玛丽娜·沃纳（Marina Warner）的著作。我不会用学术参考文献来增添您的负担，但如果您需要，我可以提供一份更全面的参考书目。

那么，事情是这样的。首先，您的作者是一位作家，文学中任何解读都是合法的。文学解读没有好坏之分，只有书籍有好坏之分。第二，神话是一种模仿因子（meme），会分解、重组、变异、转化、适应和再适应。神话会旅行，它们会在旅途中被重述和翻译。它们永远到不了目的地，永远被禁锢在过渡—翻译的状态中。通常没有单一、明确的神话故事，只有无数的变体，芭芭雅嘎的故事也是如此。第三，您作者的文本中并未明确提到芭芭雅嘎，部分是由于围绕着芭芭雅嘎角色本身的混沌，她的性格和能力反复无常，部分是由于民间迷信。对斯拉夫人和其他许多民族来说，说出名字是一种禁忌。因此，您的作者对芭芭雅嘎名字的谨慎处理，很可能源自关于女巫的民间禁忌。

例如，黑山人认为任何寻找女巫的人都会面临惩罚。他们之间流传着这样一个传说，耶稣基督逃离迫害时曾在老巫婆那里避难，他用这些话祝福她：谁要找你，谁就注定要失败。因此女巫是无法被认出来的，因为迫害耶稣的人想要在犹地亚抓捕他时，他同一个女巫躲在一起，女巫没有出卖他，因此他给了她祝福，为她瞒住了所有人。[据蒂霍米尔·R. 乔尔杰维奇，《我们民间传统和信仰中的女巫和仙女》(*Veštica i vila u našem narodnom predanju i verovanju* by Tihomir R. Đorđević)]

简而言之，芭芭雅嘎只是一个配角，但她在童话故事中的介入却至关重要，如果不提她在童话中的地位以及她与其他角色的关系，就难以描述她。芭芭雅嘎在故事中的角色复杂多变：她有时帮助男女主角实现目标，有时在他们的路途中设置障碍。总之，我会先介绍与神话人物芭芭雅嘎有关的基本信息（她是谁，来自何处，住在哪里，长什么样，做了什么等等）。然后我们将介绍一些细节，这些细节在您看来也许太多、太乏味、毫无必要，但我向您保证，每个细节在我们的芭芭雅嘎拼图中都有它的用武之地。行文中，我会尽量提示您留意芭芭雅嘎与您作者的小说双联画之间重要的联系。我解释的目的不是解读或评价，这些会出现在单独的评论小节里。我的评论应被视为个人干预，您无需对此承担任何义务。当然，其他的一切也无需您承担义务。

我希望您理解，我随信附上的文章是一次穿越意义森林的旅行，换句话说，是一次穿越倒转的童话故事的旅行。我会尽量保证旅途轻松愉快（因为我的工作是在森林中漫游、查看每棵灌木丛，而您的工作是穿越森林）。我对您全部的要求就是一点耐心。为什么呢？因为只有耐心而坚毅的英雄——准备好翻越七座高山，跨过七片大海，磨坏三双铁鞋的英雄——才能在故事的结尾得到奖赏。至于奖赏是否在等待着您，我不知道，这需要您自己去寻找。

谨致问候，
阿芭·巴加伊博士

芭芭雅嘎指南

芭芭（BABA）

芭芭一词来自印欧语系，由此传播到许多语言中。在斯拉夫语中，芭芭主要指**外祖母或祖母**，引申为所有年长的女性。在俄语口语中，芭芭可以指任何女性（如 horošaja baba，漂亮的女人），其他斯拉夫语中也有类似用法。芭芭可以指结了婚的女人（如 moja baba，我的妻子）。芭芭可以指一个有负面特点的女人：长舌妇、爱嚼舌根的女人、悍妇、泼妇。芭芭在口语中也指懦夫、胆小怕事的男人（*Ne budi baba!* 不要做个芭芭！）。Babica 的意思是接生婆，还有 babinje 一词，意思是产后时期。斯拉夫人也用芭芭表示神话中的女性角色、特别的日子、大气现象、天文概念、疾病等等。

女恶魔也经常被称为芭芭。星期三芭芭（baba Sereda）在织布机前看管着织布工，阻止妇女在周三（也可能是其他日子）使用织布机。白色芭芭（Belaja baba）是水中的恶魔，而浴室芭芭（bannaja babuška、banniha、bajnica、baennaja matuška、obderiha）是生活在传统俄式蒸汽浴（banya）中的精灵。在乌克兰，小麦芭芭（Žitna baba）是田野精灵，而野外芭芭（Dika baba）是女恶魔，会引诱年轻的男人。女巫、女术士和女预言家，都叫作芭芭。

芭芭也出现在**疾病**的名字里（babice、bapke、babushki、babuha、babile 等）。在保加利亚，沙尔卡芭芭（Baba Šarka）是麻疹的俗名。沙尔卡芭芭无家可归、四处漂泊，还非常贪吃。她出现在人们家中时，家里的人九天之内不能准备任何食物。这样沙尔卡芭芭才会离开这所不好客的房子，另觅慷慨的去处。德鲁斯拉芭芭（Baba Drusla）和皮桑卡芭芭（Baba Pisanka）也将疾病带入家中。

芭芭也与**民间的时间概念**联系在一起。玛尔塔芭芭[①]（特别是在保加利亚、罗马尼亚、塞尔维亚和马其顿的民间故事中）是三月的人形化身。在克罗地亚和塞尔维亚，大斋期[②]芭芭（Baba Korizma）手持七根棍子走路，斋戒中每过一周就丢掉一根。在塞尔维亚，三月的雪天被称为**芭芭的日子**、**芭芭的公山羊**或**芭芭的小山羊**。在罗

---

① Baba Marta，保加利亚语、塞尔维亚语、马其顿语中三月写作 Mart（Mapr），罗马尼亚语中写作 Martie，而 Marta 是不同的变位形式。

② 又称"四旬斋"或"封斋期"，是基督教传统中为期四十天的宗教活动，从圣灰星期三开始，持续到复活节之前。期间，信徒们禁食、祷告、悔悟，以纪念耶稣基督在旷野中禁食四十天并经受魔鬼试探的事迹。

马尼亚和乌克兰，雅乌多查芭芭[Baba Jaudocha（也作 Jeudocha 或 Dokia）]主管冬天所有降水。她摇一摇毛皮大衣，就会有雪落下。许多地区都有烧死芭芭的狂欢节习俗。在克罗地亚，人们在跨年夜象征性地焚烧一个叫无牙芭芭（Baba Krnjuša）的娃娃，好让新的一年取代它的位置。

在斯拉夫民间传说中，天文和气象现象也以芭芭命名。月光被称为月光芭芭（Baba Mjesečina），月亮本身叫作黑夜芭芭（Baba Gale）。芭芭的腰带（Babin pojas）是彩虹的同义词，芭芭的谷子（babino proso）指的是冰雹。坏天气通常来自天空中芭芭的角落（babina kuta）。波兰人用芭芭在搅黄油或芭芭在烤面包描述月亮上的黑斑。如果下起了太阳雨，波兰的孩童就会唱：大雨骤，好日头，芭芭雅嘎搅黄油。第一场雪落下时，卡舒比人[1]会说老婆婆去跳舞啦。喀尔巴阡山地[2]的农民用芭芭冻僵了形容缀着初雪的高山。干旱时期，波兰农民相信有一个芭芭巫婆蹲在橡树上[意思是在鸟巢里——A. B 注]，给蛋保暖，直

---

[1] Kashubians，是西斯拉夫民族的一支，波兰中北部的波美拉尼亚（Pomerania）历史区域的原住民。
[2] Carpathian Mountains，横跨中欧的弧形山脉，长约一千五百公里，是欧洲第三长的山脉，经过捷克、奥地利、斯洛伐克、波兰、乌克兰、罗马尼亚、塞尔维亚等国。

到孵出小鸟时干旱才会结束。在保加利亚的民间故事中，芭芭是白天和夜晚富有情趣的同义词[①]。

很多东西都叫作芭芭。 在斯拉夫的收获仪式上，最后一捆麦子就叫芭芭，为了庆祝收获结束，农民给这捆麦子穿上女人的衣服。在斯拉夫语言中，芭芭是蘑菇、蝴蝶、水果（一种梨和一种樱桃）、面包（波兰的巴布卡[②]）、鱼的名字。芭芭还出现在山脉、城镇和村庄的名字里（Velika Baba、Mala Baba、Stara Baba、Babina Greda 等等）。漫长温暖的秋天在口语表达中叫芭芭的夏天。

许多保加利亚**谚语**都与芭芭这个词有关。只要是芭芭知道的事情，她就说个不停（Edno si baba znae, edno si bae），指反复讲述同一件事的人。芭芭的小零碎，芭芭的故事（Babini devetini, Babini prikazki），是废话、荒唐事的同义词。克罗地亚语、波斯尼亚语和塞尔维亚语中也有类似的说法。走过了一位拿着蛋糕的芭芭，指错过了机会。芭芭做了梦，芭芭想要它，无疑隐含着性意味，但它的意思是有人提到了什么东西，那就是他们隐秘的愿望，

---

① "他们走近火堆，遇到两个老婆婆，旁边有两个毛线团：其中一个在缠线团，另外一个在拆线团。缠线团的叫作白天，拆线团的叫作夜晚。"——原注

② Babka，起源于波兰和乌克兰的犹太人社区，将发酵过的面团擀成薄片，涂上巧克力、肉桂、水果或奶酪之类的馅料，再卷起编成辫子后烘烤。

这完全是著名的弗洛伊德式失误[①]的民间版本。芭芭搓着亚麻打发时间是一句谚语，形容一个人浪费时间、用无意义的事消磨时间。把芭芭和青蛙（babe i žabe）混在一起指的是把本来毫无关联的东西混在一起。随便哪个老妇都能做（to može svaka baba），连我奶奶都能做（to može i moja baba），意思是谁都能做，即使是最虚弱无力的人。无论谁在说什么，芭芭总在讲她的馅饼（tko o čemu, baba o uštipcima），指某个人不断谈论同一件事。接生婆太多，孩子身体弱（Mnogo baba, kilavo dijete，保加利亚语：Mnogo babi-hilavo dete），说的是帮手太多，结果就会很糟糕。还有一句类似的谚语是这样说的：如果奶奶有蛋蛋，她就成了爷爷。（Da baba ima muda bila bi djed.）同时，在一些语言（波斯语、阿拉伯语、土耳其语、意大利语）中，babo 或 baba 是父亲的意思，但也可以指家中年长的男性成员。

总而言之，斯拉夫世界中到处都是芭芭！让我们记住，所有这些与芭芭有关的丑陋而充满性别歧视的观念、谚语、俗语和信仰都是外祖父或祖父创造的。毫无疑问，他们为自己保留了英雄般的位置。

[①] Freudian Slip，又称 parapraxis（动作倒错），弗洛伊德认为口误、笔误等失误是无意识改头换面的体现，往往反映出内心深处的真实想法。

芭芭雅嘎（BABA YAGA）

Baba Yaga（baba-iga、baba-ljaga、baba-ljagba、baba-oga、egibiha、bauška jagišnja、jaga-bura、egibišna、egišna、jagaja-baba 等等）是一个女性的拟人化生物，一个女术士，老巫婆。关于她的名字有许多种解释：有些作者认为 Jaga、Ega、Iga、Juga、Jazja、Jeza、Jagišna、Eži-baba 及其他类似的名字都源自古斯拉夫语的 ega 或 esa，与立陶宛语的 engti 和拉脱维亚语的 igt 相近，意思大致是邪恶、恐怖、噩梦、疾病。

芭芭雅嘎生活在茂密的森林里，或者在森林的最边缘，她住在一座狭小的木屋里，小屋用母鸡的腿支撑着，还能原地转身。她长着一条骨腿（Baba-Jaga kostjanaja noga），还有悬垂的乳房（她将它们放在炉子上或者挂在杆子上），长长的尖鼻子顶着天花板，她乘着一只臼飞来飞去，用杵在空中划行，用扫帚扫去自己的痕迹。

芭芭雅嘎是由各种民间传说和神话—仪式传统（萨满教、图腾崇拜、万物有灵论、母权制）拼凑而成的独特口述文本，根据故事、民俗区域、讲述者的不同，她的地位、作用和权力也各不相同。在不同的时代，芭芭雅嘎是一部以不同方式被阅读、研究、讲述、改编、诠释和重新诠释的文本。

芭芭雅嘎的起源并不明确。一种理论说她是个伟大的女神，是大地之母；另一种说她是伟大的斯拉夫死亡女神（Jaga zmeja bura，风暴之蛇）；第三种理论认为她是所有鸟类的女主人（因此她的小屋长着母鸡的腿，她还长着喙一样的长鼻子）；第四种理论认为她是斯拉夫女神莫科什①的对手，随着时间的推移，她从一位伟大的女神演变成了雌雄同体的神，又演变成了鸟和蛇的女神，再变成拟人化的存在，直到她最终获得了女性的特征。有些人把她和母系社会时代的古老女神金色芭芭②联系起来，在她小屋下的鸡腿上，他们看到了生殖崇拜的遗存。

芭芭雅嘎的形象是纺纱工和织布工，这两种角色总是象征着主宰人类命运的权力（芭芭雅嘎交给男主角一个线团，指引他们达到目标），她也是一位头枕宝剑睡觉、与骑士作战的战士（有时她的形象是龙之母）。在一些故事

---

① Mokoš，古斯拉夫神话中的生命女神，身材高挑，头大臂长，主管纺织、剪羊毛，保护分娩的女人。
② Zlatnom babom，又称金色女人，是东北欧和西伯利亚西北部土著人的崇拜对象，常被描述为衣衫褴褛、抱着小孩的老妇人。

中，芭芭雅嘎能将人变成石头（就像美杜莎一样）；另一些故事中，她能掌握自然之力：风、暴风雨、雷电（因此有人将她与斯拉夫神佩隆[①]联系在一起）。在这一领域影响深远的弗拉基米尔·普罗普认为，芭芭雅嘎是所有森林动物和亡灵世界的女主人，也是入会仪式的女祭司。

芭芭雅嘎捉摸不定、反复无常，她有时是帮手，有时是复仇者；有时是两个世界交界处的哨兵，有时成了世界之间的调解人，有时也是故事中英雄之间的调解人；她有时作为障碍出现，有时作为恩人出现，更多的时候是一个恶人，但偶尔也是个善良的老妇人。大多数解读者都将芭芭雅嘎归入一个庞大的神话家族——丑陋的、拥有特殊力量的老太婆，这种类型在世界上所有的神话中都能找到。

尽管芭芭雅嘎与其他芭芭有许多共同之处，她也赢得了自己的名字和个性。虽然芭芭雅嘎在斯拉夫世界广为流传，但芭芭雅嘎在童话故事中的起源、神话性质、功用和语义极其复杂，引发了持续不断的争论[②]。一些作者甚至认为芭芭雅嘎这个名字在斯拉夫神话中不存在，只在童话世界中存在。毋庸置疑的是，芭芭雅嘎发源于神话土壤，但

---

① Перун，英语 Perun，雷电之神，九到十世纪基辅罗斯万神殿中的最高神，同时也司战争和武器，象征物为火、鸢尾花、马、鹰、橡树等。
② K. V. Čistov, Zametki po slavjanskoj demonologjii, Baba-Jaga. Živaja starina, Moskva 1997, 55-57. ——原注

作为一个角色，她是在十八世纪到二十世纪间的俄罗斯童话中逐渐成形的，当时有数百个版本的俄罗斯民间故事留存下来。芭芭雅嘎是在民间故事与神话—仪式传统、民间故事的讲述者、民俗学家和评论家之间复杂持久的互动中，在印欧神话和原始印欧神话的交融中成长起来的。马丽加·金芭塔丝[①]将芭芭雅嘎列为从古欧洲传承下来的女神之一：比如希腊的雅典娜、赫拉、阿耳忒弥斯、赫卡忒[②]，罗马的密涅瓦和狄安娜，爱尔兰的摩莉甘[③]和布里吉特[④]，波罗的海的拉伊玛[⑤]和拉加娜[⑥]，俄罗斯的芭芭雅嘎，

---

① Marija Gimbutas（1921—1994），美籍立陶宛考古学家，以研究古欧洲新石器时代和青铜时代文化的学术成果闻名于世，著有《女神的语言》《活着的女神》等作品。
② 根据赫西俄德《神谱》，赫卡忒是泰坦珀耳塞斯（Perses）和仙女阿斯忒里亚（Asteria）的女儿，拥有掌管天空、大地和海洋的力量，是掌管魔法、咒语、十字路口的主神。
③ Mórrígan，战争与死亡的女神，经常以三人组的形式出现，其余两位是玛赫比（Macha）和芭芙（Badb）。
④ Brigit，达南神族一员，神通广大，涉及的技艺包括手工艺、（特别与分娩中的妇女有关的）治疗和诗歌，也是牛奶场和酿酒厂的保护人。
⑤ Laima，命运女神，帮助安排婚姻，监督婚礼，保护孕妇，通常在婴儿出生时现身，宣布每个新生儿的命运。
⑥ Ragana，死亡与重生女神，虽然在基督教时代被贬为巫婆，并被推入森林深处，但仍保持着强大的神力。她带有蛇的能量，可以变形成乌鸦、喜鹊、燕子或鹌鹑，也可以变成任何有生命或无生命的形态。

巴斯克的马丽[1]等等，她们不是带来生育和繁荣的**维纳斯**，她们（……）远远不止于此。她们是生命的赋予者，死亡的支配者，是**统治者**或**女主人**，因此，尽管她们被官方废黜、用作武器，并与印欧诸神的新娘和妻子混为一谈，但在很长一段时间里，她们仍然存在于独立信仰之中[2]。

---

[1] Mari，又名安德烈·马丽，延续了史前死亡与重生术士女神的许多特征，她是秃鹫女神、坟墓女神、重生者，以多种动物形出现。巴斯克民间传说中，她也是一位女先知，掌管自然现象，守护道德行为。
[2] Marija Gimbutas, *The Language of the Goddess*. London: Thames & Hudson 2001.——原注

芭芭雅嘎 / 女巫

芭芭雅嘎的性格变幻莫测,研究人员在界定她的地位时十分谨慎。一些人认为芭芭雅嘎只是个(斯拉夫)女巫,另一些人则认为她在斯拉夫恶魔学体系中扮演着更加复杂和独特的角色。

让我们先看看**普通的**女巫:她们是谁,长什么样,做了什么。根据蒂霍米尔·R.乔尔杰维奇的说法,女巫主要是有恶魔般灵魂的老妇人[1]。如果一个女人拥有恶魔般的灵魂,就称她为女巫。这种灵魂会在她晚上睡觉时出现,变成蝴蝶、母鸡或火鸡,从一家飞到另一家吃人,尤其是小孩子:她发现有人睡着了,就会用某种棍子打他们的左胸,他们的胸部会裂开,她就把心脏挖出来吃掉,随后胸部会再合上。一些受害者当场死去,有些则会在她吃心脏时根据她的兴致多活一段时间,然后再如她所愿死去。武

---

[1] Tihomir R. Đorđević, *Veštica i vila u našem narodnom predanju i verovanju*. Beograd: Srpski etnografski zbornik 1953. ——原注

克·卡拉季奇[1]如此写道。

在斯拉夫语系中，女巫有许多名字（ved'ma、vid'ma、vedz'ma、vještica、vištica、viščica、viška、vešterka、veštica、veštičina、cipernica、coprnica、štrigna、štriga、morna、brina、brkača、konjobarka、srkača、potkovanica、rogulja、krstača、kamenica、čarovnica、mag'josnica 等等）。同义词具有保护功能，大多数时候用来保护儿童。因为害怕说出女巫的名字，人们常常称女巫为**那边那个女的**（ona tamo）。

同许多神话生物一样，女巫也有变形的才能。女巫可以把自己变成鸟、蛇、苍蝇、蝴蝶、青蛙或猫。[2] 她们最常变成一只黑鸟（乌鸦、黑母鸡、喜鹊）。许多人相信蝴蝶，尤其是大蝴蝶就是女巫，所以最好把它们投入火中，或者烧掉翅膀。第二天，再观察一下村里哪个老太婆被烧

---

[1] Vuk Stefanović Karadžić（1787—1864），塞尔维亚语言学家，编译了民歌、传说和谚语集，并改革西里尔字母以适应塞尔维亚语的使用。
[2] 雅克·图纳尔（Jacques Tourneur）执导的经典影片《豹族》（*Cat People*, 1942）中，伊雷娜·杜布罗夫娜是一名塞尔维亚裔服装设计师，在纽约工作。在她的故乡，女人一旦开始嫉妒或愤怒，就会变成嗜血的野猫（在这部电影中是豹），杀死自己的伴侣。影片中，在纽约一家名叫"贝尔格莱德"的餐厅里，一个陌生女人认出了伊雷娜·杜布罗夫娜和她隐秘的猫性。这个女人走近她，用塞尔维亚语（自然带有浓重的英语口音）对她说"Ti si moja sestra"，意思是"你是我的姐妹"。——原注。

了，像魔鬼一样被烤焦了，或者亡故了。那个老太婆就是女巫。有一种蛾的名字就叫女巫。人们相信被这种女巫的翅膀碰过的女人会一直不孕。

烧焦的母鸡，或女巫变成的任何东西，都能泄露女巫的身份。

人们相信，女巫睡着时，会有一只蝴蝶或小鸟从她的嘴里飞出来。因此如果她的身体被倒转过来，蝴蝶或小鸟回不去了，就会和女人双双死去。有一次，一只鸟或一只鸡从熟睡的女人嘴里飞了出来，丈夫根据一条不成文的规定，把她的头转到了脚的位置，这样母鸡无法回到她的嘴里，女人就死了。后来丈夫非常悲伤，把女人转回来，让她躺在原先睡觉的位置，母鸡重新进入女人体内，她就复活了。[①]

每个女巫头上都垂着某种肉瘤，就像火鸡喙上膨胀伸长的肉垂，通过这种方法可以辨识出女巫。女巫的眼睛是斗鸡眼，她们容易呕吐（因此有种说法叫像女巫一样把肝脏吐了出来），在水中不会沉下去。女巫有改变自己身体大小的能力，她能把自己缩得非常小，小到能通过最窄的缝隙，哪怕是一个锁孔，继而得以脱身。（T. R. 乔尔杰维奇）

[①] Tihomir R. Đorđević, 同前注。——原注。

在黑塞哥维那，女巫是长着胡子的女人，就像刚长出胡须的少年。彼得·涅果什[1]的史诗《山地花环》中有一个老妇人，诗中这样写道：认出女巫很容易：灰色头发，鼻下有个十字架。因此女巫有浓密的胡须和多毛的大腿；女巫精力旺盛，脾气极坏，鼻子下有个十字架；女巫面色阴沉，目光邪恶，还有毛茸茸的腿。女巫长着胡子，眉毛浓密，佝偻着腰走路，眼窝深陷。女巫长着稀疏的小胡子，布满血丝的眼睛，尖利的牙齿，但胡须是最明显的特征。在波斯尼亚，身体多毛并不是什么问题。波斯尼亚人认为，女巫是腋下或下身没有毛发的女人[2]。

神话中的生物与人类的**体型**不同：它们要么比人小得多，要么比人类大得多。在伊斯特拉[3]，人们相信瘟疫（kuga）是一个体型巨大的女人。在塞尔维亚人的信仰

---

[1] Petar II. Petrović Njegoš，彼得二世·彼得罗维奇-涅果什（1813—1851），黑山采邑主教、诗人和哲学家，叔父彼得一世去世后，他成为国家精神和政治领袖。他的代表作《山地花环》（*Gorski vijenac*）是塞尔维亚、黑山乃至南斯拉夫的民族史诗。
[2] "没有毛发"这个特征出现在罗尔德·达尔（Roald Dahl）广受欢迎的儿童小说《女巫》（*The Witches*）中，秃头是女巫的特征之一。（"因此她们有爪子、光头、古怪的鼻子、奇异的眼睛……"）因此，所有的女巫都戴着假发掩盖她们的真实面目。——原注
[3] 克罗地亚最西部、亚得里亚海东北岸的一个三角形半岛，西临威尼斯湾。

中，卡拉孔朱拉[①]是又大又胖的生物。在黑山，人们认为Srijeda，也就是星期三，是一个极其高大魁梧的女人，像干草堆一样笨重，长着茂密的灰发和钢牙。

像许多神话中的生物一样，女巫也有某些**生理缺陷**，可能表现为过多、不足或不对称。在一些地区，人们认为女巫身上有尾巴的遗存，甚至翅膀的遗存。斯洛文尼亚民间故事中提到的正午夫人（preglavica）是一个穿着白衣的无头女人，只在正午现身。她在俄罗斯神话中叫作poludnica。克罗地亚人信仰无脸女恶魔的存在：她们是死去的母亲，回来给婴儿喂奶。悬荡着的巨大乳房并不是芭芭雅嘎的专属。塞尔维亚人相信巨人母亲（divska majka）的存在，她们可以用乳房来揉面团。科纳维尔的瘟疫（kuga）和黑山的科利亚拉（koljara）都有能甩到肩后的垂挂乳房。女神克舒迈（兴都库什山的卡菲尔人崇

[①] Karakondžula，通常在地下活动的恶灵，在圣诞十二日里尤其活跃，塞尔维亚人认为在这期间物质世界和灵界的界限变得模糊，据说如果卡拉孔朱拉发现有人晚上在户外，就会跳到此人背上，要求他把它背去想去的地方，直至黎明他才能摆脱折磨。

拜的神)①、神话中的佩里（peri，波斯语：pari)②和阿拉伯的萨拉乌瓦（salauva）——都有相同的特征。阿拉瓦尔迪（Alavardi，又作 Alabasti）是亚洲民族熟悉的远古神话生物。她是个高大的女人，有一对悬垂摇摆的乳房，甩到双肩后。

女巫可能只有一只眼睛，没有鼻孔，或只有一只鼻孔。芭芭雅嘎的一条腿是骨腿（或铁腿）。失明或独眼通常是神话人物的特征。芭芭雅嘎就是盲人（或抱怨她的眼睛很痛）。她通过人类的气味来识别她的客人——随机路过的旅行者，因为据我们所知，她看不见他们。

让神话中的生物暴露身份的是他们的声音（吹口哨、大笑、拍手等等）。如果有人跟他们说话，一些神话生物会像回声一样一遍遍重复人类说的话。芭芭雅嘎会使用重复性的短语，还有标志性的喘息声：呜夫，呜夫，呜夫。许多特征——特定的声音，拍手、吹口哨、说重复的话（模仿言语）——可以用自闭症来解释，而残疾本身，走路困难，失明和老年痴呆（模仿言语、重复说话）则仅仅

---

① 卡菲尔人是阿富汗东北部努里斯坦省一带的原住民，皈依伊斯兰教之前，他们信奉一种古印度教。克舒迈（Kšumai）是主要女神之一，住在兴都库什山脉最高峰蒂里奇米尔峰，主管降水和收成，还提供羊毛和牛奶，她把长长的乳房扛在肩上，坐下来挤奶。看到克舒迈挤奶，就等于接受了女神的祝福。
② 波斯神话中长着翅膀的精灵，最初是邪恶的，后来变得善良优雅。

是因为衰老。但是在民间传说中，人们给长寿戴上了神秘的光环。因此人们相信，女巫与普通人不同，她们十分长寿，而且很难与灵魂分离。芭芭雅嘎自己就在百岁上下。民间有一种说法是女巫死后还会继续作恶。因此，女巫去世时，需要用一把黑柄小刀割断她们脚踝处和膝盖下的肌腱，这样她们就无法从坟墓中回家继续害人了①。

---

① 在您看来，此处脚注的文字可能是没有必要的老生常谈。但有趣的是，关于大屠杀的老生常谈总是很快就被遗忘！姑且不论别的，仅仅因为这种健忘，都应重申几个世纪以来，男性普遍的厌女对女性造成了真实的、文化和象征意义上的大屠杀。这种厌女行为最严重的一次爆发，是十六和十七世纪欧洲宗教裁判所的猎巫行动。猎巫几乎持续了四个世纪。宗教裁判所始于十二世纪末、十三世纪初，当时的教皇格里高利九世派遣宗教裁判官前往被异端邪说污染的地区，随后在1235年正式委托多明我会执行宗教裁决。1542年，红衣主教会正式成立，拥有了合法的宗教裁判权。据估计，1550年到1650年间，欧洲约有十万名女巫被烧死，但实际数字不详。第一场女巫审判于1335年在图卢兹举行。从那以后，猎巫像野火一般蔓延到整个欧洲，1486年，克雷默与施普伦格的名著《女巫之槌》（*Malleus Maleficarum*）问世。于是，宗教裁判官有了意识形态的支持——这是第一本给他们的行为提供"科学依据"的教科书。一些关于宗教裁判所酷刑受害者的文献保存了下来，虽然并不完整，但确实存在。另外，宗教裁判所制度之外，也有许多女人受到了折磨。她们的裁判官是同村的邻居，与其说是出于对基督教的服从，不如说是出于当地信仰和迷信。如果村里的女人被怀疑是女巫，就会被浸入水中。如果她沉下去淹死，就证明不是女巫。如果浮在水面上，人们就把她从水里拖出来打死。被认定为女巫的女人即使在死后也要受辱。她们的尸体被木桩和针刺穿，嘴里被敲入铁钉，坟墓被撒上罂粟种子（死去的女人必须数清坟墓里每一颗种子）。自杀者的坟墓会遭到同样的对待。——原注

在一些斯拉夫民间传说里，芭芭雅嘎被视为所有女巫的阿姨，有些地区视她为所有女巫的主宰，还有些地区视她为恶魔的姐妹，而在白俄罗斯，她扮演了一个困难的角色：死神把逝者的灵魂交给芭芭雅嘎，她和麾下的女巫必须喂养这些灵魂，直到它们达到理想中的轻盈状态。

评论

现在，我们来谈谈您作者的手稿中第一处与芭芭雅嘎的对应关系，顺序的选择是完全随机的。蒲帕（曾经）是一位妇科医生，作者为女主人公选择了医学职业并非无关紧要。接生婆、外婆或祖母、女巫医、疗愈师、女巫在分娩过程中都扮演着不可替代的重要角色。

虽然作者笔下的女主人公外貌与前文所述识别女巫的标志并无关联——否则每个老妇人都可能是女巫——但还是有些细节能够对应。作者的母亲戴着假发，经常发出声音——呜呼呼！芭芭雅嘎也以发出呜夫，呜夫，呜夫的声音而闻名。蒲帕长着鹰钩鼻，异常消瘦，半盲，对气味十分敏感。库克拉有一双大脚。贝芭有一对引人瞩目的大胸，小女孩娃娃的眉毛在中间连在一起。

顺便说一下，在古老（和没那么古老）的年代，所有中年妇女的外表一定都很像女巫。我们时代的特征是对衰老的强烈恐慌，以及对延缓和掩饰衰老的执着努力。对衰老的恐惧是当代女性最大的恐惧之一，对男性来说也越发如此。这种恐惧给了化妆品行业强力的刺激。反芭芭雅嘎行业助长了这种恐惧，以此为生并从中牟利。

脱毛产品有助于我们保持皮肤光滑：拔除连心眉中间的毛发、唇边和下巴的胡须，还有腋毛和腿毛（再也没有**毛发蓬乱**的腿了！），现在不仅流行私处脱毛，还流行为阴毛设计造型。假发、生发、植发几乎终结了女性秃头。种植牙技术也为无牙的状态画上了句号，如果在艺术家的画布上都是可爱女士肖像的时代，就有人发明了这项技术，她们的脸上就会绽放出灿烂的笑容，而不是抿着嘴唇或是露出蒙娜丽莎般的神秘微笑。化妆品和整形行业发展迅速，也越来越平价：这一切正在改变全球富裕地区居民的外貌。近期首例脸部移植手术的成功也许会激发全新的渴望：彻底改头换面，从终有一死的**青蛙**变成永生不死的**公主**。女巫喝人血的古老观念如今已变成真实存在、利润丰厚的输血或换血疗法，广泛认为这种疗法可以恢复机体活力，延长寿命。只有有钱人能在专属私人诊所接受这样的治疗。2007年的环法自行车赛中，哈萨克斯坦明星车手亚历山大·维诺库罗夫（Alexander Vinokourov）通过输血使用了违禁药物，因此药检呈阳性，随后维诺库罗夫被逐出比赛，阿斯塔纳车队也被迫退赛。

最后，让我们补充一点——作为对女巫的安慰！——极少数人类（让我们叫他们**吸血鬼**吧）仍然在喝大部分人类（叫他们**捐赠者**吧）的血，而且是**无辜地**通过一根普通的塑料吸管，就像在喝利乐包饮料一样。

小屋

小屋周围的栅栏是用人骨做的，栅栏上安着带眼睛的骷髅；大门上没有门闩，只有一条人腿；没有插销，只有一只人手；没有门锁，只有一张长满尖牙的嘴。

芭芭雅嘎的小房子人让路过的旅行者十分恐惧。男主角或女主角首先看到的就是骷髅，屋后往往什么也没有。（那里立着一栋小屋，路在此处到了尽头。只有一片虚无的漆黑，其他什么也看不见。）小屋看起来荒寂冷漠，通常没有门窗，它站在母鸡的腿上，在原地阴森森地转来转去。

如果一个路过的旅行者想进去，必须掌握方法。像伊万王子①这样的男主角通常会对着小屋吹口气，大喊：小木屋！哦，小木屋！待在那里不要动，就和你以前一样。正面对着我，背面对着森林。或者：小房子，小房子，把

---

① Ivan Tsarevich，俄罗斯民间故事的男主角，通常是三个儿子中最小的一个。

你的眼睛转向森林,把你的门转向我。我不会永远待在这儿,只求度过这一晚。让过路人进去吧。

与此相反,女孩会事先得到警告,要迁就安抚这座危险的小屋:在那里,我的姑娘,一棵桦树会抽打你的眼睛,你要用丝带把它绑起来;那里的门会嘎吱嘎吱响,要在合页上涂点油;那里有一群狗会攻击你,要丢给它们些面包;在那里,猫会抓你的眼睛,要给它一片火腿。

弗拉基米尔·普罗普认为,许多部落文化的神话中都包含两个世界:生者的世界和亡灵的世界。在两个世界的交界处,站着一头野兽(古希腊神话中,野兽守卫着冥界的入口),或是具有动物特点的小屋。许多部落文化里,少年成人仪式中就有像芭芭雅嘎的小屋这样的房舍。他们要先被吞噬(被小屋本身,屋门就像野兽的巨口),从而重生进入成人世界。

于是,主人公站在芭芭雅嘎的小屋前,说:小屋子,小屋子,把正面对着我,背面对着森林。(Izbuška, izbuška, stan ko mne peredom, a k lesu zadom.)年轻人很害怕,许多人都死在这里,栅栏上的头骨就是证明,但即便如此,他仍然恳求让他进去(让我进去吧,吃点面包和盐!)。与此同时,屋子里的芭芭雅嘎心满意足地咕哝道:你一个人送上门,就像公羊来到餐桌前。(Sam prišel, kak baran na stol.)

他们得到允许进屋之后,主人公会看到一幅恐怖的场面:炉子的第九块砖上,躺着一条骨腿的芭芭雅嘎,她的鼻子碰到了天花板,口水流到门槛上,乳房挂在杆子[①]上,她正磨着牙。对芭芭雅嘎的描述各不相同:在一些叙述中,她从小屋的一角伸到另一角,把一条腿放在架子上,另一条放在炉子上;还有一种说法,她把乳房丢在炉子上,或把它们挂在杆子上,甚至用她的乳房关上了烤炉门,鼻涕从她鼻子里流出来,她用舌头把它卷起来。带有明确性意味的描述非常少见:芭芭雅嘎跳出了小屋,露出紧实的臀部和光洁的阴部。芭芭雅嘎已然成为小屋的一部分,与它融为一体,小屋替她跳来跳去,或是替她像陀螺一样旋转。

主人公要如何应对他们的恐惧?他们第一次见到芭芭雅嘎时,态度非常无礼:行了,老太太,这么大动静干什么?吵什么吵?我要吃的跟喝的,再把蒸汽浴准备好,我才会给你讲新鲜事。从这番话的语气和意思里,我们可以看出一种固有模式:在父权社会,丈夫就是这样对妻子讲话的。这并不是第一次见到老妇人的年轻人应有的表现,但这个神奇的方法却出乎意料地奏效了。听到他回答的语

---

① 俄语中的 grjadka,指传统俄罗斯小屋中的一种杆,用来晾衣服或者挂婴儿摇篮。——原注

气和内容，芭芭雅嘎立刻被驯服了，对他言听计从。年轻旅人粗鲁的狎昵就是打开她大门的魔法钥匙。①

英雄面对的是有牙阴道（vagina dentata），看哪，他活着出来了。

让我立刻补充一点，虽然老妇人的下流举动在神话—仪式世界并不罕见，却很少与性有关。淫秽内容有它自己的仪式属性和明确目的。包玻（Baubo）是一位著名的老浪女，她掀起裙子向得墨忒耳展示自己的阴部。她嘲弄了智慧的安慰者角色（这是人们对她的期望），从而成功逗笑了得墨忒耳。② 日本女神天钿女命（Ame-no-Uzume）用一支下流的舞蹈把太阳女神天照大神（Amaterasu）引出洞穴，驱散了笼罩大地的黑暗。在塞尔维亚和保加利亚的一些地区，有这样一种习俗：老妇人会撩起裙子，露出外阴，以此来保护村庄免受冰雹的侵袭，从而保住收成。在塞尔维亚南部，老妇人甚至会脱光衣服在屋子附近跑来跑去驱赶冰雹，一边跑一边庄严祷告：

---

① "这就是谜语的谜底！"美丽的公主说。"小木盒——那是我，小小的金钥匙——那是我丈夫。"（《被施了魔法的公主》）——原注
② 包玻的雕像有硕大的外阴，更常见的是脸长在阴部的位置。她有时被描绘成一个无耻的女神（dea impudica），张开双腿骑着一头猪。在十八世纪的俄罗斯木版画中，芭芭雅嘎也骑着一头猪。——原注

> 龙，不可，不可对抗龙，
> 你看我的龙，
> 很多龙死在了它的爪下。

或者：

> 逃吧，怪物，逃离更离奇恐怖的怪物
> 逃吧，怪物，逃离更离奇恐怖的怪物
> 你们不可共存

因此，人们相信阴部——龙或怪物——具有驱散云团的神奇力量。根据民间信仰，云是由龙（ale）统领的，所以不可对抗龙（ana la alu）说的是阴部与云团的争斗。我们不要忘记芭芭雅嘎控制着自然力量：她经常以风的主宰的形象出现[1]。

对于男主角和女主角来说，芭芭雅嘎都有成年的意味。女主角的成人礼很少带有性的特质，但在男主角身上就十分明显：从精神分析的角度看，与芭芭雅嘎相遇就是与有牙阴道、母亲、奶奶、丑陋的老太婆对峙，而这个老

---

[1] 老妇人走到门廊上，先是用响雷般的声音高声呼喊，接着又轻快地吹起了口哨，突然间从四面八方刮起了大风，房子也随之摇晃起来。（《被施了魔法的公主》）——原注

太婆是他未来新娘的怪诞倒转。[1] 一些北美印第安部落有狰狞母亲（Strašna Majka）的神话，在她阴道中有一条鱼，能够将男人吞噬。主角的任务是战胜狰狞母亲，确切说就是打碎她阴道中那条鱼的牙齿。

评论

小屋，有牙阴道，是一种男性阉割幻想。您作者的文本通过库克拉这一角色实现了一个明显的倒转。库克拉是她自己有牙阴道的受害者。这件事发生在她的性生活刚开始的时候，却决定了她以后的人生。库克拉面对的问题是双重的：她的性欲和创造力都被石化了。她就像美杜莎，但不是别人从镜子里看着她，而是她自己照镜子。她没有孩子，在丈夫去世之后才开始写作。而她的写作自然也是藏在丈夫名字背后进行的。

---

[1] 塞尔维亚童话《鸟姑娘》（Tica devojka）中，芭芭坐在山顶，腿上放着一只鸟，引诱年轻男人，把他们变成石头。只有从后面接近这个老妇人，粗暴地制服她，年轻人才不会被她石化（象征着阳痿），并得到他想要的东西——"芭芭的鸟"（！）。当他亲吻和爱抚着这只鸟（！）时，鸟变成了一位少女，也就是年轻人未来的新娘："她只好同意了，拿起腿上的鸟递给年轻人，嘴里吐出一阵蓝色的风，笼罩着所有变成石头的人，他们同时起死回生了。国王的儿子抓着鸟，开始甜蜜地亲吻它，他的吻把它变成了世间最美丽的少女。"——原注

只有离开家，离开她的小屋，蒲帕才能死去。离家是一种解放行为，将蒲帕引向她想去的地方——死亡。

您的作者回到家，回到了她母亲的小屋，无数次重复入会仪式。她必须非常尊重芭芭雅嘎小屋的法则，否则芭芭雅嘎会吃掉她的。一句幽默的解放口号**好女孩上天堂，坏女孩走四方**中包含了（男性眼中的）整个女性史，在这部历史中，女性的命运取决于相反的两极：家庭（洁净、秩序、安全、家人）和家庭之外的空间（肮脏、无序、危险、混乱、孤独）。外部空间在传统上属于男性，而作为内部空间的家庭则属于女性。

最后，还有一样有趣的物件，可以解读为当代社会已经实现的隐喻。**有牙阴道**从性幻想中走进了现实。一位南非女性发明了一种名为 Rapex 的女用避孕套，旨在帮助非洲女性遭遇强奸时保护自己。就像北美印第安神话中的狰狞母亲，这款女用安全套内侧也有类似鱼齿的牙齿，能刺伤插入的阴茎。据称，发明者的灵感来自一次与强奸受害者的相遇，受害者说："如果我下面有牙齿就好了。"

臼

臼（或研钵），是农民日常生活中常见的用品，在欧洲和亚洲神话里具有强烈的象征意义。它象征着子宫，而它的伴侣杵则象征着阴茎。比如，在白俄罗斯，关于孩子是如何来到这个世界的，就有一个讲给儿童的有趣解释：我从天上摔下来，掉进了臼里，我从臼里爬出来，看哪！我已经长这么大了！（Z neba upau, Da u stupu papau, A s stupy vylez, I vot jakoj vyros!）

斯拉夫人曾经将臼用于滑稽的婚礼习俗中。他们在臼里装满水，新娘必须用杵反复击打，直到水全部溅出去（！）。还有一种婚礼仪式，是把臼装扮成女人，把杵装扮成男人，然后把这对新郎新娘的象征放在婚礼的桌子上。

俄罗斯人和乌克兰人在疗愈仪式中也会用到臼。人们相信疾病可以被臼杵锤打出来，家畜的病也能用臼杵捣烂，臼杵还能将发烧打死。

印度的《吠陀》中也颂扬臼和苏摩（苏摩是神的饮

料，类似于仙馔①，尽管很可能就是精液），但这里的性象征提升到了宇宙的高度。臼是神的子宫，是生命更新的地方，而杵则是宇宙的阴茎②。

十七世纪的俄罗斯咒语中提到了铁臼：那里立着一个铁臼，铁臼里立着一把铁椅，铁椅上坐着一位铁老太婆。（Stoit stupa železnaja, na toj stupe železnoj stoit stul železnyj, na tom stule železnom sidit baba železnaja...）

臼是芭芭雅嘎的交通工具，在神话世界里，她有乘臼飞行的专属权限。普通女巫则是骑着扫帚，从烟囱飞出家中。彼得·涅果什的史诗《山地花环》里的老妇人说：我们用银桨划过水面，蛋壳是我们的船。这句诗源自民间传说中女巫乘坐蛋壳旅行的说法。因此，人们扔掉蛋壳之前会将其碾碎，以免被女巫利用。在克罗地亚的克尔克岛，人们相信女巫和女术士只能乘着蛋壳渡海。

臼是芭芭雅嘎选择的交通工具③，在象征意义上比起

---

① Ambrosia，古希腊神话众神的食物或饮料，通常认为食用者会长寿或永生。
② 这是另一个令人沮丧的当代参照。在印度（南非也有类似案例），感染艾滋病的男人相信，与处女性交可以治愈艾滋病。有一些专门的妓院从父母那里买来五到十岁的女孩，并将她们用于"医疗目的"。这些女孩几乎会立刻感染艾滋病。——原注
③ "不久，森林里传来一阵可怕的响声：树木吱吱作响，枯叶沙沙作响；芭芭雅嘎突然从林中出现，她乘着臼，挥舞着杵，摇动着扫帚，抹去了自己的痕迹。"——原注

扫帚，更接近蛋壳。芭芭雅嘎乘着自己象征性的子宫（肥大得甚至可以完全容纳她），用杵（阴茎！）在空中划行。芭芭雅嘎摆脱了规定允许和不允许的人类法律，摆脱了僵化的性别法则，同时使用男性和女性的器官，还能飞行，这是神话中对人类性欲强有力的展现。然而，这种性是怪诞的、狂欢化的。作为一个老妇人（据说是百岁老人），芭芭雅嘎不仅嘲讽地戏仿了人类性欲，还表现出了异性的性欲。

当然，也可以有其他的解读：作为女性，芭芭雅嘎的翅膀被事先剪掉了，所以她被迫在臼这种日常物件里飞行，就像用炖锅或者面包槽飞行一样。还有一种解释认为，芭芭雅嘎实际上是雌雄同体的人，因此是一个完美的人，相当于斯拉夫民间传说版的忒瑞西阿斯①。在神的眷顾下，忒瑞西阿斯改变了好几次性别（最后的结论是做女人要好得多！）。在斯拉夫狂欢节的模仿秀中，比如在克罗地亚，人们在村子里游行时，会抬着一个名为芭芭背着爷爷的玩偶，它是由男性和女性的身体部位拼织而成的。

一幅十八世纪早期的俄罗斯木版画（lubok）描绘了一个不寻常的场景：芭芭雅嘎正在与一条鳄鱼战斗。据说

---

① 希腊神话中的底比斯盲人先知，他曾以男人身份生活，后来变成了女人，又变回了男人。

鳄鱼就是彼得大帝[①]（旧礼仪派[②]就是这样称呼他的），而芭芭雅嘎是他的妻子。她骑着猪，一手握着缰绳，另一手握着杵。她在腰带上别着一把短柄斧和一根纺纱杆，一个是男性物件，另一个是典型的女性物件，尽管两者都是阴茎的形状。因此在无名的版画艺术家眼中，芭芭雅嘎同时拥有这两种力量的象征。

评论

蒲帕的电暖器——一双毛茸茸的大靴子——其实是芭芭雅嘎的白的当代版本。小女孩娃娃把蒲帕的靴子据为己有，当作母亲的子宫，在里面酣然入梦的时候，这种联系就更加明晰了。

库克拉是有牙阴道，她渴望得到阳具，这样她就能发动飞行器，变成独立的飞行者。但为了得到必要的部件，它的主人就要死去。也许就是因为这样，库克拉的男人不是死了，就是有疾病伤残：换句话说，库克拉不需要健全

[①] Пётр I Алексеевич（1672—1725），被称为彼得大帝（Peter the Great），罗曼诺夫王朝沙皇和皇帝，在位期间力行欧式改革，推进俄罗斯近代化，定都圣彼得堡。

[②] Old Believers，东正教基督徒的一个分支，保留了1652年至1666年莫斯科牧首尼孔改革前的礼仪和仪式，后从俄罗斯正教会分裂出去。他们认为彼得是伪基督徒，圣彼得堡是魔鬼和末日之城。

的男人,她只需要他们的一小部分——杵。在库克拉身边能感觉到一阵轻柔的微风,她在古代应该是风的女主宰。

食人

芭芭雅嘎素有吃人像吃鸡一样的恶名,她的小屋周围堆满了人骨,这清楚地向旅行者宣告,他无意中发现了食人者的巢穴。

从民俗学的视角看,芭芭雅嘎的食人习性与一个名字恐怖的仪式有关联:烤小孩(perepekanie rebenka)。这种仪式针对的是患有佝偻病的儿童(在乌克兰和俄罗斯,民间称佝偻病为老狗,sobač'ja starost')[①]。仪式的意义在于烧走疾病,仪式上还要唱诵咒语:烤面包的时候,你,老狗,也进去烤烤吧!(Kak hleb pečetsja, tak i sobač'ja starost'pekis'!)仪式中,在村里巫医的主持下,人们假装把生病的孩子放进面包炉里。换句话说,面包象征着孩子,烤炉象征着母亲的子宫。把孩子放回烤炉,即母亲的

[①] 例如,在乌克兰,女巫医会在大清早去三口井边打水,再揉面,烤面包,她从烤炉里拿出面包后,假装把生病的孩子推进烤炉。仪式过程中,孩子的母亲必须绕着小屋走三圈,每次都要停在窗边问:"奶奶,你在做什么?""捏面包!"女巫医会回答。——原注

子宫，就意味着重生。虚弱佝偻的孩子没有在母亲的子宫里得到很好的烘烤，所以要回炉重造。同时，烤炉也象征着死后的世界，暂时进入烤炉象征暂时落入来世、暂时地死亡。

在大多数童话故事里，芭芭雅嘎的形象都是独居的老妇人。有时她带着独生女，有时则带着四十一个女儿。当然，从精神分析的视角来看，最有趣的是她吞噬亲生女儿的主题。芭芭雅嘎（就像希腊神话里的堤厄斯忒斯，在哥哥阿特柔斯的设计下，吃掉了亲生儿子）误食了自己的女儿，甚至误杀了所有四十一个女儿[①]。

南斯拉夫人认为，女巫只能伤害她自己的家人和朋友。我们无法伤害憎恨的人，但是对于我们珍爱的人，或者自己的亲人，我们就会一点一点地抹去他们的痕迹。《山地花环》里的老妇人这样说道。甚至还有这样一句斯拉夫谚语：除了自己的亲人那儿，女巫还能去哪儿呢？在一首塞尔维亚民歌里，牧羊人是这样描述自己的梦境的：

[①] 楚维利哈跑进小屋，吃饱喝足后走到屋外。她在地上打滚，边打滚边说："我滚来滚去是因为我吃了捷廖什卡的肉！"
在一棵高高的橡树上，捷廖什卡向下喊道："打滚吧，巫婆，你吃的是你亲生女儿的肉。"——原注

女巫吞噬了我：

我的母亲掏出我的心

而我的阿姨举着火把为她照明

在一些克罗地亚岛屿上，人们认为女巫最喜欢摘去亲人的心脏，其次是朋友的心脏，如果女巫对丈夫不满意，她会尽快剜出他的心脏。在黑塞哥维那和黑山，人们相信女巫只会吃掉她们珍爱的或有血缘关系的孩子，即使不是亲生的（！）。在普通人的观念里，一个女人直到吃掉自己的孩子时才能变成女巫。在科纳维尔，据说女巫直到杀死自己的孩子的那一刻才拥有魔力。黑山人也认为，想成为女巫的女人必须先吃掉自己的孩子，只有这样她才能吃别的孩子。（T. R. 乔尔杰维奇）

至于女巫的饮食，斯拉夫人认为女巫最喜欢喝孩子或血液香甜的人的血。被喝干血的孩子会枯萎而死。有时女巫也会杀死成人：她们喝干年轻男女心脏中的血，被她们喝干的人生命就走到了尽头：他们日渐枯槁，在如花的青春中死去。

在芭芭雅嘎的菜单上，血非常少见。西伯利亚童话中出现了芭芭雅嘎吸血的罕见主题，她从玛尔菲塔公主的胸脯上吸血。主人公砍下了芭芭雅嘎的头，但砍下的头用玛尔菲塔的双腿逃走了。

芭芭雅嘎的汤里或许会漂着某些不能细想的食材，但她的饭菜却非常普通。使她不同寻常的，是芭芭雅嘎那惊人的食欲[1]。

与普通女巫或酒神的女伴迈那得斯相比，芭芭雅嘎的食人规模不值一提。迈那得斯会在迷狂中用牙齿直接撕下活物的肉，有一次（根据欧里庇得斯），在彭透斯的母亲阿高厄的带领下，迈那得斯将他撕成了碎片。

评论

请允许我提醒您留意小说中可能与芭芭雅嘎有关的隐蔽细节。第一部分中，作者的母亲几乎不允许女儿进入自己的空间。母亲认为自己与房子紧密相连，准确说房子就是她自己，她将女儿的存在，以及女儿带进房子的东西，都视为对她领地的侵犯。虽然乍看之下微不足道，但橱柜事件却具有象征意义：橱柜只有重新上漆，经历改造，被象征性地咀嚼和吞咽之后，才能得到母亲的接纳。虽然文

---

[1] 瓦西丽莎点燃了栅栏骷髅头上的火把，从炉子上拿出食物摆在芭芭雅嘎面前。这些食物足够十个人吃。她又从地窖里取来果汁、蜂蜜、啤酒和葡萄酒。老妇人吃得精光，喝了干净，只给瓦西丽莎留下一点肉汤、一片面包皮和一小块猪肉。[《美丽的瓦西丽莎》(*Vasilisa Prekrasna*)]——原注

中仅仅给出了暗示,但蒲帕和贝芭与子女的关系都充满创伤,这种创伤很容易被解释为象征性的食人。在其中一处,贝芭承认她是杀死自己儿子的凶手。

母亲，姐妹，妻子

芭芭雅嘎的家庭状态充满矛盾。她是一个没有丈夫的女人。在捷克版本中，耶日芭芭（Ježibaba）有个丈夫，名叫耶日巴贝尔（Ježibabel），这个名字足以说明夫妻间的权力关系。最令人困惑的是芭芭雅嘎的母亲身份：在一些传说中，她只有一个叫玛丽努什卡（Marinuška）的女儿，而另一些传说中，她的女儿多达四十一个。有时芭芭雅嘎以龙母的形象出现。在一则童话中，芭芭雅嘎中了计，吃下了盐和面粉，她去喝海水以缓解干渴，直到身体爆裂，生下了一大堆青蛙、老鼠、蛇、虫子和蜘蛛。一些故事中提到了芭芭雅嘎的姐妹（她们除了年龄外一模一样），也都叫芭芭雅嘎。俄罗斯童话里的年轻女战士蓝眼（Sineglazka），是芭芭雅嘎的侄女。即使如此，在最普遍的版本中，芭芭雅嘎依然是一位独居的老妇人。

芭芭雅嘎代表了母性的阴暗面。她既是邪恶的继母，也是不祥的接生婆和骗子母亲（在一个故事中，她甚至模仿男主人公母亲的声音，引诱他靠近并吃掉他）。虽然非常少见，但偶尔也会出现不合常理的主题：在一个故事中，她吮吸着女主人公的乳房，另一个故事中她让年轻的女主人公为她唱摇篮曲，摇着她入睡。芭芭雅嘎身边围绕着（潜在的）女性性欲象征：她的烤炉象征子宫，长着鸡腿的小屋代表女人的腹部，芭芭雅嘎的臼象征着她自己的子宫，也可能是她的母亲芭芭雅吉什尼娅（Baba Jagišnja）的子宫。芭芭雅嘎有时会亲切地称呼她的臼为小白妈妈（stupuška-matuška）！

芭芭雅嘎十分厌女，她常常和年轻的女主人公展开无谓的竞争。她将女主人公视为女仆，给她们布置艰巨的家务[①]。但更多的时候，她是落难少女的帮手和救星。芭芭雅嘎即使误杀了亲生女儿，似乎也并未因丧女而陷入绝望，反而愤愤不平，谋求报复。她对小男孩心狠手辣，会把他们都吃掉，但她对年轻男人却和蔼可亲，几乎百依百顺：她给他们食物和饮料，陪他们聊天，送给他们有魔法的宝物，协助他们摆脱困境，帮助他们与心爱的女孩建立关系。如果主人公善良有礼，芭芭雅嘎和她的姐妹就会变成

---

① 母亲的灵魂化身为娃娃，帮助瓦西丽莎完成了芭芭雅嘎的任务，芭芭雅嘎却赶走了瓦西丽莎："走开，受庇佑的女儿！我不需要被祝福的人待在这儿！"（《美丽的瓦西丽莎》）——原注

慈爱慷慨的老奶奶[1]。

虽然芭芭雅嘎被肥大的女性符号（大胸、臼、小屋、烤炉）包围着，她也有一些男性特征。她的嗓音低沉，鼻子很长，有一条骨腿或铁腿，还有长长的铁牙，并且——她还不会做饭（！）。她经常用不能吃的食物招待不受欢迎的客人：铁面包、极咸的蛋糕、漂着小孩手指或是唾沫的汤。芭芭雅嘎讲话常常像个男人一样。在童话《去往不知在哪里的地方，带回不知是什么的东西》中，芭芭雅嘎说：他只是个普通的家伙，我们可以轻松对付他——就像吸鼻烟一样。也就是说，芭芭雅嘎还会吸鼻烟。

芭芭雅嘎在人类中的唯一对手是不死的科谢伊。虽然她很尊重他，但她也会毫不犹豫地向年轻的男主角揭示科谢伊力量的秘密。不死的科谢伊也同样尊重芭芭雅嘎，但

---

[1] "而你，奶奶，把你的头靠在我强壮的肩膀上，告诉我应该怎么做吧。"
　　"那么多年轻人从这里经过，但很少有人这么礼貌客气。孩子，骑上我的马吧，它比你的马跑得快，它会带你去找我的二姐，她会告诉你接下来应该怎么办。（《关于青春苹果和生命之水》）——原注

也将她视为对手[1]。

从精神分析的角度来看，芭芭雅嘎结合了这种（潜在的）女性和男性符号，是一个阳具母亲（phallic mother）。一些解读者（盖佐·罗海姆[2]）从芭芭雅嘎的小屋中看到了异性交媾的意象。芭芭雅嘎躺在小屋中张开双腿，乳房挂在杆子上，鼻子顶着天花板——实际上（从孩子的视角看）就像孩子面对着父母性交的场面。其他细节也可以用类似的方式来解释，比如芭芭雅嘎食人也许是儿童强烈饥饿感的投射。饥饿的孩子想要吃掉自己的母亲。反之，母亲则是一个想吃掉亲生骨肉的食人者。

弗拉基米尔·普罗普将芭芭雅嘎的男性特征解释为母权制向父权制过渡时，部落仪式中的一种变装模仿（将男人装扮成老妇人）。部落的母亲由一个穿女装的男人扮演，

---

[1] "啊，我知道了！"芭芭雅嘎说，"她现在和不死的科谢伊在一起。你很难接近她；要对付科谢伊可不容易。他的死就藏在针尖上，那根针在一颗蛋里，蛋在一只鸭子里，鸭子在一只野兔里，野兔在一口箱子里，箱子在一棵高大的橡树上，科谢伊像守护掌上明珠一样守护着那棵树。"[《沙皇的青蛙女儿》（*Careva kći žaba*）]

在三十块土地以外，甚至在第三十个王国里，在火河的对岸，住着芭芭雅嘎。她有一匹母马，每天都能绕地球跑一圈。她还有不少上好的母马。我为她做了三天牧马人，一匹母马也没丢，芭芭雅嘎还送了我一匹小马驹。[《玛丽亚·莫列夫娜》（*Marya Morevna*）]——原注

[2] Géza Róheim（1891—1953），匈牙利精神分析学家和人类学家，通常认为他是精神分析人类学领域的奠基人。

因此这个男人既有阴茎又有女性的乳房。安德烈亚斯·约翰斯关于芭芭雅嘎的书中有个很有趣的细节。在一则民间故事中，男主角用一根魔杖击打芭芭雅嘎，她就变成了女人（ona v ženščinu oborotilas'）。如果芭芭雅嘎有能力变成不同的东西，成为非人（幻想的、森林的、地下的或无意识的）世界和人类世界之间的调解人，那么她雌雄同体的属性——或者说她在性别之间的调解人角色——就可以理解了[1]。

评论

您作者的小说中，主要角色大部分是女性。这些女性角色互相交换和替代，确切地说是互相融入和重叠。在双联画第一部分，女儿承担了母亲的角色：她不仅是她的照护者，还一度变成了她的代理人，她的执事。库克拉没有

---

[1] 从变性人的角度来说，最有趣的是保加利亚童话故事《老妇人的少女》（Babinoto devojče）。老妇人的少女多次女扮男装，救出了皇帝的女儿。皇帝想将女儿许配给她，但这个假小子连续三次都拒绝做驸马。事实上，女孩曾被龙囚禁过一段时间，她更倾心于龙。但她让龙大为光火，因为她不小心用烛蜡烧伤了他（她阉割了他吗？），龙的烧伤永远无法愈合。她几次想回到龙的身边，都被龙严厉地拒绝了，龙还把她送到了一个低层王国。顺便提一下，这个王国就像摩天大楼一样层层叠叠（地上三层，地下六层）。最终，女孩只得变成异性，被魔法永久地变成了一个男孩，之后娶了皇帝的女儿。——原注

孩子。在精神分析的意义之网中，与其他女主角一样，库克拉也可以是一个男人。贝芭有一个同性恋儿子，但他比她更加成熟，承担起了据说贝芭无法实现的母亲角色，并将养女留给了她。总之，您作者的双联画可以成为承载和解读（性别）意义的有趣领域。

浴室

弓箭手从马厩回来,仆人们立刻抓住了他,把他扔进了大锅。他猛地一跳,跳出了大锅,变成了一个无法用语言或文字描述的美男子。(《火鸟与瓦西丽莎公主》)

在包括斯拉夫神话在内的所有创世神话中,水都象征着原始的混沌、初始的原理和世界的创生。在斯拉夫信仰中,水流经大地的血管,就像血液流经人体。许多斯拉夫信仰、习俗、仪式、魔鬼(沃佳诺伊[①], vodjaniha, vodnik, vodjanik, vodovik, 鲁萨尔卡[②])和圣人[前基督教女神莫科什和她的基督教继承人圣帕拉斯克娃(St. Paraskeva),也叫圣佩特卡(St. Petka)]都与水有关。水是一种矛盾的原理:它既能带来邪恶(Gde voda tam i beda! 哪里有水,哪

[①] Vodjanoj,斯拉夫神话中邪恶的水精灵,最喜欢生活在湍急的水流和沼泽中,与下文鲁萨尔卡一样都喜欢将人溺毙在水中。
[②] Rusalke,斯拉夫神话中,未受洗礼的孩子或溺亡的处女栖息在湖中的灵魂。

里就有不幸！），也能带来净化和新生。

在斯拉夫（主要是俄罗斯）的民间思想中，班亚（banja，浴室、蒸汽浴、桑拿）是一个特殊的场所。[①] 从本质上说，浴室既是肮脏之所，又是净化之所：在浴室中，人们可以蒸除或驱除疾病、诅咒、脑海中的邪恶思想等等。精灵班尼克（bajnik, baennik, bajnuško, laz'nik）就住在浴室里。他要么隐身，要么以一个赤裸肮脏的长发老人形象出现，浑身沾满泥巴和树叶。浴室里还住着一位女精灵：奥布杰丽哈（Obderiha）是一个浑身长毛、骇人可怖的老妇人，她住在木长椅下面，现身时赤身裸体，或化为猫形。希希加（Šišiga）是一个女恶魔，她会假扮成亲戚或熟人，引诱人们进入浴室，在蒸汽中窒息而死。

一部分婚礼、出生和葬礼的仪式也在浴室中举行。婚前仪式（只与新娘有关）与葬礼仪式十分相似，因为新娘离开她生长的家庭标志着她在家人眼中仪式上的死亡。

一旦感觉到过路的旅行者就在她面前，芭芭雅嘎就会凶狠地威胁要吃掉他。我们之前已经提到，男主人公用他的无礼驯服了芭芭雅嘎，先是让她给他烧热水洗澡，还要

---

① 斯拉夫文化中的浴室、桑拿房，传统形式是带柴炉的蒸汽浴，通常是一幢小木屋，也可指公共澡堂。

给他准备食物，然后他才会告诉她自己要去哪里，要寻找什么东西。

I. P. 达维多夫认为芭芭雅嘎家中的蒸汽浴相当于与浴室有关的葬礼习俗。浴室是转化的场所，是仪式上的死亡[1]。主人公将要踏入冥界，蒸汽浴和用餐的仪式是必要的行前准备。半盲的芭芭雅嘎通过气味认出了主人公：他散发着活人的味道（ruskim duhom pahnet, russkoj koskoj），作为一个活人他无法在亡灵世界中生存。芭芭雅嘎自己生活在生者世界和亡灵世界的交界处。她是海关官员，她的小屋就是海关。而她具有双语能力，精通逝者和生者的语言。因此，只有芭芭雅嘎能给主人公发放象征性的签证，让他得以前往冥界。蒸汽浴仪式的目的是让主人公死去（这样在亡灵世界里就不会有人通过气味认出他），也能让他重新适应（为了在亡灵世界里能看见东西和说话）。弗拉基米尔·普罗普认为用餐仪式是为了在冥界解开对逝者嘴巴的封印。如果他要下到亡灵世界中去，故事的主人公还必须学会许多技巧：怎样不睡觉，怎样不笑，怎样像逝者一样讲话，怎样像逝者一样看东西。芭芭雅嘎会给主人公一匹马和一个线团，带领他前往目的地。芭芭雅嘎自己

---

[1] I.P.Davidov, Banja u Baby Jagi, "Vestnik Moskovskogo Universiteta". Serija 7. Filosofija, 2001. N 6. ——原注

则极少离开她的（哨兵）岗位。

主人公回归生者世界伴随着新的仪式，水在其中起到了关键作用：死亡之水和生命之水。死亡之水让伤口愈合，让断肢重新长出，而生命之水则让灵魂回归身体。

评论

在双联画的第二部分，您的作者把故事发生地设置在温泉酒店，这个选择在我看来非常明智。在文学传统中，温泉是个重要的主题：相当一部分俄罗斯文学或是在温泉中创作的（仅举一例：著名的巴登巴登[①]），或是以乡间温泉为背景，或是像米哈伊尔·左琴科（Mikhail Zoshchenko）的短篇小说《澡堂》（Banya）一样，描写关于蒸汽浴的滑稽荒诞的共产主义习俗。米兰·昆德拉选择了捷克温泉作为小说《告别圆舞曲》和短篇《哈威尔大夫二十年后》的背景。从民俗学的角度看，温泉的主题也相当成功，您的作者利用温泉这一背景，将一系列关于疗愈之泉的古老传说、关于治愈之水和青春苹果的传说、亡灵之水和生命

[①] Baden-Baden，德国西南部城市，德语中意为"温泉—温泉"，著名温泉疗养地、旅游胜地。十九世纪时深受俄罗斯贵族和名人欢迎。陀思妥耶夫斯基来过这里的赌场，将经历写成了《赌徒》，托尔斯泰、屠格涅夫等作家都曾到访此地。

之水的传说、赋予力量之水和剥夺力量之水（voda sil'naja i bezsil'naja）的传说统合在一起。同属该系列的还有芭芭雅嘎的蒸汽浴，男主人公踏上漫长的旅途之前要在这里洗澡，而女主人公在此沐浴是因为被芭芭雅嘎当成了潜在的美食。（去把浴室烧热，让我外甥女洗个澡，一定要洗得干干净净：她可是我的早餐！）

脚和腿

恶魔生物的脚会暴露他们的魔鬼本性：这些脚可能是蹄子，鸟爪、鸭掌、鹅掌或鸡爪，脚趾过多（六个而不是五个），甚至只有一只脚。

在古代中国，以及佛教、伊斯兰教、基督教的世界，人们相信岩石上的侵蚀痕迹是神、英雄、先知和圣人的足迹。例如，周人始祖的母亲就是踩到了上帝足迹而怀孕的[1]。与石头上足印——不仅有上帝、圣人、先知留下的，还有仙子、女巫、巨人和魔鬼留下的——有关的信仰非常普遍。这些信仰一直延续到我们的时代，在好莱坞格劳曼中国剧院[2]门口的人行道上，电影明星——我们现代的男神和女神——也留下了他们的脚印和手印。

一些精神分析学家倾向于这样的解释，（年轻的）男

---

[1] 指姜嫄怀后稷的过程。《诗经·生民》：厥初生民，时维姜嫄。生民如何？克禋克祀，以弗无子。履帝武敏歆，攸介攸止。载震载夙，载生载育，时维后稷。

[2] 2013年已更名为"TCL中国剧院"。

性将女性的脚视作缺失的阴茎，据说他们因此对女性的脚和鞋产生了恋物癖。由此产生了中国传统的女性缠足习俗（让脚更小，更秀气），以及女巫和其他女恶魔都有一双大脚（或鸟爪一样的脚）这类观念。

虽然与实情不符，但人们认为芭芭雅嘎只有一条腿：噢，你，芭芭雅嘎，一条腿！（Ah, ty, Babuška Jaga, odna ty noga!）在童话《傻瓜伊万》中，芭芭雅嘎出现在三兄弟面前时，就是用一条腿跳来跳去。芭芭雅嘎最常见的特征是骨腿（Baba Jaga-kostjanaja noga）。这种腿通常只有一条，以各种形式出现：木腿，金腿，（最常见的是）骨腿。虽然很容易推测，这种分歧来源于复述故事时出现的错误，但一些评论家抓住这一细节，想要探究更深层的原因。

在一个故事中，芭芭雅嘎死前变成了一条蛇，一些解读者（如 K. D. 劳欣）在芭芭雅嘎的形象中看到了演化的特征。换句话说，起初她是一条蛇（死亡的化身），然后变成了独腿的死亡女神，接着她从神话进入民间故事，成了童话中的人物：骨腿的芭芭雅嘎。她的臼也具有演化的特征：最初，芭芭雅嘎跳入了臼——臼沿着道路飞驰，里面坐着芭芭雅嘎（bežit stupa po doroge, a v nej sidit Baba-Jaga），后来她可以乘着臼飞来飞去。这种演化解释的证据之一就在芭芭雅嘎的名字里：据说雅嘎（Jaga）源自梵语词 ahi，是龙的意思。①

例如，在塞尔维亚，芭芭雅嘎的形象是有一条鸡腿的老妇人——Baba Jaga-kokošja noga!

弗拉基米尔·普罗普援引俄罗斯童话的远古形式来解释这一特征，在这些传说中，小屋里躺着的不是芭芭雅嘎，而是公山羊、熊或喜鹊。动物和人类之间的过渡阶段是一个长着动物腿的人。根据普罗普的说法，芭芭雅嘎看守着通往亡灵世界的入口，这条动物腿就由骨腿代替了。守护冥府前厅的恩浦萨（Empusa）就有一条铁腿和一条驴粪做的腿。

评 论

无论是蒲帕的轮椅，还是作者母亲用的金属助步器，都是现代技术版的芭芭雅嘎骨腿（木腿、金腿或鸡腿）。双脚裹在电热靴中的蒲帕，被视为一个独腿的生物。蒲帕离世后的描述，以及她双腿骇人的腐肉颜色，让蒲帕这一人物非常接近冥府入口的守卫者恩浦萨。长着一双大脚的库克拉也隐秘地加入了与腿或脚有关的神话意义序列。

---

① Ahi，梵语中意为"蛇"，也指弗栗多（Vṛtra），它是蛇形的妖怪，有时也称为龙形。

爪子

芭芭雅嘎的小屋站在一只或两只鸡腿上。鸡腿末端有明显的爪子。出现在欧洲新石器时代早期花瓶上的三指手实际上是鸟爪。鸟爪在神话中的重要性可以追溯到旧石器时代,西班牙北部洞穴岩壁上的鸟爪印记就是在这时出现的。后来,同样的三趾爪印出现在瓶、瓮和女人造型的塑像上。马丽加·金芭塔丝认为,鸟爪印记是半鸟半女的大女神[①]存在的证明。我们不要忘记,在一些斯拉夫地区,不仅是小屋,就连芭芭雅嘎自己也被描述成一个长着鸡腿而不是骨腿的老妇人(Baba Jaga-kokošja noga!)。

评论

对当代女性而言,与母系时代的伟大女神唯一延续至

---

① 马丽加·金芭塔丝认为,公元前6500年至前3500年间,巴尔干半岛和多瑙河流域的农耕村落共享一种以"大女神"(Great Goddess)为核心的象征性宗教。

今的紧密联系,似乎是指甲。男性的性幻想和化妆品行业帮助女性发展和丰富了这种联系。女人的指甲有丰富的外观:有各式各样的美甲款式,贴在甲面上不同形状和长度的甲片,有五颜六色的指甲油,最近还可以在指甲上绘制微型图案。在男人眼中,精心养护的长指甲依旧充满了性吸引力。只有拥有彩色长指甲的女人才称得上**致命**[①]。长指甲(通常是红色的)和细高跟鞋(不过是危险的脚指甲的夸张替代品)是对性感诱人的女性顽固不化的印象。

梅夫卢丁觉得蒲帕张开的手像鸟爪(她举起的手像母鸡的翅膀)。一个有趣的细节是,即使在游泳池里,蒲帕也一定要遮住双腿,所以他们为她穿上了及膝的长袜!

---

① Femme fetale,法语"致命女人"或"蛇蝎女人",一种贯穿历史的原型,美丽而充满诱惑力,会给情人带来灾难。

鼻子

长而尖的鼻子是芭芭雅嘎最显著的外貌特征之一。她的鼻子曾经是鸟嘴，不知为什么没有转变成协调的鼻子。换句话说，芭芭雅嘎变成女人形态及昔日神灵的讽刺形象之前显然是一只鸟（大女神）。

此外，鼻子也是敏锐和洞察的象征。许多部落召唤神灵、祖先和其他无形力量的仪式上，所用的粉末都混有干燥的动物口鼻制成的细粉。一些西伯利亚民族，比如雅库特人、通古斯人，都保留着狐狸和驯鹿的吻部，他们相信动物的灵魂就藏在鼻子里，而楚科奇人利用野生动物的口鼻作为家灵，守护家庭。拉普人[1]用的是北极熊的鼻子，希望它完美的嗅觉能传递给他们。

精神分析方向的研究者会说芭芭雅嘎的鼻子是阴茎的象征，这与她是阳具母亲的理论不谋而合。

---

[1] 分布在挪威、瑞典、芬兰、俄罗斯四国的原住民，传统职业是放牧驯鹿，一些人认为"拉普人"（"衣衫破烂的人"）语义上有贬损意味，现多用"萨米人"称呼这一民族。

评 论

鼻部整形手术是整容手术中第一个大规模实施的手术,同意做这种手术代表着女性有意识地剥夺了自己象征性的权力,屈从于男性的审美观念。民间说法**我的鼻子,我的骄傲**表达了这样一种观点:鼻子是人类身份不可分割的一部分,无论它是什么样子,都不应改变。换句话说,剥夺了自己的鼻子,就是剥夺了自己的骄傲和权力。如果我们采纳这种观点,整部女性史就可以解读成女性自我阉割、有意放弃权力的历史。整形手术逐渐走向平民主义,即大规模鼓励女性服从(男性)审美的刻板印象,加之整形业发展迅猛,自我阉割的进程也随之加速。在女性史上,从**丑陋的**芭芭雅嘎到**美丽的**圣母玛利亚(或者用玛丽娜·沃纳的话说,**从野兽到金发美女**[①]),圣母取得了绝对的胜利。因为这种胜利,如今许多女人看起来就像乡村教堂里廉价的塑料圣母像,换言之,她们就像——帕丽斯·希尔顿[②]!

[①] 玛丽娜·沃纳的著作《从野兽到金发美女:童话及其讲述者》(*From the Beast to the Blonde: On Fairy Tales and Their Tellers*, 1994)。
[②] Paris Hilton(1981—),美国商人、社交名媛、模特、演员,希尔顿酒店的继承人之一,因继承的财富和奢华的生活方式成为家喻户晓的名人。

年轻人

俄罗斯童话中的年轻人大多叫作伊万：王子伊万（Ivan Carevič, Ivan Korolevič）、骑士伊万（Ivan Bogatyr'）、农民的儿子伊万（Ivan krestjanskij syn）、士兵的儿子伊万（Ivan soldatskij syn）、小偷伊万（Ivan Vor）、憨豆伊万（Ivan Goroh）、白衬衫伊瓦什卡（Ivaška belaja rubaška）等等。如果伊万的母亲或父亲是动物，伊万就有了动物的姓：公牛的儿子伊万（Ivan Bikovič）、奶牛的儿子伊万（Ivan Korovij syn），母马的儿子伊万（Ivan Kobylij syn）、小熊伊瓦什科（Ivaško Medvedko）等，诸如此类。伊万通常是三兄弟中最小的，处境比两位哥哥更艰难。父母惩罚伊万，把他赶出家门，或是伊万因为自己的过错而受到惩戒。这种最初的磨难是推动情节发展的动力。伊万必须解决问题，打败敌人，克服困难，才能最终登上皇位，迎娶美丽的公主。

所有伊万中最受欢迎的是傻瓜伊万（Ivan-Durak, Ivanuška-duraček），一个被动的英雄，他消磨时间的方式是躺在炉子旁边（Ivan Zapečnyj, Zapečnik），抓苍蝇，向天花板上吐口水。傻瓜伊万平平无奇，肮脏邋遢，整日在灰里刨来刨去（Ivan Popjalov），还总是挂着鼻涕。两个哥哥从事着有用的工作，不但对傻瓜伊万不闻不问，还取笑他，捉弄他，经常打他，想把他淹死在河里。母亲派伊万给两个哥哥送饺子①作为午饭，傻瓜伊万以为自己的影子是个活人，把饺子喂给了影子。他们让他照看羊群，傻瓜伊万把羊全部弄瞎，以防它们逃跑。他们派他去城里买生活用品，他把新桌子放在路上，以为它自己会回家，因为桌子像马一样有四条腿。他看到路边烧焦的树桩，觉得树桩一定很冷，就把锅盖上去给它们保暖。马走到河边不肯喝水，傻瓜伊万把整袋的盐撒进了水里。马还是不肯喝水，他就把马杀死了。

傻瓜叶梅利亚也是如此，不过他有一个强大的保护神，就是被他放走的梭子鱼。他只要说一声奉梭子鱼之命……（Po ščučjemu veleniju...），他的愿望就会立即实现。一天，他受够了自己的丑陋和愚蠢，命令梭子鱼把他变成一个英俊潇洒、足智多谋的年轻人。他如愿娶了沙皇的女儿。还有上半身是人、下半身是熊的小熊伊万，继父

---

① Valjuške，意大利马铃薯饺子，通常由小麦粉、马铃薯、鸡蛋、面包糠等制成，经加盐的沸水煮熟后，搭配酱汁食用。

让他看守谷仓的门，他就把门拆下来，带回房子里守着，结果小偷把谷子偷得精光。为了摆脱他，继父把他送到湖边，让他用岸上的沙子做一根绳子，希望魔鬼能把他拖到湖底。但小熊伊万狡猾地骗过了魔鬼，带着满车的金子回了家。

傻瓜伊万最荒唐、最愚蠢的行为，最后反倒成了明智之举。比如，他从雇主那里拿到了一袋沙子而不是钱，但他随后遇到了一个被困在火中的美丽女孩，就把那袋沙子倒在她身上，救了她的命。当然，那个女孩就是沙皇的女儿，后来成了伊万的妻子。

伊万在旅途中遇到了许多帮他克服困难的得力助手：动物（马、梭子鱼、鸟、猫和狗、熊、蛇、青蛙等），人，芭芭雅嘎，还有魔法宝物（戒指、古斯里琴[①]等）。这些伊万是被选中的人，多亏了自己的愚蠢和失策、有魔力的宝物以及神通广大的亲戚（嫁给强大的鸟沙皇的姐妹），他们战胜了重重困难，最终变成了英雄：他们击败了敌人（龙、不洁力量），娶了沙皇的女儿，得到了巨大的财富，最终自己也成了沙皇。

V. V. 伊万诺夫和 V. N. 托波洛夫在《斯拉夫神话》（*Slavjanskaja mifologija*）中将男主人公分为两种类型：

---

① 俄罗斯古老的弦乐器，外形与弹奏方式类似古筝。

傻瓜伊万和伊万王子。傻瓜伊万属于深深植根于俄罗斯精神传统中的圣愚（jurodivih）一员，伊万王子则是真正的神话英雄，因为他通过了最困难的终极考验：经历死亡。伊万王子遵守规则，找到了一条离开亡灵世界的道路，脱胎换骨，重获新生，这与古代神话中死亡和复活的主题有关。

评论

在双联画的第二部分，梅夫卢丁无疑类似于俄罗斯童话中的傻瓜伊万。梅夫洛自己说他是个傻瓜（我是个傻瓜，亲爱的，一日傻瓜，终身傻瓜。），蒲帕、库克拉和贝芭——就像童话里的三个芭芭雅嘎——间接帮助梅夫卢丁实现了梦想，您作者的文本与芭芭雅嘎神话之间的对应关系在此处最为清晰。谢克先生这一角色可以比作俄罗斯童话中反复无常的沙皇，他将傻瓜伊万视为对手，在把女儿嫁给他之前，会想方设法地消灭他。在您作者的文本中，性的维度更加明确，因为谢克先生是蛋白质饮料之王，而饮料中的荷尔蒙成分会导致阳痿。谢克先生最终命丧黄泉，就像俄罗斯童话故事中专制的沙皇一样。他的死是由芭芭雅嘎之一库克拉引起的。托波拉内克和蒲帕的外孙戴维是次要人物，与俄罗斯童话故事没有明显关联，但他们各自拥有一些童话中的特征：戴维是**机械降神**（或者用库克拉的话说，是**机械降外孙**），托波拉内克是某种当代的巫师或骗子。阿尔诺什·科泽尼有可能成为不死的科谢伊——芭芭雅嘎唯一真正的对手（从这个意义上说，贝芭和阿尔诺什·科泽尼的关系可能会很有趣），但在您作者的文本中，这一主题并未得到充分探索。

请允许我在此指出，一个整天挖鼻孔，在炉边懒散度日的傻姑娘，最后却成了公主或皇后，这在童话故事中是完全无法想象的！民间故事的创作者用想象力创造了与男性英雄主义相对应的斯拉夫亚马逊女战士[1]形象（俄罗斯蓝眼 Sineglazka，塞尔维亚民歌中的巨人女孩 Div-devojke），但邋遢、懒惰、愚蠢的女孩通常会受到死亡的惩罚。只有邋遢、懒惰、愚蠢的男孩能得到财富、皇位和爱情的奖赏！

---

[1] 希腊神话中的女性民族，骁勇善战，身手敏捷，擅长骑术和射箭。

玩 偶

童话《美丽的瓦西丽莎》中有一个有趣的主题。一位商人的妻子在弥留之际，把女儿叫到跟前，给了她一个布娃娃，这个娃娃将在日后的生活中帮助她。她只有先让布娃娃吃饱喝足，才能寻求它的建议。[①] 瓦西丽莎把布娃娃放在口袋里，一辈子都随身带着。玩偶是祖先（这里是母亲）灵魂的居所，是世界上许多民族最古老的部落信仰之一。

娃娃象征性地取代了逝去的家庭成员，它是逝去灵魂的坟墓。一些非洲部落中有这样的习俗：鳏夫再婚时要为亡妻做一个小雕像，并将它摆在小屋中尊贵的位置。人们

---

① 瓦西丽莎走进她的储藏室，把准备好的晚餐放在娃娃面前，说：
"给你，小娃娃，尝尝这个，我把烦恼讲给你听：她们打发我去芭芭雅嘎那里借个火，她会把我吃掉的！"
娃娃吃着晚餐，眼睛像两支蜡烛一样闪闪发光。
"别害怕，瓦西丽莎！"它说。"她们打发你去哪里，你就去哪里，带上我就行。只要我和你在一起，芭芭雅嘎就不会伤害你！"——原注

恭恭敬敬地对待雕像，以免逝者在另一个世界嫉妒继室。在新几内亚，有人去世时，人们就做一个小玩偶来保护逝者的灵魂。只有家人精心地照顾玩偶，比如喂它吃东西、哄它睡觉，化身为玩偶的逝者才会提供帮助。①

在西伯利亚北部的部落中，玩偶的头是用鸟嘴做成的。玩偶是生育的保证，所以新郎新娘会在新婚之夜将它带进卧室。恶灵基基莫拉②也能附身在玩偶上，但这样的玩偶需要烧掉。例如在库尔斯克，玩偶的脸是空白的，没有眼睛、鼻子、嘴巴，以防恶灵附身在玩偶上，伤害与它玩耍的孩子。具有保护力量的玩偶会代代相传：母亲会把这种玩偶留给女儿。

汉特人、曼西人、涅涅茨人和西伯利亚东北部的民族会制作一种叫伊塔姆（itarm）的特殊玩偶。他们给它穿戴整齐，放在逝者的床上。用餐时，人们会给它送一小块食物，并对它表示极大的尊重，因为这个玩偶是逝者的替身。这种仪式也出现在了俄罗斯的童话中。在故事《捷

---

① 日本人发明的"电子宠物"拓麻歌子（Tamagotchi），就像民间信仰中的木娃娃一样也需要照顾。玩具的主人必须每天检查它的"快乐程度"（要给拓麻歌子喂食、洗澡，主人还要陪它玩一会儿），否则电子宠物就会"死去"。——原注
② Kikimora，斯拉夫神话中的女性家灵。与家灵多莫沃伊结婚的基基莫拉通常是善良的，而来自沼泽的基基莫拉会绑架儿童，也会从钥匙孔中溜进家里搞恶作剧。

列赛奇卡》中，一对没有孩子的老夫妇用襁褓包着一根木头，放进了摇篮里。木头变成了小男孩捷列赛奇卡（这一主题一直延续到卡洛·科洛迪和他的著作《木偶奇遇记》）。举世闻名的俄罗斯套娃（matryoshka）也源于同样的神话—仪式思想。

西伯利亚东北部的森林里，猎人建造的小木屋被称作拉巴兹（labaz）或查姆亚（čamja）。拉巴兹建在高高的木跷上（让人想起芭芭雅嘎小屋的鸡腿！），以防老鼠爬进屋里。这是猎人存放食物和其他必需品的仓库。拉巴兹背对着森林，正面朝向路人。在祭祀场所（urah），也有类似外观、没有门窗的祭拜小屋，小屋里放着穿毛皮衣服的伊塔姆娃娃。这个娃娃占据了小屋的全部空间（因此，人们描述芭芭雅嘎的身体占据了小屋的全部空间！）。顺带一提，雅嘎（Jaga）、雅古什卡（jaguška）指的是西伯利亚东北部的女人穿的长袍或晨袍。阿尔卡迪·泽列宁坚持这一解释，令人信服，他提出的理论是，金色芭芭（Zlatna baba, Sorni-nai）是西伯利亚北部民族的萨满教神灵，这些民族抵抗皈依基督教。后来，在士兵、旅行者和传教士的传播下，金色芭芭的传说流传开来，并以芭芭雅嘎的形象重新出现在童话故事中。

评论

虽然贝芭、蒲帕和库克拉都是女性的昵称，但很难相信选择这些名字纯属偶然。在克罗地亚、塞尔维亚和波斯尼亚的城市地区，贝芭是个常见的女性昵称，而蒲帕则出现在克罗地亚北部（源自德语）和达尔马提亚（源自意大利语）。贝芭（意为娃娃，但也指新生儿！），蒲帕（拉丁语 pupa，德语 die Puppe，意大利语 pupa，法语 poupée，英语 puppet，荷兰语 pop）[①]，库克拉（俄语、保加利亚语、马其顿语、土耳其语等等），最后还有娃娃（汉语！）：它们是多种语言中**娃娃**的同义词。在这里我们再补充一个您作者用语言反讽的迷人例子。Vasorru baba（铁鼻芭芭）在匈牙利语中相当于 Baba Yaga，但是 baba 在匈牙利语中的意思是娃娃！

关于作者使用昵称的原因，有几种可能的解释。第一种与作者的创作原则有关，女主人公不过是玩偶，只有在作者笔下才能拥有鲜活的生命。如果作者尊重与说出女巫名字有关的禁忌，那么昵称也许还有仪式保护的功能。

---

① 西伯利亚的曼西人用 pupig、pupi 指栖居在小巧的图腾木娃娃里的守护神或祖先的灵魂。——原注

第二种原因可能与芭芭雅嘎有关,她的姐妹也叫芭芭雅嘎(就像爱尔兰女孩布里吉特,她有两个姐妹,也都叫布里吉特)。原因还有可能在于男性统治的文化,在这种文化中,女性的名字并不重要(因为名字是个性和身份的象征),换句话说,一个女人代表了所有女人。

在我们当代文化的语言中,女性和玩偶之间歧视性的关联也顽固地存在着。人们经常对小女孩温柔地低语:**我的小娃娃!**,或**你像娃娃一样可爱!**。年轻女孩像洋娃娃一样漂亮,她们是**芭比娃娃、宝贝**甚至是**无脑娃娃**。成年人继续使用幼年时的昵称,也没有人会觉得奇怪。

至于蒲帕、贝芭和库克拉三人组,这种形式起源于古老的印欧神话,神话中的女神通常以三人的形式出现:三位不同的女神(比如希腊神话中的摩伊赖、罗马神话中的帕尔开、北欧神话中的诺恩[①]),一位集三种功能于一身的女神、或代表生命周期的三人组:少女—母亲—老妪(珀耳塞福涅—得墨忒耳—赫卡忒,白—红—黑女神,晨—午—夜)。这里我们还要补充一点,作为三人组的第三个人,老妪这一形象非常有趣,因为她的特征中往往包括对自己象征地位的否定(智慧、经验、慈悲、死亡)。

[①] 摩伊赖(Moirae)、帕尔开(Parcae)、诺恩(Norns)都是命运三女神。

斯拉夫神话中也有决定人类命运的女神。例如，在保加利亚，她们叫作奥丽斯尼齐（orisnici）或娜拉奇尼齐（naračnici），在捷克，她们被称为苏迪奇基（sudički），在塞尔维亚、克罗地亚、波斯尼亚，她们叫作罗捷尼采（rodenice）、苏捷尼采（sudenice）或苏贾耶（sudaje）。罗捷尼采是隐形的，孩子出生时她们就会显形，只有新生儿的母亲或偶然在场的乞丐才能看见。罗捷尼采赋予人类的东西被称为好运或命运，是无法改变的。在一个简短的片段中，作者的母亲回忆起作者的外婆给她讲的一个故事，说外婆在分娩时看到三个女人，两个穿白衣，一个穿黑衣。

我还想提示您注意一个细节。作者的母亲住在**像盒子一样井然有序**的小公寓里，头上戴着假发，嘴唇上涂着口红，让人想起了《拉巴兹》里的娃娃。文中有一处，作者把母亲比作**交通协管员**。而拉巴兹也用来标记森林的边界。母亲固执地在家里显眼的位置摆了一个穿着保加利亚民族服饰的纪念品娃娃，完全没有意识到它的深层含义。母亲只是说："它让我想起了保加利亚。"

梳子和毛巾

梳子和毛巾是童话中经常出现的魔法宝物。梳子能变成茂密的森林，毛巾能变成河流或大海，帮助男主人公或女主人公拖住追捕者。追捕者往往是芭芭雅嘎自己。[①]

梳子在所有神话中都是一个重要的物品。在斯拉夫神话中，梳子是致命的物品、女性的象征、疗愈的手段、脱身的魔法。正是因为它具有神奇的魔力，关于梳子也自有一套规则与禁忌。比如，梳子不能暴露在家人的视线下，不能遗落在桌面上或类似的地方，否则天使就不会来了（angel ne sjadet）。梳子有治疗和保护的作用：如果有人掉头发，就会用梳子梳头皮。人们将梳子（和纺锤）放在摇篮里，这样婴儿就能安然入睡。南斯拉夫人有把两把梳子

---

① "这里有一把梳子和一条毛巾，"猫说，"拿上它们逃走吧。芭芭雅嘎会来追你。你把耳朵贴在地上，听到她靠近时就扔下毛巾——毛巾会变成宽阔的大河。如果芭芭雅嘎过了河，继续追你，你就再把耳朵贴在地上，听见她靠近了，就扔下梳子——梳子会变成茂密的森林，她是怎么也过不去的。"（《芭芭雅嘎》）——原注

插在一起的习俗，在没有抗生素的年代，这是一种预防疾病的办法。

与分娩相关的仪式中，梳子象征着女性的命运。男婴的脐带用斧子砍断，而女婴的脐带则用梳子割断。洗礼时，接生婆在门槛上方把男婴递给教父，在梳子上方把女婴递给教父。

梳子也用于预知未来。女孩睡觉时会在枕头下面放一把梳子，嘴里说着，我命中注定的人，头发是麦子的颜色，来为我梳头发！（Suženyj, rjaženyj, prihodi golovu česat'!）人们相信，女孩梦见的年轻男子就是她的真命天子。因此，年轻女孩在婚礼上会得到一把梳子作为礼物。

逝者用过的梳子被认为是不洁的；人们会将它扔进河里，这样死亡就会尽快从家中消失（čtoby poskorej uplyla smert'），另一种做法是连同梳子上残留的头发一起放进棺材。

毛巾、布、手帕、餐巾、衬衫、刺绣——这些都是最重要的东西。例如，聪明的瓦西丽莎就有三样增强她力量的关键物品：一块餐巾、一把梳子和一把刷子。

我们有时在童话故事中见到手拿纺锤的芭芭雅嘎，她经常给故事中的女主人公安排织布的任务。① 此外，如果芭芭雅嘎心情不错，会送给女主人公无价的礼物：金针，纺锤和绣框。② 纺锤、线团和纱线把芭芭雅嘎和古老的阿南刻③ 联系在一起，她主宰着世界和每个人的命运。纱线也将芭芭雅嘎和编织人类命运的摩伊赖联系起来：黑线代表黑暗的命运，白线或金线代表好运。芭芭雅嘎的线团帮助男主人公到达目的地，就像阿里阿德涅给忒修斯的线团帮他找到迷宫的出口、杀死米诺陶洛斯。这些纱线连起了

---

① 女孩出发了，她走啊走啊，到了目的地。

那里有一座小木屋，里面坐着芭芭雅嘎，她有一条腿是骨腿，正在织布。

"你好呀，姨妈。"

"你好呀，亲爱的。"

"我妈妈让我来借针线缝衣服。"

"好呀，先坐下来织会儿布吧。"（《芭芭雅嘎》）——原注

② 克罗地亚作家伊万娜·布尔利奇-玛茹拉尼奇的童话《渔夫帕伦科和他的妻子》（*Ribar Palunko i njegova žena by Ivana Brlić-Mažuranić*）中，黎明女神送给忠诚的妻子"一块绣花手帕和一枚别针"，这些东西将她从困境中救了出来。

"从手帕上升起了白帆，别针变成了船舵。风吹满了帆，就像一个饱满的苹果，妻子用手紧紧地抓住舵。美人鱼环绕小船的环被打破了，小船在蔚蓝的海面上闪过，就像一颗星星划过晴朗的天空！真是奇迹中的奇迹，在可怕的追捕者前面，小船在海面上飞驰；追捕越凶猛，小船越得力：狂风越急，小船就越能在风前飞驰；海浪越大，海面上的小船就越快。"——原注

③ Ananke，必然性、强制性和必要性的化身，通常是手执纺锤的形象，有时认为她是命运三女神摩伊赖之母。

芭芭雅嘎和所有管理女人编织工作的强大的老妇人。

在许多文化中，女性从事的编织、纺线、刺绣和缝纫都具有仪式和魔法的意义。一块织法独特的亚麻布具有防护的力量。在瘟疫和霍乱流行期间，老妇人和寡妇就会将亚麻织成布，再做成毛巾。她们把这些毛巾放在教堂里，挂在圣像上，或在房子外围成一圈。这类仪式意在保护这些地方免受疾病侵袭。

在塞尔维亚和罗马尼亚，老妇人——通常是九位——会在午夜时分聚在一起，在一片静默中织布。她们将亚麻布缝制成衬衫，让即将上战场的年轻人轮流穿一遍。穿过这件衬衫就可以保护他们不会战死。俄罗斯童话里有一件魔法衬衫，英雄穿上之后就能刀枪不入。

织布和刺绣是女主人公最重要的技能。布匹、刺绣和绣花手帕是少女的指纹与身份证。美丽的瓦西丽莎织出的布纤薄得可以穿过针眼。她用这块布为沙皇做了一件衬衫，沙皇对她的手艺赞不绝口，想见见这位无名的女裁缝。然后他爱上了她，并娶她为妻。

织布也是人类寿命的隐喻：每人所得的纱与线，命中皆有定数。在俄罗斯童话《女巫和太阳姐姐》中，伊万王子在途中遇到了两个年老的女裁缝，她们说："伊万王子，我们的日子不多了。等我们折断了这箱针，用完了那箱线，死亡就会找上门来。"

评论

您作者双联画的第一部分中,有一个关于梳子和梳头的有趣细节,女儿帮母亲打理假发,在母亲住院期间**仪式性地**把它洗了。我想,这个细节与仪式思想没有太大的关联,但我还是顺便提一下,头发护理在原始部落中有很重要的仪式意义。爱斯基摩女神内里维克(Nerrivik)是生活在海底的老妇人,守护着逝者的灵魂。直到萨满仪式性地为她梳了头发,她才答应护佑海象猎人。

至于毛巾,您作者双联画的第一部分中,有个令人心碎的瞬间:外祖父胳膊下夹着一条毛巾走进了房子。这幅画面多年来一直激起母亲心中的负罪感,谁知道呢,也许她在潜意识中为它加入了一个小小的、救赎的细节:就像童话故事里一样,这条毛巾会保护她年迈的父亲免遭不幸。

还有一个细节:作者的母亲在衣柜里存放着亲戚送的泛黄刺绣。虽然她的记忆衰退了,但她清楚地记得哪一件出自谁手。母亲的形象在象征层面上融入了前女性主义时代、尚无文字的时代女性失语的历史。简而言之,母亲可以像**阅读**盲文一样**阅读**刺绣。

扫帚和垃圾

扫帚是女巫的帮手:女巫骑着扫帚飞行,用扫帚偷牛奶,拖着扫帚穿过田野毁坏庄稼。芭芭雅嘎用扫帚掩盖自己的踪迹。

在斯拉夫世界,许多信仰和迷信都与扫帚有关。例如,家中有人去世时不能扫地,以免把财富赶出家门,或触怒逝者的灵魂。俄罗斯人搬进新家时,会带上一把旧扫帚,因为扫帚下面住着家灵多莫沃伊。人们相信扫帚会带来争吵、疾病和不幸,所以要是想伤害谁,就把扫帚扔到他的房子旁边(或房顶上)。妒忌的人会把扫帚藏在新婚夫妇的马车里来加害他们。跨过扫帚则会招来厄运。

当少女发现自己落入芭芭雅嘎之手时,打扫屋子是她必须通过的考验。[①] 芭芭雅嘎有三双魔手作为仆人,为她

[①] "明天我离开家时,你要把院子打扫干净,房间整理干净,做饭,洗衣服,去谷仓拿四分之一阿尔申小麦,把麦子和杂草分开。如果你不照我说的做,我就把你吃掉。"芭芭雅嘎在《美丽的瓦西丽莎》中这样威胁小女孩。——原注

做所有家务,所以她并不是真的需要帮助,但她喜欢考验少女的成熟、勤劳和品格。克拉丽莎·平科洛·埃斯蒂斯(Clarissa Pinkola Estés)在《与狼共奔的女人》一书中援引精神分析的观点,将这一细节解释成灵魂的净化、涤荡,是让灵魂井然有序、区分主要与次要的教育过程。芭芭雅嘎用垃圾一词打了个比方,称赞少女没有表现出过分的好奇心。[1]

在墨西哥,人们会举办扫帚节来祭祀大地女神特蒂奥-伊娜[2],以清除疾病和困难。在基督教的图腾中,圣玛莎[3]与圣佩特罗尼拉的特征就是扫帚,因而是家庭主妇及家务用人的主保圣人。关于在意大利广受欢迎的贝法娜[4],也有一个有趣的故事,她是全城最优秀、最细心的主妇。但是,由于她视家务为头等大事,不仅没有认出客人中的

---

[1] "我不喜欢有人把垃圾从我的小屋里拿出去,我会吃掉好奇心太重的人!"芭芭雅嘎说。——原注
[2] Teteo-Innan,意为"众神之母",阿兹特克女神,她孕育了月亮、星星,以及太阳与战争之神。
[3] St. Martha,据《路加福音》和《约翰福音》,她与弟弟拉撒路和妹妹马利亚一起住在耶路撒冷附近的伯大尼,见证了耶稣复活拉撒路。
[4] La Befana,形象是披着黑色披肩,浑身沾满烟灰的老妇或女巫,在主显节(1月6日)前夕给孩子们送礼物。

三位贤士[①]，还错过了和他们一起寻找耶稣的机会。贝法娜通常带着扫帚出现，从烟囱里进入房子，给孩子们留下礼物。如今，她有点像女圣诞老人（出现在主显节），但她的角色也融入了古老传统的元素，即烧掉旧年（意大利北部为朱比安娜[②]），为新年让路。

在斯拉夫世界，许多信仰都与**垃圾**和**清洁**有关。葬礼仪式上，人们尤其关注垃圾。在摩拉维亚[③]，逝者停过灵的房间要立刻清扫干净，并将垃圾扔进火中。在塞尔维亚和俄罗斯，只要逝者还在屋内，就不能清扫房屋，以免连着生者一起扫走。

垃圾甚至还能用来占卜。在波希米亚和摩拉维亚，女孩会把垃圾带去十字路口或垃圾场，预测谁是她们命中注定的人。她们会说："我们扫垃圾，年轻人，鳏夫，谁想来都可以，从东边来，从西边来，从前边来，从后边来，穿过花园，走进谷仓。"在西伯利亚，圣诞节前，女孩会把垃圾放在房子的角落，让它在那里度过一晚，早上再带去十字路口，询问遇见的第一个男人的名字。她们相信未

---

① 又称东方三博士、东方三王，据《马太福音》，耶稣降生时，几个博士看见伯利恒方向的天空中出现奇星，便跟着它来到伯利恒朝拜，献上黄金、乳香、没药三种礼物，后人据此推定为三人。
② Giubiana，一位女巫，也是意大利北部节日的名字。一月的最后一个星期四，人们会点燃篝火，焚烧朱比安娜的人偶。
③ 捷克共和国东部的历史名区，名称源于贯穿南北的摩拉瓦河。

来的丈夫与他同名。

在一些节日期间（圣诞节、圣日①、伊万·库帕拉②等），房子是不能打扫的，因为祖先的灵魂会在这些日子里出现。在白俄罗斯，家主在节假日之后会在家中挥舞着一把小扫帚，嘴里说着："去吧，去吧，小精灵！老的大的从门出去，小的就走窗户吧。"（Kiš, kiš, dušečki! Ktora starša i bol'ša, ta dver'mi, a ktora men'ša oknami）节日垃圾和稻草一起在院子里或花园里焚烧，这个习俗被称为给逝者取暖（gret'pokojnikov, ili diduha paliti）。焚烧后的灰烬要扔进河里，人们相信这是为了保护田地免遭杂草（čtoby sornjakov ne bylo na pole）和野狼（čtoby volk v hlev ne prišel）侵害。有时，他们只是扫走圣诞假期（čtoby vymesti koljady）。保加利亚人不允许儿童靠近垃圾场，也不允许家庭主妇朝东倒垃圾（人们相信这样会导致牛不育）。白俄罗斯人和斯洛伐克人用垃圾来驱除诅咒。他们会偷偷从三户相邻的房子收集垃圾，再将它们点燃，用烟熏病人。

---

① Svyatki，指俄罗斯东正教从基督诞生日（1月7日）到基督受洗日（1月19日）期间。庆祝活动包括去教堂礼拜、唱圣诞颂歌和赞美诗、探亲访友和行善等。
② 东斯拉夫人主要的民间节日之一，最初是在夏至日庆祝（捷克、波兰、斯洛伐克），根据儒略历，则是7月6日晚（乌克兰、白俄罗斯、俄罗斯）。活动包括：用鲜花和草药装饰人和房屋；沐浴，下水，在水上送花环；点起篝火，唱歌跳舞，跳火圈，猎杀和驱赶女巫。

评论

作者母亲狂热的洁癖和斯拉夫民间传说的遗产几乎没有什么联系。不过,提示您注意这一点倒也无妨。作者描写母亲坐在扶手椅上睡着了,手里还拿着抹布,这可以与意大利的贝法娜联系起来,贝法娜是个模范主妇,因为忙于家务而错过了从**历史**角度看更为重要的事情:追寻耶稣。打扫房子似乎是母亲用来遗忘的策略。她打扫的房子里栖居着**祖先的灵魂**,整个第一部分都是对她**疾病史**的描述,对遗忘的追忆,也是对与自己的生活**脱节**这一主题的详尽阐述。

在解释**洁净——肮脏**这一对相反的概念上,玛丽·道格拉斯的经典研究《洁净与危险:对污染和禁忌观念的分析》最具启发性。**洁净——肮脏**的坐标系构造了几乎每个原始的社会群体,精密的禁忌体系组织起了对世界、行为、习俗的看法。然而,洁净并不是一个符号,而是我们情感构成的一部分,可能导致固化和僵化。洁净是稳定的保证,是变化、模糊和妥协的敌人。

有趣的是,我们这个破除禁忌的时代,这个离家进入混乱空间的时代,却以痴迷洁净为特点。例如,大多数电视广告都在宣传清洁用品(用于家庭、身体、衣物),并不断提醒我们**洁净**（正面）—**肮脏**（负面）的公式。甚至连**肮脏**都变成了**洁净**。多亏了媒体（互联网和电视），我们能在间接参与**肮脏**（色情、性、与他人接触、战争、事故、自然灾害、谋杀、集体不幸、贫困等等）的同时，还保持着**洁净**！

蛋

根据《斯拉夫神话百科词典》,蛋是一切开端的开端,是生育、活力、新生与复活的象征。在南斯拉夫的创世神话中,蛋是宇宙原初的形象。南斯拉夫儿童的谜语里上帝的蛋就是太阳,装满蛋的筛子就是星空。斯拉夫人相信整个世界是一颗巨大的蛋:天是蛋壳,云是蛋壳膜,水是蛋白,大地是蛋黄。还有一个谜语,活人生死人,死人生活人,其中包含了一个古老的学术问题——先有鸡还是先有蛋?西里修斯[1]这样回答:"蛋在鸡中,鸡在蛋中。"[2]

蛋象征着生命的延续和复活,在葬礼仪式中也扮演着重要的角色。人们会把鸡蛋放在逝者的手中,或是放在棺材里,或是扔进坟墓和逝者一起埋葬,这样有朝一日逝者

---

[1] Angelus Silesius(约 1624—1677),德国天主教牧师、医生、神秘主义者和宗教诗人。

[2] 这里,我们须想起诗句"我们用银桨划过水面,蛋壳是我们的船"——意思是芭芭雅嘎的白,即子宫,它既是女儿的,又是母亲的(小小的白—俄罗斯套娃)!——原注

就能死而复生。(俄罗斯和瑞典的)地下墓穴中曾发现陶土制成的蛋,维奥蒂亚州[1]的墓葬中也发现了手持鸡蛋的狄俄尼索斯雕像。相同的生命复苏的语义也决定了斯拉夫(和其他地区)的复活节仪式:画彩蛋、用彩蛋装饰树、复活节吃鸡蛋等等。斯拉夫人会在犁出的第一道沟中放上一个鸡蛋,或是在田间撒一些蛋壳,以确保丰收。鸡蛋具有多重象征意义,可以用于许多场合。如果家中突然起火,家庭成员会手捧鸡蛋绕着房子走动。人们相信鸡蛋可以阻止火势蔓延。根据某些民间传说的信仰,如果一个人将公鸡的蛋夹在腋下四十天,蛋中就会钻出一个守护神,为这个人带来财富。

蛋是一个普遍的符号。许多民族都有世界从(宇宙)蛋中诞生的神话形象:凯尔特人、希腊人、埃及人、腓尼基人、印度人、中国人、日本人、芬兰人等等。从蛋中诞生了世界,在一些传统中还诞生了最初的人类(生主[2]、盘古)。英雄也从蛋中降生(如果母亲吃下了蛋)。勒达[3]和

---

[1] 希腊中部的一个州,东南与阿提卡半岛相连。
[2] Prajapati,吠陀教始初神,许多研究者认为其形象是较晚出现的梵天神的原型。
[3] 埃托利亚国王忒斯提俄斯之女,斯巴达国王廷达瑞俄斯之妻,受到变成天鹅的宙斯引诱生下两个蛋,与两兄弟一同出生的还有海伦和克吕泰涅斯特拉。关于子女的父亲是谁有不同说法,一说波吕丢刻斯和海伦是宙斯的孩子,卡斯托耳和克吕泰涅斯特拉是廷达瑞俄斯的孩子。

宙斯的儿子卡斯托耳和波吕丢刻斯，就是从蛋中出世的。

世界诞生于蛋中，将蛋一分为二的观念有许多变体。在埃及人的想象里，原始海洋努恩（Nun）中升起了一座山丘，山上出现了一个蛋。克努姆神（Khnum）从蛋中出来，创造了各种生物。根据迦南人的传统，原初的以太中诞生了乌洛莫斯（Ulomos，意为永恒），乌洛莫斯生下了巨蛋和创世神丘索罗斯（Chusoros）。创世神把巨蛋一分为二，一半创造了天空，一半创造了大地。根据印度的创世信仰，虚无中产生了存在，存在中产生了蛋，蛋又裂成了金银两半。银色的壳变成了大地，金色的壳变成了天空。外层膜形成了山，内层膜形成了云。蛋中细小的血管变成了河流，蛋中的水变成了海洋。在秘鲁神话中，造物主请求太阳造人，让他们在世界上繁衍生息。太阳将三颗蛋抛向大地：金蛋中诞生了达官显贵，银蛋中诞生了他们的夫人，铜蛋中诞生了平民百姓。对于一些非洲部落来说，蛋就是绝对的完美，因为蛋黄代表卵子，蛋白代表精子。每个人都应该努力追求完美，换句话说，应该努力成为蛋。

仅仅是坐在蛋上也有象征意义。一些佛教教派崇尚母鸡，因为母鸡坐在一窝鸡蛋上象征着精神集中和精神受精。

评论

在您作者的文本中,蛋的象征含义显而易见。除了书名《芭芭雅嘎下了个蛋》和壮观的蛋棺材,让我提醒您再留意一处不起眼的片段,作者吐出一团浸满了泪水和唾液的东西在自己的手掌上。在这团东西(或蛋)中,她认出了母亲变形的缩影,正如贝芭梦见了一个蛋,在里面看到了儿子小小的身体,以胎儿的姿势蜷缩着。蛋既是坟墓,也是子宫。在俄罗斯童话里,女沙皇的爱就藏在蛋里,梅夫卢丁就是把这颗蛋作为**银盘上的心**献给了罗茜。

鸡神

在俄罗斯民间传统中，鸡神是一种守护母鸡的仪式用品或护身符。中间有孔的石头、陶罐、无底的盘子、破壶的壶颈、破旧的拖鞋：所有类似的东西都能充当鸡神。这些东西通常会挂在鸡舍里或鸡舍前的院子里。鸡神确保母鸡下蛋时不受干扰，还能赶走精灵，包括家灵和基基莫拉。人们会在棍子或树的顶部插上一个破旧开裂的罐子，用来吸引路人的注意，以免他的邪眼望向房子。罐子上的洞，无底的盘子，损坏的水壶：这些都是成熟女性性欲和生育力的象征。中间有孔的石头还有另一个用途：保护主人免受牙痛之苦。

评论

我想提醒您注意一个细节：代表成熟女性性欲的贝芭，脖子上戴着一个与众不同的护身符，是一块中央有孔的扁石头。

鸟

作为造物主、神灵和恶魔，作为神、半神和英雄的坐骑，作为天界使者、巫师、永生者、先知、图腾象征，鸟出现在所有神话创作体系和传统中。虽然与鸟相关的象征丰富而多面，但鸟最重要的身份是象征性的邮差，天地之间的中间人。

鸟在包含斯拉夫神话在内的所有创世神话中都发挥了重要的作用。造物者派一只鸟（鹏鹛、鸽子等）从原始海洋的海床上带来黏土、沙子或海洋泡沫。造物主用沙子或泡沫造出了大地，并在大地中心种下了世界之树。这棵树的根系扎进土地，树冠伸到天界，树干连接了天地。树冠，即上界，是鸟类的居所（树冠两侧各有两只鸟，象征太阳和月亮，白天和黑夜）。鸟也有等级之分（鹰通常占据权力最大的最高位置）。

在保加利亚民间传说中，鹰可以到达世界尽头，也就是天地交汇之处。世界尽头住着仙女、龙和其他神话中的生物。喜鹊也会来到这里。仙女每年都让喜鹊来采永生花，并允许它在仙湖中沐浴以示感谢。它在那里换上羽毛，回到凡间。因此，人们相信喜鹊拥有治愈疾病的力量。保加利亚的孩童乳牙掉了之后，会把牙扔上房顶，说："喜鹊，给你一颗骨牙，你还我一颗铁牙！"捷克人和斯洛伐克人也有同样的习俗，只不过孩子们呼唤的不是喜鹊，而是芭芭雅嘎（耶日芭芭，老婆婆，这颗骨牙你拿着，给我一颗铁牙！）。

根据保加利亚的民间神话信仰，上帝在大洪水前降临人间。他看到一个可怜的寡妇带着许多孩子，还有一只母鸡带着许多小鸡，便决定拯救她。他让女人带着她的孩子、母鸡和小鸡逃出房子，但警告她不要回头看。然而，这个过分好奇的女人还是回头看了一眼，她和孩子都变成了石头。上帝救下了母鸡和小鸡，把它们变成了名叫克沃奇卡或克瓦奇卡（Kvočka 或 Kvačka，孵蛋的母鸡）的星座，也就是昴宿星团。

保加利亚和其他创世信仰认为，大地是一块平整的木板，由一只公鸡支撑着。如果公鸡动了一下或者扇了扇翅膀，就会引发地震。

神话中的鸟类不仅包含真实存在的鸟，还包括长着羽毛的神话生物，比如安祖（美索不达米亚）[1]、迦楼罗（印度）[2]、西摩格[3]、乌鲁斯拉格纳（波斯）[4]、塔尼（毛利）[5]、洛克鸟（阿拉伯）[6]、Straha-Raha、斯特拉蒂姆[7]、指甲鸟、沃龙·沃罗诺维奇[8]、西琳鸟[9]、火鸟（俄罗斯）。还有一些拥有鸟的翅膀和飞行能力的混合生物（斯芬克斯、喀迈拉、狮鹫、塞壬、戈耳工等）。许多神灵化身为鸟（宙斯化身为天鹅），具有鸟的特征，或者鸟成为他们特征的一部分（阿波罗与天鹅和乌鸦，阿弗洛狄忒与天鹅和麻雀，

---

[1] Anzu，常以狮头鹰身形象出现，是暴风雨、河流和太阳的象征，从众神那里抢走了"命运泥板"，变得无所不能，后被宁吉尔苏（Ningirsu）消灭。

[2] Garuda，印度教毗湿奴神的坐骑，形象为翅膀半张的巨鸟或长着翅膀、有鸟类特征的男子，是所有蛇类的敌人。

[3] Simurgh，波斯神话中具有深邃智慧的古老神鸟，栖息在生命之树上，是天地间的信使。

[4] Verethragna，胜利之神，在信仰袄教的萨珊王朝中极受崇拜。《耶什特》（*Yasht*）记载的乌鲁斯拉格纳的十种化身中，有一种名为Veregna的猛禽。

[5] Tāne，毛利神话中的森林和鸟之神，是天空之父和大地之母的儿子。

[6] Roc，传说中的巨鸟，能攫走大象等野兽，出现在《一千零一夜》中。

[7] Stratim，斯拉夫神话中所有鸟类的母亲。人们认为它的右翅能覆盖整个世界，它能影响天气，制造风暴，经常与斯拉夫风神Stribog联系在一起。

[8] Voron Voronovich，与下文"火鸟"一样，都是俄罗斯童话故事中的鸟，沃罗诺维奇是一只乌鸦，火鸟是一只来自遥远国度的有魔法的预言鸟，金色的羽毛闪闪发光。

[9] Sirin，借用了希腊神话中海妖塞壬的形象（女人的头，鸟的身体），被认为住在天堂附近，象征着永恒极乐和天堂般的幸福。

雅典娜与公鸡，朱诺与鹅，黑天①与孔雀羽毛，梵天②与鹅，辩才天女③与天鹅和孔雀，等等)。

鸟是精神和灵魂的象征。鸟通常以逝者灵魂的形式出现，但根据一些西伯利亚部落的信仰，鸟也象征着人的第二个灵魂——睡梦中的灵魂，这种灵魂只出现在梦中。梦中鸟的形象是雌松鸡，因此在西伯利亚可以看到摇篮上雕着雌松鸡作为护身符。

澳大利亚的库尔奈部落奉行与鸟有关的性图腾崇拜，一种鸟代表男性性器官，另一种鸟代表女性性器官。对于许多民族来说，鸟都是性器官的常见隐喻。以下是克罗地亚民间诗歌中的两个例子：

噢，女孩，我珍爱的灵魂
你的睡袍也是如此宝贵
在那睡袍下坐着一只鹌鹑
它不想吃小麦做的面包

---

① Krishna，印度教最重要的神祇之一，是主神毗湿奴的化身。传统形象为穿着黄色布裤，头上戴着孔雀羽毛，吹着牧笛的牧童。
② Brahma，约公元前500年至公元500年间印度教的主神之一，到公元一世纪中叶，毗湿奴、湿婆和梵天被视为至高无上的三相神，后来逐渐丧失了最高神灵的地位。
③ Saraswati，印度教中掌管知识和艺术，尤其是音乐的女神，形象通常是有四只手臂的美丽女郎，皮肤白皙，身穿白衣，坐骑是天鹅或孔雀。

也不想喝葡萄酿的酒

它要的是肉，还不带骨头

这个例子中的鹌鹑是阴道的代称，而在下面的例子中，公鸡指的是阴茎：土耳其人把老妇人/滚过平坦的田野/一直把她推到篱笆边/把公鸡放进她的身体。

在许多民族的民间神话中，鸟都是信使。它们预示着死亡（杜鹃、猫头鹰、乌鸦）、不幸、灾难，也预示着孩子的降生、即将举行的婚礼和具有普遍意义的大事（疾病、战争）。除了预报天气，鸟类的生活也是一种自然历法（宣告春天或冬天的到来）。

在民间信仰中，鸟拥有治愈疾病的能力。母鸡作为药物来治疗发烧、癫痫、夜盲和失眠：愿母鸡带走失眠，还你安睡（Pust kury zaberut besonnicu i dadut son）。人们相信鸟可以用叫声赶走疾病，用喙啄出体内的疾病，再缝合伤口。很多民间故事中的魔法和咒语都证明，鸟还能破除诅咒。[①]

[①] "白鸟飞过白色的田野，它的嘴里含着白色的牛奶，一边飞一边滴落下来。白色的牛奶落在白色的石头上。这块石头上，留下的印记诅咒了我们的[此处插入被下咒人的名字——A. B注]"；"走开吧，诅咒，到黄沙上去。那里有黄嘴灰翅的大鸟。它们用嘴撕裂，用翅膀扫开，它们会帮助我们的[被下咒人的名字——A. B注]"；"白桦树上，纳加伊鸟用嘴缝合胸膛"；"三只黄铜鸟，不要在橡树上挖洞，要去把诅咒挖空"。——原注

381

女人和鸟之间的联系可以追溯到旧石器时代。在旧石器时代的洞穴壁画（拉斯科、佩什·梅尔、宾达尔）中，出现了女性和鸟类属性的奇特组合：鸟喙代替了嘴，翅膀代替了手臂，以及类似鸟类的面部表情。有一幅著名的叙事画，画着一个垂死的男人、一头受伤的野牛，长着女人脸的鸟在一旁看着这一切，有些人认为鸟象征着离开人身体的灵魂。同一时期，还有一些鸟女雕像，即长着鸟头的女人。半女半鸟（塞壬）和鸟魂属于人类的远古想象，比二元鸟和创世鸟的神话元素更古老。根据著名考古学家马丽加·金芭塔丝的研究，新石器时代，在各种大女神的形象（怀孕或分娩的裸女雕塑，象征着生育）中，还出现了一个有胸部和突出臀部的鸟女雕塑。

鸟类——母鸡（黑色）、乌鸦、喜鹊、鹅、鸭（鹅掌和鸭掌）——与芭芭雅嘎、女巫、女恶魔和古代女神有关。神话中的雌性生物居住在鸟腿的小屋中；她们通常具有鸟的特征，爪子、鸟腿、翅膀或鸟头，变成鸟的能力或像鸟一样飞行。在神话创作的世界观中，人们坚信女巫与鸟有关。有这样一个传说，伊凡雷帝[①]把全俄罗斯的女巫都召集到莫斯科烧死，但是她们却变成喜鹊逃走了。另一个广

[①] Иван IV Васильевич（1530—1584），俄国第一位沙皇，对瑞典和波兰发动了旷日持久的战争，但并未取胜，为加强军事纪律和中央集权管理，对世袭贵族实行了恐怖统治。

为流传的传说中,都主教阿列克谢[①]深信喜鹊就是女巫,禁止它们(!)飞过莫斯科上空。农民经常把死喜鹊挂在谷仓的屋顶上来吓走女巫。

在保加利亚民间故事中,如果一名普通妇女腋下夹着一枚(黑母鸡的)蛋,直到蛋里孵出一只黑色的小鸡时,她就可以成为一名女巫。如果她杀死小鸡,把它的血抹在自己的关节处,这名平凡的妇女就会获得女巫的力量,包括把她自己变成黑母鸡的能力。

保加利亚南部的农民相信,一种叫玛姆尼齐(mamnici)的特殊的小鸡会偷他们的粮食。玛姆尼齐没有羽毛,但有两个头,它们是从女巫的蛋中孵出来的,因而是女巫的孩子。未受洗儿童的灵魂也会变成邪恶的、小鸡一样的小生物,称为纳维(navi)。克罗地亚人和塞尔维亚人相信未受洗儿童的灵魂长着鸟的身体和孩子的头,叫作内克尔什滕契契(nekrštenčići,未受洗的小家伙)或内维丁契契(nevidinčići,看不见的小家伙)。在乌克兰和波兰,这种灵魂被称为波特雷丘克(potrečuk)或拉塔维茨(latawiec,风筝)。

在保加利亚的民间传说中,鸡是不洁的动物,与恶

[①] St. Alexis(约1295—1378),1354年至1378年担任莫斯科都主教,1448年被封为圣徒,是俄罗斯东正教会第一位真正积极管理俄罗斯的代表。

魔有关。鸡是一种鸟（因此属于天空），但不能飞。它用喙在地上啄来啄去，于是人们将之与地府的黑暗力量联系起来。所以，鸡集多种矛盾于一身：作为家禽，它属于人类，但同样也属于天界（因为它是一只鸟），还属于地下世界（它不会飞）。芭芭雅嘎的形象是坐在树梢上的巢里孵蛋，她的小屋立在鸡腿上，她生了四十一个女儿（这么多女儿只能从蛋里孵出来！）[①]——这些都构成了一个与三界都有联系的、身披黑色羽毛女恶魔的强大形象。

[①] 我想，作品的标题"芭芭雅嘎下了个蛋"就源于这些典型民俗形象。不过，我们也可以对标题进行平行解读，粗略地说，蛋可能是（女性）创造力的象征。因此，作者在芭芭雅嘎身上看到了自己。如果我们接受这一解读，女性创作的图景就显得十分黯淡。女艺术家就是芭芭雅嘎，她们与世隔绝，遭受污名，与社会环境格格不入（生活在森林里或森林边缘），完全依靠自己的力量。她们的角色，正如童话中的芭芭雅嘎，是边缘而受限的。另一方面，同样的标题也可以解读为对女性创造力的欣然致歉。

通过语言学分析，我们会发现女性创造力和生育力概念的又一个幽默怪诞的倒转。在克罗地亚、塞尔维亚和波斯尼亚，一首流行的童谣这样唱道：Okoš-mokoš / Prdne kokoš / Pita baja / Kolko tebi treba jaja?（欧科什—莫科什 / 母鸡放屁 / 哥们儿要问了 / 你想要几个鸡蛋？）

莫科什是斯拉夫文化中的异教生育女神（Mokoš，Makoš，潮湿大地之母）。久而久之，她成为孕妇和产妇的保护神，基督教化后，她被称为圣帕拉斯克娃或圣佩特卡。一个有趣的细节是，在美式英语口语中，"下蛋"一词的意思是"搞砸演出""讲老掉牙的笑话"（不能激起观众的兴趣、让观众享受演出）。我想，作者并没有刻意涉及这种微妙的隐含意义，这些意义——鉴于芭芭雅嘎的形象本身就充满矛盾——几乎自己建立了起来。——原注鸟类一直吸引着人类的想象力，因为它们和人类最深层的飞行梦想息息相关。凡人被束缚在大地上，而神灵、恶魔、天使、不洁力量则被赋予了翅膀。鸟也是神的交通工具（迦楼罗是印度神灵毗湿奴的坐骑，而梵天则骑鹅飞行）。

在俄罗斯最美的爱情童话之一《猎鹰菲尼斯特的羽毛》中，一个女孩央求父亲给她买一根菲尼斯特的羽毛。父亲进城三次，才终于买到了羽毛，装在盒子送给了女儿。她打开盒子时，羽毛飞了出来，落在地上，在女孩眼前变成了一个英俊的王子。女孩和王子每晚都相亲相爱，直到女孩的两个姐姐发现了盒子里藏着不同寻常的情人，还让他受了重伤。猎鹰飞走了。女孩要找到他，必须穿越三十个国度，进入第三十个王国，穿坏三双铁鞋，折断三根铁杖。一路上，三个善良的芭芭雅嘎送给她非常有用的礼物：银纺纱杆和金纺锤、银盘子和金蛋、金绣框和金针。最后，女孩找到了她的爱人——她的羽毛，并和他结了婚。

羽翼最丰满、最具空气动力学色彩的俄罗斯童话无疑

是智者叶莲娜的故事。① 在这个故事里,每个人都会飞,不洁力量、普通士兵(变成了知更鸟)、三姐妹(变成了

---

① 我想说明的是,我对童话进行了重述和删节。[斜体部分属于原文——A.B 注(斜体部分在中文版中用仿宋体表示。——中译者注)]

很久很久以前,一个年轻士兵看守着一只"不洁力量"。出于怜悯,他放走了它。不洁力量用翅膀驮着士兵,把他带到了自己的城堡,在那里,士兵唯一的职责就是看守它那三个美丽的女儿。这并不是一项艰巨的任务,年轻人本可以一直干下去,但他发现三个女孩每天晚上都不见踪影。一天晚上,他蹑手蹑脚地来到她们的房间,看到姑娘们用脚踩了一下地板,变成了鸽子飞出窗外。士兵也照着做了,变成了一只知更鸟,跟在她们身后,直到鸽子落在了一片绿色的树林中。

那里有数不清的鸽子,铺满了整片树林。树林中央立着一尊金色的宝座。不知过了多久,只听"嗖"的一声,天地间亮如白昼,六条龙拉着一乘金色的车驾在空中飞过,车上坐着智者叶莲娜,她的美丽无法想象,无法在脑海中勾勒,更无法用笔来描述。

年轻人爱上了鸽子的女主人叶莲娜,决定偷偷跟踪她到城堡。他躲在一棵树上,那里能看到女王的房间,接着他唱起了美丽而忧伤的歌曲。叶莲娜整夜未眠。清早,女王抓住了知更鸟,把它关进金笼子,带回了自己的房间。她刚一入睡,知更鸟就变成一只苍蝇飞出了笼子,落在地上,又变回了那个可爱的年轻人。他走到床边,情不自禁地吻了一下女王蜂蜜般的嘴唇。然后迅速变回苍蝇飞回笼中,又变成了知更鸟。智者叶莲娜从睡梦中醒来,环顾四周,一个人也没有。这样的事发生了好几次,早上,她拿起魔法书,一切就像在手掌上一样清晰。

"啊!原来是你,厚颜无耻的家伙!"智者叶莲娜惊呼道。"快从笼子里出来!你要为你的胆大妄为付出人头的代价。"

知更鸟别无选择,只能飞出笼子,落在地上,变成一个漂亮的年轻人。他跪在女王面前,请求她的宽恕。(转下页)

鸽子)和智者叶莲娜本人。

人类自古以来对飞行的迷恋一直延续到我们的航空时代,渗入大众文化的不同类型(科幻小说、漫画、电影)中,孕育了两个当代巨型神话偶像:超人和蝙蝠侠。有趣的是,在我们这个时代的神话偶像中,却没有飞行的女人。她们仍然处于边缘地位。即使在琐碎想象的低空,也不允许她们飞行。在那里,飞行员也只有男人。

只有在远古神话中,女性才能不受限制地飞行。那时,她们与男性平等地飞行。在久远的古代,空中交通异常繁忙:天上有骑着巨鸟和魔毯的英雄,有拟人化的风、

(接上页)"我绝不会饶恕你,卑鄙小人。"智者叶莲娜喊道,叫来刽子手要砍下士兵的头颅。

这时,士兵泪流满面,悲痛地唱起歌来。女王怜悯地看着他:"我给你十个小时把自己藏好,如果我找不到你,我就嫁给你,但如果我找到了你,我就砍了你的头。"

士兵跑出城堡,来到一片茂密的森林,他绝望地坐在灌木丛下。这时,不洁力量出现在他面前,他在地上踩了一脚,变成了一只灰色的鹰。士兵爬上鹰背,鹰把他带去了天空最高的地方。但是智者叶莲娜在魔法书中看到了这一切:"老鹰啊,你不用飞了,我看见你了,你知道自己躲不掉的,回到地面上来吧!"

除了回到地面,老鹰还能做什么呢?他想到一个主意,他走近士兵,向他的脸上打了一拳,把他变成一根针,又把自己变成一只老鼠。他用牙齿咬住针,飞快溜进女王的城堡,找到魔法书,把针插进了书里。智者叶莲娜在书中寻找士兵,她找了又找,就是找不到他。十个小时过去了,女王愤怒地把书扔进了火里。那根针从书里飞了出来,掉在地上,又变回了年轻人。就这样,他们结了婚。——原注

闪电和雷鸣，有龙和女巫，还有飞刀，扫帚，臼，不洁力量，神灵和魔鬼。勇敢的英雄出发去寻找他们的爱人——孔雀、鸽子、天鹅、迷人的鸭子，勇敢的女英雄穿坏了三双铁鞋也为寻找心上人——猎鹰、老鹰、雕。在这里，芭芭雅嘎也可以自由飞行。诚然，她乘着臼，乘着她的臼——子宫，但她毕竟可以遨游天际。

评 论

您作者的双联画有引人注目的鸟类学框架：例如，第一部分的故事设定在三年的时间段中，开始于椋鸟入侵萨格勒布的街区，终结于它们的离去。第二部分中，我们第一天就从阿尔诺什·科泽尼阅读的报纸上得知，人们发现了 H5 系禽流感病毒，而在最后一天，我们——同样是从阿尔诺什·科泽尼的报纸上——得知，由于怀疑已经感染 H5N1 病毒，捷克农场中的数万只鸡已被扑杀。第二部分含有大量鸟类细节。在这里，我无意做更详细的分析，而是想请编辑您在双联画中具有象征意义的蛋上孵一会儿。

老 年

保加利亚有一个传说,天使长米迦勒遇到一个女人,问她是谁,从哪里来。"我是一个女巫,像蛇一样滑进房子。"女人回答。天使长把她绑起来,开始用铁棍打她。"我会一直打到你告诉我你所有的名字为止。"他说。女巫说出了一连串的名字,一直说到第十九个。这则传说很难翻译,因为在无数次口头传播的过程中,产生了传话游戏效应,创造了一个希伯来语、古希腊语、保加利亚语还有不知道什么语的迷人合金,许多词语(除了,比如凶手、诽谤者、妓女、*osetina*,这个词的意思可能是,大黄蜂)难以准确破译。因此,最后的结果是,在流传至我们这个时代的文本中,女巫并没有吐露她所有的名字,也没有显露出她所有的面目。[1]

芭芭雅嘎也是如此。关于她的故事口耳相传了数百年。尽管讲故事的人（以及后来的诠释者）用解读的大棒敲打她，却依然无法让她所有的名字浮出水面。芭芭雅嘎本身就有些厌女，她曾经（而且仍然）是骇人的厌女行为的受害者：他们殴打她，将她按进水里、投入火中，给她的脚掌钉蹄铁，向她体内敲入钉子，砍掉她的头，用剑刺她，在铁砧上锻打她的舌头，在烤炉里烤她，在童话故事、史诗、恰斯图什卡、口述史诗、儿童俏皮话中肆意羞辱她。[2]

让我们再重复一遍：芭芭雅嘎是女巫，但她不属于女巫的团体；她既可以是善人，也可以是恶人；她是母亲，

---

[1] 天使长把她绑起来，开始用带钉子的铁棍打她。他说："你不告诉我你的名字，我就不放你走。"她向他发誓说："我以万军之主的名义起誓，谁知道我的名字，我就不会伤害他；谁带着我的名字，我也不会伤害他。我的名字是：第一，女巫；第二，vtorobrezanica；第三，obrezanica；第四，neruša；第五，veda；第六，凶手；第七，黄蜂；第八，vila；第九，vilana；第十，月经；第十一，妓女；第十二，诽谤者；第十三，mesečnica；第十四，saula；第十五，inasina；第十六，mora；第十七，敌人；第十八，sati；第十九，kumnago。"（引自Lilija Stareva, *B'lgarski običai i rituali*, 2005）——原注

[2] 伊利亚是这样对他说的：/ "哎，你，多布里尼亚·米特克维奇 / 这其中既没有荣光，也没有名誉 / 两个英雄和一个老太婆打架 / 你应该用女人的方式打她 / 打奶子和屁股。" / 他想起了古老的办法 / 他开始打她的奶子和屁股 / 他杀死了妓女芭芭雅嘎。——原注

也是杀死亲生女儿的凶手;她是女人,但她没有、也从未有过丈夫;她伸出援手,也策划阴谋;她被人类社会驱逐,但也与人类沟通;她是战士,也操持家务;她是死去的人,也是活生生的人;她在烤炉里烤小孩,结果自己被烤熟了;她会飞,但同时也被束缚在地面上;她只是个偶然出现的人物,却也是主人公通往(他或她)幸福之旅的关键一站。

她的形象依赖于口述传统、依赖于无数无名的男女说书人。古往今来,这些讲故事的人塑造了她,让她越来越丰富精微。她是集体创作的成果,是一面集体的镜子。她的人生故事开始于更好的时代,那时她还是金色芭芭、大女神、大地之母、莫科什。随着社会向父权制过渡,她失去了权力,成了一个被驱逐的稻草人,但她依然用诡计统治着人们。如今,芭芭雅嘎缩在小屋中煎熬时日,像子宫中的胚胎,或棺材里的尸身。

翻译成更现代的语言,芭芭雅嘎是个异见者、流放者、隐居者、老处女、丑八怪、失败者。她从未结过婚,似乎也没有朋友。如果她有过情人,他们的名字也无人知晓。她并不关心孩子,也不是尽责的母亲,虽然她年事已高,但也没有成为儿孙绕膝的祖母。她甚至不会做饭。她的功能既关键又边缘化:礼貌的和粗鲁的主人公在她的小屋前驻足,他们吃饱喝足,舒服地洗个澡,听取她的建议，带走她送的能帮助他们实现目标的魔法礼物，然后消失得无影无踪。没有一个人带着花和巧克力，再次敲响她的门。

芭芭雅嘎被排斥的主要原因是她的高龄。她是一个异见者，但仅限于我们创立的生命价值体系中；换句话说，我们逼迫她变成了异端。芭芭雅嘎不是在度过生命，而是在苦熬生命。她是个老处女，是一面男性（阉割）幻想和女性（自我惩罚）幻想的投影屏幕。我们剥夺了她在各个层面实现自我的机会，只留给她一些吓唬小孩子的把戏。我们把她推到了最边缘，推向了森林，推向了我们自己的潜意识深处；我们创造了一个象征性的玩偶，为她分派了象征性的拉波特①。芭芭雅嘎是一个替身女人，她替我们变老，替我们做老太婆，替我们接受惩罚。她的戏剧是老年的戏剧，她的故事是被排斥的故事、被放逐的故事、不被看见的故事、残酷的边缘化故事。同时，我们自己的恐惧就像酸，将真实的人类戏剧溶化在怪诞滑稽的喜剧里。喜剧，诚然，并不一定带有贬义：恰恰相反，喜剧肯定了人

---

① Lapot，据说是塞尔维亚和马其顿的古老习俗，即用斧头或石头杀死无力再挣钱养家的老人。在黑山，这一习俗被称为"pustenovanje"，源自"pust"（一种用羊毛压成的厚毯子）。他们会用这种毯子盖住老人的头，上面压上沉重的石头。据说黑山还会如此对待不忠的女人。——原注

的生命力和面对死亡时瞬间的胜利![1]

评 论

有趣的是,作者选择将"老年"作为最重要的主题,她在序言中已经明确提示过这一点。正是因为作者将这一主题置于其他主题之上,她巧妙地为与芭芭雅嘎这一人物相关的所有元素赋予了新的意义。我不会在此深入分析,这不是我的职责所在,但我想举一个例子。第一部分的标题《去往不知在哪里的地方,带回不知是什么的东西》("Pođi tamo-ne znam kamo, donesi to-ne znam što")既是一则著名的俄罗斯童话标题,又是芭芭雅嘎最受欢迎的谜语之一。第二部分的标题《问吧,但要知道,不是每个问题都有好结果》("Pitaj, samo znaj, svako pitanje ne vodi dobru")是芭芭雅嘎的一句台词。不知何故,作者省略了余下的部分:《你知道得越多,就老得越快!》("Što više znaš, brže stariš!")总之,这则谜语本意是要证明芭芭雅嘎的智慧和操纵他人

---

[1] 俄罗斯芭芭雅嘎的当代复兴正在网络空间中发生,这里流传着俄罗斯匿名作者创作的奇闻趣事。这些故事荒诞可笑,往往残酷而色情,是根据我们时代的口味改编的,但芭芭雅嘎的待遇并不比俄罗斯童话里其他受欢迎的主角差:傻瓜伊万、美丽的瓦西丽莎、智者叶莲娜、不死的科谢伊。对俄罗斯童话主角的去经典化正在网络论坛中如火如荼地进行,但再经典化也同时发生着。——原注

的力量。在您作者的文本中,芭芭雅嘎的谜语却具有相反的含义:令人心碎的老年。像这样的细节还有很多。透过芭芭雅嘎的棱镜阅读作者的文本,透过作者的老年主题棱镜反过来重读芭芭雅嘎,是耳目一新的阅读体验。我们不要忘记,年代、时代、文化和整个文明都是意义之争的结果。很久很久以前,芭芭雅嘎是大女神。经历了逐渐落魄的漫长而痛苦的历史,芭芭雅嘎来到了我们的时代,但不幸的是,她变成了自己的讽刺形象。

全世界芭芭雅嘎，联合起来！

芭芭雅嘎是一个异见者、流放者、隐居者、老处女、丑八怪、失败者，但她既不是孤身一人，也不会孤独寂寞。除了斯拉夫文化外，在许多神话和仪式民俗传统中，她都有数不清的姐妹。

斯洛伐克的耶日芭芭[延日芭芭（Jenžibaba），或在捷克语中，亚加芭芭（Jagababa）或亚霍达芭芭（Jahodababa）]长着像锅一样的鼻子、大嘴巴和厚嘴唇。她会变各种把戏：她能把公主变成青蛙，自己也能变成青蛙或蛇。耶日芭芭是多头怪：她可能有七个、九个或十二个头。多头、吃人、变形和邪恶是这个危险的捷克—斯洛伐克耶日芭芭的主要特点。她拥有带魔法的宝物：可以在水上行走的鞋、召唤雨水的头骨、金苹果、金钱包，还有能把任何活物变成石头的魔杖。耶日芭芭经常与在她附近狩猎森林动物的猎人相遇。

在塞尔维亚人、克罗地亚人、波斯尼亚人、斯洛文尼亚人、马其顿人和黑山人的民间传说中，有一个古老的女怪物。她叫**芭芭罗嘎**、**芭芭耶嘎**（Baba Jega）或**铁牙**（Gvozdezuba）。比起芭芭雅嘎，这些民族更害怕当地的女巫和妖精。很少有人把芭芭罗嘎当一回事，从这个意义上说，很难将她和俄罗斯的芭芭雅嘎相提并论。不过，在塞尔维亚的民间传说中，有一位森林之母（Šumska majka），她结合了女巫、鲁萨尔卡、山林仙女和芭芭雅嘎的特征。根据描述，森林之母是一个年轻女人，胸部丰满，有一头又长又黑的恣意秀发，留着长指甲（不过她也可能又老又丑，没有牙齿）。她现身时通常全身赤裸，或穿着白色衣服。森林之母能够把自己变成干草堆、火鸡、牛、猪、狗或马。她最常在午夜出现。她很任性，会攻击新生婴儿和幼童，但也会保护他们。她知道如何用森林草药调配药剂治疗女人的不孕症。据说森林之母嗓音迷人，勾魂摄魄：她经常拦住男人，将他们引入森林深处，在那里与他们交媾。

保加利亚人没有芭芭雅嘎，但有能让小孩子失眠的**高山之母**（Gorsku majku），还有**女巫**（Mag'osnica）、**萨莫迪瓦**（Samodiva，一种保加利亚鲁萨尔卡）和**拉米亚**（Lamia），拉米亚是一个女怪物，由同名的古老希腊怪物演变而来。

罗马尼亚的**森林之母**（Mamapadurei）生活在林间一座鸟腿架起的小屋里。小屋四周有一圈栅栏，上面插着人的头骨。她偷来小孩子，把他们变成树。**血口芭芭**（Baba

Cloanta）是一个又高又丑的老巫婆，牙齿像耙子一样。她守护着一个装满人类灵魂的桶。**树皮芭芭**（Baba Coaja）是个儿童杀手，她长着长长的玻璃鼻子，一条腿是铁腿，指甲是黄铜做的。**哈尔卡芭芭**（Baba Harca）住在山洞里，偷天上的星星。罗马尼亚的**圣维内里**（Sfânta Vineri，罗马尼亚语中意为圣礼拜五）相当于塞尔维亚的圣佩特卡（礼拜五）或圣帕拉斯克娃，她掌管着妇女的纺织工作。她的外表是人类，但是鸡脚泄露了她的身份。

在匈牙利民间故事里，**铁鼻芭芭**（Vasorru Baba）是个老妇人，长着一根几乎垂到膝盖的铁鼻子。铁鼻芭芭会考验男女主人公，如果他们对她无礼，她就把他们变成动物或石头。

拉加娜（Ragana）是立陶宛神话中的邪恶生物（regeti 在立陶宛语中意为知道、看见、预测；ragas 的意思是角或新月）。拉加娜有一只臼，她在里面睡觉或乘着它飞行，用扫帚和杵协助行进。冬天，拉加娜在冰窟里洗澡，坐在桦树枝上梳理长发。她们的邪恶本性在夏天更为明显，她们毁坏庄稼，糟蹋牛奶，杀死新生儿，在婚礼上制造恶作剧，据说她们会把新郎变成狼。拉加娜与死亡、复活或再生有关。

波兰的芭芭雅嘎 [**延齐芭芭**（Jenzibaba），或**耶德西芭芭**（Jedsi baba），是一个用鸡脚走路的女人（pani na kurzej stopce）]，她具有斯拉夫芭芭雅嘎的所有特征。

卢萨蒂亚的索布人①信仰乌尔拉韦（wurlawy或worawy），即晚上十点准时从树上出现的林地女人。她们拿起犁耕地，发出很大的声音。**耶拉或耶罗芭芭**（Wjera或Wjerobaba）是索布语版的芭芭雅嘎。

在乌克兰童话、传说和信仰中，有一个**铁鼻芭芭**（Zhaliznonosa baba），以及三十个长着铁舌的芭芭，还有一个**铁芭芭**（Zalizna baba），她的小屋立在鸭脚上。

芭芭雅嘎的挪威变体可以由挪威童话故事中的三个女人组成。第一位被称为**老妈妈**（gamlemor），她是一位老妇人，长鼻子卡在了树桩上，一卡就是一百年。主人公埃斯彭·阿斯克拉德（Espen Askeladd，俄罗斯傻瓜伊万或伊万·波普亚洛夫的挪威版）帮助她拔出了鼻子，收到了一支魔笛作为谢礼。第二位被称为**山精婆婆**（trollkjerring）或**山丘婆婆**（haugkjerring），是一个老巫婆，第三位被称为 **kjerringa mot strommen**（字面意思是逆流而上的女人），是一个倔强而凶悍的女人。

芬兰—卡累利阿的民间传说中有**斯约耶泰尔**（Syöjätär）。她的眼睛里飞出了麻雀，脚趾间飞出了乌鸦，

---

① 卢萨蒂亚是德国、波兰、捷克三国交界处的一小片地区，索布人是一个分布范围极小的西斯拉夫民族。

指甲里钻出了毒蛇，耳朵中飞出了渡鸦，发丝间飞出了喜鹊。斯约耶泰尔是邪恶的化身，从不帮助任何人，但令人欣慰的是，她不吃人。**阿卡**（Akka）是另一个芬兰—卡累利阿的邪恶生物，更接近芭芭雅嘎。她住在森林里或者海边，威胁要吃掉过路人，她的乳房像水桶一样大，腿可以绕着小屋缠三圈。和芭芭雅嘎一样，她也让男主人公或女主人公完成各式各样的任务（烧洗澡水，给动物喂食，照料马匹），如果事情做得不错会得到她赠予的实用建议作为回报。

芭芭雅嘎在西欧有众多亲戚。在法国——传奇的鹅肝酱之国——有长着鹅脚的传奇女人。**阿莉，或阿莉姑妈**（Tante Arie, Tantarie）长着铁牙和鹅脚。阿莉姑妈惩罚懒惰的织工，奖赏勤劳的织工。在圣诞假期中，她会骑着驴子出现，还会分发礼物。阿莉姑妈住在山洞里，守护着她的珠宝箱，只有洗澡时才会摘下镶满钻石的金冠。在德国，**佩尔希塔**（Perchta），**霍尔达**（Holda）或**霍勒**（Holle）是一个长着大脚（鹅脚或天鹅脚），随身带着扫帚、针和剪刀的老妇人。她用剪刀剪开懒惰女孩和邋遢主妇的肚子，向里面填上垃圾。大名鼎鼎的霍勒太太（Frau Holle）身材高大，满头银发，长着长长的牙齿，她吓唬小孩子，考验年轻女孩的善良和耐心，与芭芭雅嘎有相似之处。

土耳其人、鞑靼人、巴什基尔人、乌兹别克人、图瓦人、土库曼人、吉尔吉斯人、阿塞拜疆人、库梅克人、诺盖人和其他许多关系密切的民族都信仰**阿尔巴斯提**（Albasti）。阿尔巴斯提是一个邪恶的魔鬼，一个胸部下垂、蓬头散发、会变形的丑陋女人。她长着一双鸟腿（阿塞拜疆人的信仰），或是蹄子（哈萨克人的信仰）。喀山的鞑靼人相信，阿尔巴斯提的一只眼睛长在额头中间，鼻子是石头做的。她背上没有皮肤或肉，因此可以看到她的内脏，她没有手指，只有利爪。在吉尔吉斯斯坦，人们信仰两种阿尔巴斯提：非常邪恶的卡拉（黑色）和不太危险的萨里（黄色）。阿尔巴斯提总是随身带着她的魔法书、梳子和钱币。在图瓦人活色生香的神话中，阿尔巴斯提淫荡好色，她与猎人为伴，为他们打猎带来好运，还把自己的乳汁给他们喝，割下自己肋骨上的肉给他们吃。如果从她头上偷一根头发，或者偷她的珍藏（梳子、书和钱币），她就会被驯服。土耳其人相信，如果你用针穿过她的衣服，阿尔巴斯提就会变得善良温顺。阿尔巴斯提会带来疾病和噩梦，她吸受害者的血，对分娩中的女性和新生婴儿来说尤其危险。阿尔巴斯提喜爱马匹，常常在深夜骑马。她的起源尚不明确。有些人认为她来自土耳其，有些人认为她来自伊朗。阿尔可能是一个远古神灵的名字，类似于 ilu（见于闪米特人的部落），而印欧语中的巴斯提意为精灵或神灵。阿尔巴斯提的亲戚分散在许多民族中，她们的名字是al pab、ali、ol、ala žen、hal、alk、almazi、almas、karakura、šurale、su anasi、vutaš。芭芭雅嘎是她的斯拉夫姐妹。

总而言之，从这个简单的概述中，我们不难得出结论：芭芭雅嘎的足迹遍布全球：芭芭物种跨越国界，在亚洲、南美洲和非洲都能找到芭芭雅嘎的亲族；芭芭国际无处不在，她们缠丝绕线，自开天辟地以来一直如此。①

这种铭心刻骨、冠冕堂皇的神话已经流传了几个世纪。芭芭国际——所有丑八怪、巫婆、稻草人、怪物、恶魔、被世人鄙夷的蝼蚁、被饥饿折磨的囚徒——因为同为女性而团结在一起。古代（和其他）神话流传到世界各地，受到基督教和基督教神话的污染，受到当地前基督教、民俗和神话仪式传统的污染，从所有这些由来已久

---

① 在这里，我们不妨回顾另一些老生常谈——赫赫有名的古代恶人的名字：恩浦萨是长着一条驴腿和一条铜腿的女妖，是吸血鬼和诱惑者，可以变成美女，勾引年轻男人，喝他们的血。拉米亚吃小孩，受到永远失眠的惩罚，但她能随时摘下自己的眼睛，减轻些许痛苦。赫卡忒是三头女神，长着狮子、狗和母马的头，她是女巫，是恩浦萨的母亲，也诱惑年轻人。厄里费勒（Eryphyle）贪婪，厄俄斯（Eos）或奥罗拉（Aurora）及她的妹妹塞勒涅（Selene）或卢娜（Luna）好色，厄里斯（Eris）妒忌，伊诺（Ino）是个邪恶的阴谋家。美杜莎，戈耳工之一，是长着蛇发的女怪物，目光能让人石化。格赖埃三姐妹（Graeae）生来就是老妇，她们轮流使用一颗牙齿和一只眼睛。克雷丝（Keres）带来死亡、腐烂、发烧、失明、阳痿和衰老。（转下页）

的、错综复杂的、肥沃丰饶的、极度厌女但又颇具排遣作用的想象中，芭芭雅嘎诞生了。

（接上页）她们眼睛凸出，舌头垂在外面，长着黑色的翅膀，鸟类的爪，衣服浸满鲜血（因为她们吸垂死战士的血）。厄里倪厄斯（Erinyes）或欧墨尼得斯（Eumenides）是头发间缠绕着毒蛇的老妇人，她们为弑父、弑母、伪证罪复仇。哈尔庇厄（Harpies）是长着女人头的鸟，她们偷小孩子，污染食物，带来疾病和饥荒。斯廷法洛斯湖怪鸟（Stymphalides）是一群鸟，或是长着鸟头的女人，她们吃人肉，用粪便污染田地。摩耳摩（Mormo）是致命的引诱者。斯芬克斯长着女人的头，狮子的身体，鸟的翅膀，喜欢吃蠢人。罗马的拉尔维（Larvae）是丑陋瘦小的鬼魂，死灵的化身。斯特里支（Strige）与哈尔庇厄相似，是一种贪婪的鸟类，它们声音刺耳，长着巨大的头，目光锐利，喙如弯钩；它们偷小孩子，也化身为人形的女巫。玛尼亚（Manias）惩罚渎神的人，使他们陷入疯狂（俄瑞斯忒斯看见玛尼亚时，咬断了自己的大拇指，象征性地自我阉割）。厄客德娜（Echidna）自己是个怪物，她生下了更多怪物：她是刻耳柏洛斯、勒拿九头蛇、喀迈拉和双头犬欧特鲁斯的母亲。危险的摩伊赖——克洛托（命运的纺线者）、拉刻西斯（命运的决策者）、阿特罗波斯（命运的终结者）——坐在她们的宝座上，都穿着白色衣服，转动着阿南刻的纺锤，统治着世界的各个领域。她们的罗马姐妹帕耳开，是三个严厉、阴鸷、善妒的老妇人，这三姐妹也是编织人类命运的纺织者，一人挑线，一人织，一人剪断。让我们再加上北欧姐妹诺恩三女神（乌尔德执掌过去，维尔丹迪执掌现在，斯库尔德执掌未来）。——原注

故事到这里就结束了!

亲爱的编辑,似乎到了我们分别的时刻。我希望您不会因为语气突然转变而困惑:我们一起穿越了几千个符号,并肩啄食了语言的谷粒;他们说阅读应该是一种互动,就像做爱一样,所以我想我们彼此已不再是全然的陌生人。按照人类的礼仪,我们应该一起再待一会儿,抽支禁忌的事后烟。

承认吧,一开始您觉得一切都有些过度。更糟的是,您一度担心我停不下来。有时您无聊地叹气,有时您打着哈欠,有时您皱起了眉头。魔鬼般的民间传说开始从您耳朵里冒出来。您摄入得有些过量,我可以理解。起初您觉得好像有人把您关在箱子里。那里非常舒适——妈妈的肚子,临时拼搭的小屋,一点无害的黑暗:它们搅动着孩子气的想象。后来您觉得局促,您感到越来越憋闷,直到空气几乎耗尽。在一份好的文本里,读者应该觉得自己就像奶酪中的老鼠。而那与您的体验相去甚远,不是吗?

我承认,文字幽闭恐惧症是由民俗世界一再重复的仪式引起的。不要碰这个，不要碰那个；不要跨过门槛，要踏上去。把那颗牙扔上屋顶，不，不，天哪，是扔过篱笆。向你的右肩上吐口水，等等，快停下！是左肩！一个人只要到邻村串门，信号规则就不一样了。在该死的小芭芭村，村民们向左肩吐口水以破除诅咒，而在该死的大芭芭村，他们则是向右肩吐口水。您在想，您是多么幸运啊，生活在一个去仪式化、去神话化的世界里，人们可以放轻松，踢掉鞋子，把腿跷在桌上，动动脚趾，不必担心招致可怕的后果。但也许还有别的烦心事？比如说，忧心平行世界的存在？

在塞尔维亚童话《无声的语言》中，一个牧羊人跟着他的羊群误入了一片森林。森林中燃起了大火，一条蛇被困在了火中。牧羊人怜悯那条蛇，救下了它。蛇缠在牧羊人脖子上，要求他带它去见它的父亲，蛇皇。它提醒他，蛇皇会给他无尽的财宝，但他一定要拒绝，只向蛇皇要一样东西：无声的语言。牧羊人照做了。起初蛇皇拒绝了，但牧羊人一再坚持，蛇皇终于松了口，说："别再说了！靠近一点，如果这真是你想要的，就张开嘴！"

牧羊人张开嘴，蛇皇向他嘴里吐口水，说："现在你向我嘴里吐口水吧！"

牧羊人向蛇皇嘴里吐口水。

他们向对方嘴里吐了三次口水，蛇皇紧接着说："现在你已经拥有了无声的语言。走吧,别告诉任何人,如果你告诉了别人,你就会当场死掉。"

这个牧羊人凭借新获得的能力,理解无声的语言——动物和植物的语言——的能力,成了一位智者。

语言是用来交流的。我们竭力、比画、挥手、解释、翻译想法、阐释、流汗、皱眉、假装听懂了、确信自己听懂了、确信知道自己在说什么、确信别人理解了自己、把别人的语言翻译成自己的语言。我们努力的全部意义在于无法理解意义。因为要想真正理解对方,我们——说话者和听众、作家和读者、您和我——就需要向对方的嘴里吐口水,将舌头交缠在一起,将唾液混合在一起。我和您,编辑先生,说的是不同的语言:您的语言只是人类的语言,而我的语言,既是人类的语言,又是蛇的语言。

您皱起了眉头吗?谢谢您,您可能觉得我已经说得太多了。不要忘记,您费力地读完我的文章后所了解的,只是整个芭芭雅嘎学的一个细节,一个可以忽略不计的部分。您在想什么呢?芭芭雅嘎们(没错,们!)的整部历史只需要几十页纸?您以为有了阿芭·巴加伊的帮助,问题就能解决了吗?她只是个默默无闻的东欧斯拉夫文化研究者,很乐意向您解释一二。

我只把门打开了一条缝,让您擦过这座巨大冰山的顶部。这座冰山是由千千万万自太初以来就支撑着世界、而今仍然继续支撑着它的女性组成的。现在我说的是您的语言，希望我说得够生动，够传神。在阅读《芭芭雅嘎指南》时，您一定忽略了一个细节：许多故事中，芭芭雅嘎都枕着一把剑睡觉。在您作者的双联画中，我们发现了各种各样的东西，却没有一处提及——剑！

先澄清一点，我和您的作者不一样。我没有错过枕下那把剑，我相信它的意义。更重要的是，我深信，在某个地方存放着一沓账单，在某个地方，一切都被一丝不苟地记录下来，在某个地方，有一本极厚极重的血泪书，而账单总是要付清的。或迟或早，那一刻总会到来的。让我们想象女人（只是人类中微不足道的一半，不是吗？），那些芭芭雅嘎们，从头下拔出那把剑，开始清算总账。为每一记耳光，为每一次强奸，为每一次侮辱，为每一次伤害，为每一口吐在她们脸上的吐沫。想象一下，如果所有被烧死的印度新娘和寡妇从灰烬中爬起来，拿着拔出的剑在世界中游荡呢？想象一下那些隐形的女性，她们从布制的地堡——罩袍——那一条条细线栅栏中向外窥视，甚至在说话、吃饭和接吻时也要用面纱遮住嘴巴（因为嘴巴，天哪，太不洁了，那么多东西进进出出）。想象一下，那不计其数的疯女人，无家可归的女人，女乞丐；被硫酸毁容的女人，因为自诩正义的男人看到女人没有遮面会受到冒犯；生活被丈夫、父亲、兄弟完全掌控的女人；被石头砸而幸存下来的女人，以及死在野蛮的男性暴徒手中的女人。想象一下，所有这些女人都提起了裙摆，拿起了利剑。剑在全世界数不胜数的妓女手中，也在人肉市场被数次买卖的白人、黑人和黄种人女奴手中，她们被强奸、被殴打、权利被剥夺，至于她们的主人，看，没人能阻止他们。还有成千上万感染了艾滋病的女孩，她们不仅是疯子和恋童癖的受害者，也是她们合法丈夫和父亲的受害者。还有脖子上套着金属环的非洲女人，阴蒂被切除、阴道被缝合的女人，有着硅胶乳房和硅胶嘴唇、注射过肉毒杆菌的脸上露出克隆微笑的女人；还有许许多多生下饥饿的孩子的饥饿的女人。数不尽的向男性神灵和他们在人间的代表祈祷的女人，这些厚颜无耻的老男人头上戴着紫色、白色、金色和黑色的帽子，戴着冠冕、四角帽[1]、库菲帽[2]、绒帽[3]、托克帽[4]、土耳其毯帽[5]和头巾，所有这一切都是阴茎

---

[1] Biretta，方形帽子，无檐，三边或四边有棱，顶上有时有丛毛。常见于基督教神职人员，尤其是罗马天主教神职人员佩戴。
[2] Kufi，一种无檐、短而圆的帽子，与伊斯兰文化和泛非洲自豪感有着密切的联系。
[3] Camauro，传统上由教皇佩戴的帽子。
[4] Toque，类似厨师帽，呈圆筒状，十三世纪到十六世纪流行于欧洲，尤其是法国。
[5] Fez，是一种直身圆筒形（也有削去尖顶的圆锥形）、通常饰有吊穗的毯帽。奥斯曼帝国解体前，这种帽子一直被视为东方穆斯林的象征。目前常见于土耳其和北非等地区。

象征性的替代品，他们通过这样的天线可以畅通无阻地与神交流。成千上万的女人——没有去教堂、清真寺、庙宇和神龛，那里从来不属于她们——开始寻找自己的神庙，金色芭芭的神庙，如果神庙是她们的必需品的话。她们终于不向双眼布满血丝的男人卑躬屈膝了，这些男人杀人如麻，直到现在死亡还在持续。是他们留下了人的头骨，而人类愚蠢的想象力将这些头骨挂在了独自居住在森林边缘的老妇人的篱笆上。

我，阿芭·巴加伊，属于无产阶级女性，属于芭芭国际，是的，我就是**那边那个女的**（ona tamo）！什么，别告诉我您觉得很吃惊。您大概已经预料到了，您知道女人是伪装大师，这是她们从几个世纪的地下生活里学会的，她们掌握了所有的生存技能。毕竟，不是从一开始就告诉她们，她们是由亚当的肋骨创造的，来到这个世界，只是为了生下亚当的孩子吗……

永别了，亲爱的编辑！很快我就会把人类的语言换成鸟类的语言。我的人类时光只剩下片刻，之后我的嘴会伸长成喙，我的手指会变成鸟爪，我的皮肤上会长出光亮的黑色羽毛。为了表达我的善意，我会留一根羽毛给您。好好保管它。不是为了让您想起我，而是为了让您想起熟睡的芭芭雅嘎头下的那把剑。

BABA YAGA LAID AN EGG
Dubravka Ugrešić
Copyright © 2007, Dubravka Ugrešić
Simplified Chinese translation copyright © 2024, Beijing Imaginist Time Culture Co., Ltd.
All rights reserved

著作权合同登记图字：23-2024-006

图书在版编目（CIP）数据

芭芭雅嘎下了个蛋/（荷）杜布拉夫卡·乌格雷西奇著；李云骞译.--昆明：云南人民出版社，2024.6（2025.2重印）
书名原文：BABA YAGA LAID AN EGG
ISBN 978-7-222-22845-0

Ⅰ.①芭… Ⅱ.①杜… ②李… Ⅲ.①长篇小说-荷兰-现代 Ⅳ.①I563.45

中国国家版本馆CIP数据核字(2024)第103343号

特约策划： 冯　婧
责任编辑： 刘松山
重印编辑： 柳云龙
装帧设计： 陆智昌
内文制作： 陈基胜
责任校对： 柴　锐
责任印制： 代隆参

芭芭雅嘎下了个蛋

[荷] 杜布拉夫卡·乌格雷西奇 著　李云骞 译

出　版　云南人民出版社
发　行　云南人民出版社
社　址　昆明市环城西路609号
邮　编　650034
网　址　www.ynpph.com.cn
E-mail　ynrms@sina.com
开　本　787mm×1092mm　1/32
印　张　13
字　数　229千
版　次　2024年6月第1版　2025年2月第2次印刷
印　刷　山东韵杰文化科技有限公司
书　号　ISBN 978-7-222-22845-0
定　价　68.00元